여섯 달의, 봄은

여섯 달의, 붉은

1쇄 발행일 | 2017년 12월 29일

지은이 | 한지선
펴낸이 | 정화숙
펴낸곳 | 개미

출판등록 | 제313-2001-61호 1992. 2. 18
주소 | (04175) 서울시 마포구 마포대로 12, B-127호(마포동, 한신빌딩)
전화 | (02)704-2546
팩스 | (02)714-2365
E-mail | lily12140@hanmail.net

ISBN 978-89-94459-85-1 03810

값 15,000원

* 이 책은 2017년 전라북도 문화관광재단 지역문화예술 육성지원사업의 지원을 받았습니다.

여섯 달의, 붉은

한지선 소설

개미

| 소설가의 마음 |

인도의 여인 라이언의 엄마는 안개는 바다의 슬픔이라고 말했다. 물론 영화 이야기 속의 가슴을 적시는 말이다. 어릴 적 바다안개가 해무라는 단어를 설명함을 알게 되었을 때보다 가슴이 더 축축해졌다.

끝없이 펼쳐진 아침 안개 속을 거닌 적이 있다. 까마득히 먼 옛날의 이야기지만 안개 속을 거닐던 그 기억은 또렷하게 가슴에 각인되어 있다. 아침 안개 속에서 그림자처럼 이리저리 각기 걸어가던 사람들을 기억한다. 그 새벽에 그들은 어디를 가고 있었을까.

뿌연 안개 속에선 길을 잃게 마련인데, 길을 잃으면서도 용케 어딘가 찾아갈 곳에 이른다는 것은 참 대단한 일이다. 우리는 그렇게 안개 속을 헤매지만 결국 어딘가에 이르러 뒤를 돌아볼 수 있다. 한숨을 쉬고 다시 걸어갈 수도 있고, 미소를 띠며 헤쳐 나온 안개를 바라볼 수도 있다.

삶은 참 어렵다. 이윽고 어딘가에 도달한 사람들도 어느 지점에서는 어떻게 해야 할지 모르는 순간에 봉착할 것이다. 안개가 휘감듯 슬픔에 휘감겨 바다를 표류하게 될 때도 분명 몇 번이고 올 것이다. 그럴 때 묘하게 마치 열어둔 창문으로 바람이 스미듯, 어딘가에 무언가가 손을 내밀 듯 지켜보고 있는 '것' 이 있을 것이다.

그렇게 어딘가에 표류해서 몸 둘 바를 모르고 정신의 지층을 헤매다가 떠오를 때, 내겐 영화가 있었다. 나는 수도 없는 이야기 속에 나를 묻고 끄집어냈다. 영화의 대사에는 책에서는 만날 수 없는 보물 같은 진언들이 살짝살짝 끼어든다.

나는 늘 노트를 책상 위에 늘어놓는 편인데 한 개는 영화 볼 때 빨리 메모를 하기 위해서이다. 영화 속 대화 속에 들어있는 그 말들은 자칫 놓치기 십상인데 더빙 없는 자막의 그 글자들은 묘하게 뇌리에 남는다.

삶은 안개처럼 모호하다. 그러나 발을 내디딜 만큼의 빛이 항상 어딘가로부터 스며들어온다고 여전히 믿는다. 힘겨웠지만 백 장의 작은 천에 그림을 그리면서 키운 인내심으로 또 한 권의 책을 묶는다.

2017년 십이월

한지선

| 차례 |

여섯 달의, 붉은

1

그는. 명료하다.

흔적이 없다. 그가 어디에 있었던가?

그를 닮은 류와 용도 떠났다. 그는 사라지기 전에 류와 용을 그의 형이 살고 있는 호주로 보냈다. 물론 나를 통해서. 그는 관여하지 않았다. 그즈음 모든 것에서 떠나있었던 것처럼. 그토록 오래, 류와 용이 태어나 십대의 끝을 가고 있을 즈음까지 부부로 한 집에서 살아왔음에도 불구하고 그가 누구인지 알지 못한다는 생각이 드는 것이 가당치도 않았다. 느닷없이 분노를 끓이는 용광로 하나가 내게 던져진 꼴이었다.

모른다.

그즈음 나도 어딘가로 떠나고 싶었다. 류와 용을 호주로 데려다주고 온 뒤 실은 나도 떠날 계획이었다. 호주와는 반대쪽에 있는 대륙에 나에게도 아는 사람이 있었다. 아니 거기 말고도 나는 파묻혀 지내기 딱 좋은 네팔 오지로 오라는 사람이 있었다. 대륙으로 떠날 것인가 오지로 갈 것인가 생각하는 사이 나보다 먼저 그가 사라져버렸다.

그는 한 번도 언질을 준 적이 없다. 인생에 오점 없기로 소문난 그는 말도 없는 사람, 웃을 때도 소리가 안 나는 사람이었다.

가슴에 폭탄을 안고 살았을까. 베트남에 갔을 때 하노이의 수많은 오토바이를 탄 사람들이 어디로 달려가는지 궁금해 죽을 것 같았던 것처럼 그가 가슴에 품었을 것들이 궁금했건만 나는 그에게서 그것을 끄집어내지 못했다. 한번도.

그는 그리고 사라져버렸다.

2

나는 분노한다. 그의 침묵이, 그의 보이지 않는 흔적이, 과거가 나의 가슴을 온통 분노로 채웠다. 나는 잠을 이루지 못한다. 나는 돌멩이가 아니다. 나는 멀끄러미 바라다 보이는 사물이 아니며 모른 채 자기 일이나 하는 그런 남자의 아내가 아니다. 그런데 그는 나를 그렇게 방치했다. 그렇게 보았나보다.

몰랐다. 그가 나를 그렇게 대했다는 것을. 그가 자신에 대해 말하지 않고 그냥 별 말없이 왔다 갔다 하고, 책이나 읽고 웃어버리기나 하는 그냥 순하고 말없는 사람이라서, 그런 사람으로만 알았다.

그는 살아있을 때 그랬던 것처럼 그냥 그렇게 가버렸다. 그것이 분노의 이유일까. 나는 내가 왜 분노에 휩싸였는지 알 수 없었다. 나는 그냥 멍청히 당했다는 생각이 들었다. 그가 아무 말도 남기지 않고 아무것도 말하지 않고 아무 낌새도 준 적이 없었다는 것에 대하여. 이십 년 가까이 같이 산 사람에 대한 예의라곤 없는 것에 대하여. 그것보다 그런 남자의 여자로 살았던 것의 억울함에 대하여.

3

당신이 억울하다고……. 그래. 그럴 수 있을 거야. 난 나쁜 남자였다. 한 여자의 인생을 방기한 죄, 한 여자가 아무것도 모른 채 그저 한 남자를 남편으로 맞이하여 그 남편이란 실체를 알지도 못한 채 살아가는 것을 방기한 죄.

한번 말하지 않은 것은 영영 말할 수 없다. 말할 기회를 한 번 놓치면 영영 기회란 다시 오지 않는다. 그렇지 않다 해도 나는 아무것도 얘기할 수 없었다. 내 이야기는 그랬다. 얘기해서는 안 되는 것이었다. 얘기할 수 있는 것이 아니었다. 죽어도 얘기할 수 없어서 나는 얘기하지 않거나 못한 것이다. 그리곤 죽어야 했다. 그래서 나는 죽었다.

4

스물일곱에 나는 죽음 직전까지 간 적이 있다. 스물일곱, 컴퓨터를 전공한 나는 작은 컴퓨터 업체를 운영하다가 도산했다. 친구가 있는 호주로 가서 친구의 수퍼마켓 일을 돕고 있던 형에게서 호주로 오라는 권유를 받았으나 나는 무시했다. 형처럼 아무 기술도 없이 친구의 가게에 가서 일하는 것은 싫었다. 무엇보다 나는 한 우물밖에 못 파는 모자란 인간유형이었다.

그저 나는 죽으려고 했다. 쉽사리 내가 하려던 것을 놓쳐버리고 나서는 그냥 죽는 게 낫겠다는 생각에 빠져버렸다. 허나 목숨을 끊기는 매우 어려운 일이었다. 나는 천천히 죽기 위해 부랑자가 되기로 결심했다.

부랑자가 되어 떠돌던 중 어느 절에서 어떤 여자를 만났다. 그 어떤 여자는 네 살된 사내아이를 데리고 절에 들어와 사흘을 머물렀다. 나는 그 ㅁ이라는 먼 친척이 주지인 그다지 크지 않은 강팍한 산 속의 암자에서 잡일을 하며 숨어 지내고 있었다.

절에서 숨어 지내는 사이 부랑자로 죽어가기로 결심했던 내게 나 자신도 모르는 변화가 찾아들었는데 그것은 새로운 내 미래의 모습이었다. 이십대여서 가능한 갱생이었을까. 내가 깨닫지 못하는 사이에 나는 다시 무언가를 찾아내기 시작했다. 주지인 강은 나의 먼 친척으로 내가 거기 숨어들어가 있을 방과 일거리를 내주었고, 수시로 절을 비웠으므로 내게는 매우 훌륭한 은신처이자 다음 일을 계획할 최적의 장소였다.

그날 나는 쓸데없이 뒷산을 올라 결박된 억울한 돼지처럼 빽빽 소리를 지르다가 허적허적 내려오던 길이었다. 사월의 중순을 넘어가던 오후, 해가 빼꼼이 옆 산에 걸쳐있었고, 바람이 수런거렸다. 오월을 예고하는 듯한 산들바람이었는데 그 바람이 얼핏 내 가슴을 훑고 지나갔다. 갑자기 세속에 버리고 온 세상의 많은 것들이 머릿속을 휘이 스쳐 가는데 아이 소리가 났다.

절 마당에 웬 아이가 뛰어놀고 있었다. 요사채 마루에 노란 옷을 입은 긴 머리의 여자가 주지 강과 함께 앉아있었다.

"아, 산에 갔다 오는가? 이리 와 봐."

강이 그 여자를 소개했다. 소개를 받지 않아도 될 몸이었는데 주지는 왜 내게 그 여자를 소개했을까. 산중에 갑자기 들어온 여자. 이쁘지는 않았다. 나보다 나이 많아 보이는 여자였다. 아이 엄마였고. 나는 별 반응 없이 그 옆에 앉았다.

"사흘 쉬다 가기로 했다네."

그러고 보니 절 아래 공터에 차가 한 대 내려다 보였다. 강은 따로 독채로 작게 올린 주지방에서 지냈다. 그곳에 식당과 객실이 또 하나 있었다. 주지의 손님, 즉 객승은 주지의 거처에 머물렀다. 그 여자는 내가 있는 객방에 머물 것이었다. 방이 모자라진 않았으나 웬 여자가 이런 곳에서 머문다고 온 것인지 이해가 가지 않았다. 절이 있는 곳은 아름답지도 않았고, 먹을 것도 없었으며, 방은 허술했다.

이윽고 몇 분 후 나는 군불을 때기 전에 옆방을 청소하고 침구를 밀어 넣었다. 해가 지기 전에 군불을 때고 식당 채에 가서 저녁 준비를 시작했다. 저녁 준비래야 밥 짓고, 시래기된장

국에 몇 가지 밑반찬이었다. 거기에 아이가 왔으니 계란탕을 하나 만들었다. 그러는 사이 여자가 부엌으로 보퉁이를 안고 들어오더니 주섬주섬 반찬을 꺼내놓았다.

"아, 이것이 다 무엇입니까?"

나도 모르게 물었다.

"스님이 반찬을 갖고 와야 한다고 해서 좀 가져왔어요."

그녀가 꺼내놓은 통엔 장조림, 불고기, 데친 오징어와 몇 가지 나물이 담겨있었고, 아직 조리되지 않은 굴비 열 마리와 돼지고기가 있었다.

"아, 이거 오늘 경사 났네요."

나는 형광등을 켰다. 맛없고 색 없는 절밥에 색이 났다. 문득 몸 한구석에서 무언가가 꿈틀거렸다. 여자가 바닥에 주저앉아 상 위에 그것들을 펼쳐놓는데 노란 블라우스 속의 가슴이 훤히 보였다. 여자가 벌떡 일어섰다. 자세히 보니 그 여자의 블라우스 단추가 두 개 풀어져 있었다. 나는 나도 모르게 노란 블라우스 아래로 드러난 가슴에 손을 집어넣었다. 순간 나답지 않은 행동에 나 스스로 소스라치게 놀라 들어간 손이 굳어버렸다.

여자는 가만히 있었다. 나는 그것 또한 놀라서 그 여자의 얼굴을 쳐다보았다. 잠시 여자는 가만히 있었다. 어쩌면 몇 초밖에 안되었는데 내게 길게 느껴진 것인가. 여자는 씨익 웃더니 "손 빼!" 라고 낮게 말했다. 나는 여자의 젖가슴에서 손을 빼냈다.

"손이 나오려고 하지 않아요. 왜 가슴을 다 드러내고 그래요?"

나는 퉁명스럽게 뱉었다.

"난 몰랐어. 단추가 열린 줄. 저리 비켜."

그 여자는 부엌에서 빠져나갔다. 나는 반찬들을 정리하기 시작했다.

저녁 바람이 살랑거렸다. 잠이 올 리 없었다. 나는 교사임용고시를 준비하는 중이었다. 어떤 여자가 갑자기 옆방에서 자고 있는데 공부가 되지 않았다. 스님은 아무 말도 없었다. 왜 아이를 데리고 이 작은 암자에 들어왔는지, 어떤 여잔지. 여자는 이쁘지 않았지만 성적 매력을 풍겼다.

밥 먹을 땐 다른 옷으로 갈아입고 와서 아이 엄마처럼 보였다. 그러나 아이가 스님 방으로 같이 가고, 나를 도와 설거지를 한다고 부엌에 남았을 때 그 여자는 또 달랐다.

"여기서 뭐해요. 젊은 남자가."

"그러는 분은요."

이상했다. 나는 평소에 말도 없고 재미없는 사람이었다. 그런 내가 그 여자 앞에서 도발되는 느낌이었다. 묘한 여자였다.

"난 남편과 헤어졌어요. 머릿속이 복잡하다고 했더니 아버지가 여기 와서 쉬라고 해서 온 거예요. 댁은?"

"반말하세요. 아까처럼."

또 나도 모르게 불쑥 튀어나온 말이었다.

"그래? 나보다 어려보이니까 그래도 되겠네. 아깐 흥분해서 그런 건데."

"난 사업에 실패해서 도망 왔어요."

"그래 보인다."

"두어 달 되었어요."

"난 사흘 후에 갈 거야. 일본어 통역해."

"아……."

"어릴 때 일본서 살다 왔거든."

어쩜 얘기가 술술 나올까. 그런 여자였다. 아무 거리낌 없는.

"여기서 뭐하는데? 숨어서."

"살 준비하죠."

"그래야지. 살 준비는 뭐야?"

"이제 가서 쉬세요. 설거지 끝났어요."

"대답 피하네. 그러지 뭐."

새벽 한 시였다. 나는 문밖에 쪼그리고 앉아 별을 보며 담배를 피우고 있었다. 갑자기 옆 방문이 열리고 그 여자가 나왔다. 나는 또 깜짝 놀랐다. 이 여자……. 내 몸이 움찔했다. 달은 없는데 이상하게 깜깜한 하늘이 밝았다. 깊고 고요한 검은 침묵의 빛.

"나 한번 줘봐. 담배."

나는 피우던 담배를 내밀었고 그 여자는 하늘을 향해 빼끔거렸다. 늘렁늘렁한 긴 면 옷을 입은 그 여자의 몸매가 어둠 속에서 하얗게 드러났다.

"잠이 안 와요?"

"자다 깼어. 너무 조용해서 그런가봐. 그런 자기는?"

내가 자기가 되어있었다. 피식 웃음이 나왔다. 이런 여자는 처음이었다. 나는 담배를 여자 입에서 낚아채 바닥에 비벼 껐다. 그리곤 여자를 확 끌어안았다. 이상한 여자였다. 그 여자는 가만히 있었다.

"살짝 추웠는데 따뜻하네."

"당신 별종이야. 내가 이러는데 싫지 않아?"

나는 그 여자를 오래오래 끌어안고 있었다.

"들어가자. 추운데."

"어디로?"

"니 방으로 가야지. 불이나 꺼."

내 방에 불이 켜져 있다는 것이 그제서야 생각났다. 나는 그 여자의 손을 잡고 내 방으로 기어들어가서 불을 껐다. 그야말로 암흑이었다.

"아늑하네. 이렇게 깜깜한 곳은 처음이야."

나는 나도 모르게 여자의 옷을 벗기려고 달려들었다.

"서둘지 마."

여자가 내 손을 밀치더니 이불 위에 누웠다. 나는 그 여자 옆에 털썩 누워 그 여자의 품으로 파고들었다.

"견딜 수가 없어. 당신 이상한 여자야. 내가 이래도 되는 거지? 응?"

여자가 까르르 낮게 웃더니 내 아랫도리를 더듬었다. 나는 미친 듯이 그녀에게 덤벼들었다.

낮엔 여자를 쳐다볼 수 없었다. 아니 쳐다보면 안 되었다. 나는 한 번도 경험해보지 못한 허리케인을 맞은 듯 멍했다.

이튿날 주지는 내내 절에서 아이와 놀았다. 나는 점심을 차리고 청소를 하고는 방에서 나가지 않았다. 나갈 수가 없었다. 나는 방에서 공부하는 척 했지만 사실은 천장을 보고 누워서 멀뚱거리다가 엎드려서 끙끙 앓거나 한숨을 푹푹 내쉬며 고개를 무릎에 처박고 있었다.

전날 그런 것처럼 나는 산에 올라 소리 지르기 위해 방문을 나섰다. 아무도 보지 않기를 바라고 절 뒤로 돌아가는데 강이 불러 세웠다.

"어이, 아이엄마, 심심한데 따라가 봐요."

여자는 요사채 마당에서 아이가 노는 걸 바라보고 있다가 일어섰다. 혹시 내가 끙끙거리는 소리를 듣지는 않았겠지…….

"길이 좋지는 않은데요."

나는 퉁명스럽게 뱉었다.

"그래도 괜찮아. 데리고 가보게. 심심해하네."

강이 말했고 여자는 고개를 끄덕였다. 여자는 가슴이 드러나는 옷을 입고 있진 않았다. 산속에 있으면 오후에는 늘 바람이 살랑이는 것을 느낄 수 있다. 기분 좋은 바람이 나뭇잎들을 살랑였다.

늘 절을 비우던 강은 웬일인지 며칠째 절에 있었다. 절에서 그가 할 일은 그다지 없어 보였다. 간혹 띄엄띄엄 산 아래 몇 안 되는 신도나 지인들이 찾아와 놀다 가거나 예불을 드렸다. 그밖에 절엔 행사도 정기 예불도 없었다. 그저 조용한 암자였다. 행인도 수도승도 없는. 강은 그래도 절에 있는 동안 새벽의 염불은 그치지 않았다.

나는 그 염불소리를 놓친 적이 없는데 오늘 새벽에는 놓치고 말았다. 여자와 격렬히 몸을 섞고 난 뒤, 여자가 살며시 방을 빠져나갔고, 나도 모르게 깊이깊이 잠이 들어 새벽까지 자버린 것이다. 자꾸 어젯밤의 정사가 눈앞에 펼쳐져 발을 헛디딜 판이었다. 여자가 뒤에서 쌕쌕거리며 물었다.

"스님이 그러는데 임용고시 준비한다며."

"예."

나는 본래의 내 모습으로 돌아와 수줍은 소년처럼 대답했다. 나는 말도 없고, 주변머리도 없어서 늘 부모의 걱정을 사던 사람이었다. 컴퓨터를 전공하여 소프트웨어 개발업체에서 일하다 내 사무실을 차렸는데 도산해버렸고 나는 갱생을 위한 준비를 해야 하는 사람이었다.

사월의 산은 아름답다. 불쑥불쑥 올라온 땅 위의 푸른 식물들과 나무들은 물이 오르고 있은 반짝거렸다. 온통 연두빛에 햇살이 산위로부터 쏟아졌다. 낮은 산언덕을 하나 넘고 나무들 사이를 지나치며 나는 늘 내가 가서 소리 지르는 커다란 상수리나무 아래 멈췄다. 이름 없는 산자락이라 사람도 없고 길도 없었다. 내가 오르락내리락 하며 길을 만든 셈이었다.

커다란 상수리나무는 그중 수명이 오래 된 늙고 덩치가 커서 너른 가지가 하늘을 덮었다. 나는 그 나무등걸에 기대어 소리를 지르곤 했다. 여자가 다가왔다. 여자 냄새가 훅 풍겼다. 아무리 봐도 묘한 여자였다. 여자 경험이 없는 나로서는 잘 알 수 없기는 마찬가지였지만 뭔가 본능적으로 끄는 게 있었다.

여자가 내 옆에 와서 기댔다.

"산이 그다지 이쁘지는 않네."

"산이 이쁜 게 어딨어요."

"이쁜 산 많잖아. 그래도 올라오니 좋다."

"이름이 뭐예요?"

"나? 준이엄마지 뭐."

"이름 있잖아요."

"왜 알고 싶은데? 너는?"

"난, 진우. 유진우."

"진우. 난 현주야. 이혼녀가 되었어."

"아, 왜 이혼한 거예요? 물어봐도 되요?"

"물어보기 먼저 하고서는. 남편과 사는 게 점점 힘들어졌어. 아빠가 사업자금을 대주었는데 점점 실패해서 돌이킬 수 없게 되었고, 그 와중에 사이도 나빠져서. 더 이상 견디기 힘들어서 내가 이혼하자고 한 거야. 난 돈 없으면 못 사는 여자라. 그랬더니 아빠가 여기 가서 쉬었다 오라 그래서 온 거야. 진우 씨는 왜 사업 실패?"

"그냥 진우라고 하세요. 컴퓨터사업하다가 망한 거예요. 교사임용고시 보려고요. 원래 교사도 해보고 싶던 거라. 당신 때문에 어젯밤 이후로 공부 못했네요."

"에이, 핑계는. 공부 열심히 해. 나 낼 모래면 가니까."

나는 그녀와 나무등걸에 몸을 기대고 그렇게 서 있었다.

"집은 어디야?"

"글쎄요. 준비되면 내려갈 건데 어디로 가야 할지는 모르겠네요. 부모님 집에 있다가 떠돌이 된 지 몇 달. 다시 부모님한테 신세지기는 싫은데……."

"그렇구나."

소리 지르는 일은 그녀 때문에 하지 않았다. 나는 나도 모르게 그녀의 머리칼을 쓰다듬었다. 여자는, 여자는 처음이었다. 이런 여자는. 여자 친구가 없었던 것은 아니었으나 이런 색을 지닌 묘한 여자는 만난 적이 없었다. 여자는 쌕쌕거렸다. 연한 나뭇잎들이 바스락거리는데 여자는 몸을 뒤집고 있었다. 나는 다시 내가 아니었다. 나는 여자를 와락 보듬어버렸다.

"왜 따라 올라온 거예요."

"스님이 따라가라잖아."

여자는 쌕쌕거렸고 나는 허둥거리며 여자를 나무등걸에 밀어붙였다. 새들이 푸- 날아올랐다.

"니가 싫지 않나봐."

여자가 속삭였다.

"난 당신 같은 여잔 첨 봐요. 이렇게 본능적으로 남자를 끌어당기는 여자."

"내가 그래?"

여자는 숨기는 게 없었다. 나를 밀어내지도, 욕하거나 때리지도 않았다. 그냥 빗물처럼 땅속으로 스며드는 느낌이었다. 나는 여자의 아랫도리를 벗기고 그 속으로 들어갔다. 그녀가 내 대신 소리를 질렀다.

그날 밤, 그리고 그녀가 떠나는 날까지 나는 그녀와 네 번의 관계를 했다. 그녀가 가고 난 뒤에 공황상태가 찾아온 것은 당연한 것이었을까, 하는 의구심도 들었다. 어떤 여자가 그렇게 거리낌 없을 수 있을까. 그러나 그것이 그녀를 헤프다거나 천하다는 생각이 들게 하는 건 아니었다. 그냥 묘하고 자극적이고 편했다.

나는 그녀와의 자극적인 시간들을 잊기 위해 몸부림하며 책을 파고들었다. 그렇게 한 달이 거의 지나갈 즈음이었다. 그 여자의 전화가 온 것이. 한 달이 지났어도 내 몸 구석구석엔 그 여자의 관능이 남아 있는 느낌이었으나, 어느 정도 공부 페이스는 찾아가는 중이었다.

강은 여전히 출타 중이었고 나는 그 작은 암자에 도토리처럼 박혀서 책에 얼굴을 박고 있었다. 강의 거처 마루에 있는 전화벨이 소스라치게 울어서 나는 신발을 꿰차고 달려 올라갔다.

"나……라고 하는데요. 실례지만 누구신가요?"

나는 대뜸 그 여자를 알아차렸다. 그녀. 현주.

"아, 현주 누님. 나 진우에요. 진우."

"어머, 아직 거기 있는 거야?"

"네. 아직 있네요."

"언제 내려와?"

"아직 시험기간이 많이 남아있으니…… 그때까진 갈 데도 없구요."

"그래? 그렇구나. 혹시 아직 있나 전화해봤어. 내가 아빠 집에서 나와 아파트를 얻었거든. 내가 아이하고 둘이 사니까 자기 와서 살래? 자기 뒷바라지 해줄게. 시험공부만 열심히 해."

"어떻게 나를 믿구요. 난 아무것도 가진 게 없는 부랑자나 마찬가진데."

"나하고 만리장성을 쌓았잖아. 난 남자가 필요하고, 자기는 집이 필요하니까 그렇게 생각해. 생각해보고 전화해. 내가 산 밑으로 데리러 갈 거야."

그녀는 암자를 떠나기 전 전화번호를 남겼지만 나는 연락하지 않았다.

"산 내려오면 전화해. 밥이나 먹자."

그녀는 그렇게 말했다.

"그럴게요. 현주 누님."

그녀가 산을 내려갈 때는 현주 누님이 되어있었다. 그러나 우린 그냥 우연히 부딪쳐서 네 번 관계를 했을 뿐, 아무것도 아는 것이나 연결된 것이 없는 사이였다. 그 네 번의 관계를 가졌다고 그것으로 전화할 만한 호기를 가진 남자가 못되었다. 나는. 나는 전화를 할 수 있는 자신도 없었고, 구실도 없었고, 또 그런 사이가 아니라는 전제가 자리 잡고 있었기에 그저 폰 번호만 저장을 해놓았을 뿐이었다. 그녀 또한 전화 같은 건 없었기에.

그런데 뜻밖에 암자의 일반전화로 전화를 건 것은 그녀다운 것이었을까. 내게로 하지 않고. 그녀의 제안이 낯설지 않다는 게 또한 의문이었다. 왜 이렇게 자연스러운가. 처음 본 나를 전혀 개의치 않는 그녀의 태도는 어떤 것인가. 혼란스러웠다. 그 혼란스러움이 더할수록 나는 냉정해졌다. 그다음 나는 가방에 짐을 싸고 있었다.

나는 짐을 챙기기 시작했다. 일단 시험이 몇 달 남아있었다. 그때까지만 그녀 말대로 해보자. 그냥 흘깃한 제안이었다. 오갈 데 없는 부랑자인 나로선.

5

흘깃한 제안. 내가 고민을 한 것은 불과 사흘이었다. 도무지 공부에 집중할 수 없게 하는 그녀의 목소리 때문에 나는 결국 사흘 후 그녀에게 전화를 걸었다.

“그거 진심이에요? 난 돈도 없고 몸뚱이밖에 없는 남자예요.”

“상관 없다잖아. 내가 자기 먹여 살릴 거야. 잘 될 때까지. 나 자기 맘에 들어 그런 거니까 그냥 해 봐. 쫓아내진 않을 거니까."

그녀에게 가기 위해서 짐을 쌌다. 그리곤 바로 달려올 것 같은 그녀에게 연락을 하려했다. 나는 망설임이란 단어도 짐 속에 같이 넣어버리려 했다. 그런데 꼭 그런 때 무슨 일인가가 생기는 법일까. 집안에 문제가 생겼다. 나는 산을 내려갔으나 그녀에게 바로 가지 못했던 것이다.

아버지의 큰 수술이 있었다. 한 달 정도 나는 아버지 옆에서 병실을 지켜야 했고, 당연히 시험 준비도 미뤄졌다. 그동안에도 열심히 했던 건 아니어서 마음이 복잡하고 힘든 시간이었다.

그녀는 차를 몰고 면회를 오듯 나를 만나러 왔다. 두 번, 그녀는 아이를 데리고 잠깐 다녀가듯 병원에 들렀다가 돌아갔다. 절에서 있던 육체적 관계는 먼 과거 일처럼 보이기 시작했다. 한 달이란 시간은 그랬다. 산을 내려왔으나 싸갖고 내려온 짐은 그대로 내 방에 던져진 채 있었고, 나는 모든 것을 다 놔둔 채로 아버지의 병실에 갇혀 있었다.

순간적으로 절망감이 들쑥날쑥 하던 한 달 동안 나는 또 다른 무기력한 부랑아였다. 시험에 통과할 수 있을지조차 의문스러웠고 한 번의 실패가 주었던 벼랑 끝의 그 위기감이 다시 나를 불안하게 에워쌌다.

그녀는 내가 왜 필요한 걸까. 그 무렵 그런 생각이 들기 시작했다. 아버지가 퇴원을 해도 내가 옆에 있어야 되는 것은 아닌가 라는 생각도 슬슬 들기 시작했다. 그녀는 통역이 있는 날은 일 끝나고 병원에 들렀다. 그녀는 누구일까. 거의 움직임이 없는 조용한 내 심연에 파문을 일으켰던 그녀는.

우려했던 아버지의 상태가 그런대로 어머니 혼자서도 감당할 수 있을 만큼 호전되었다고 안심하게 되었을 때 나는 다시 집을 떠날 생각이었다. 그녀가 있었다. 거기에.

"아직 유효한 거예요?"

"그래. 내가 데리러 갈게."

나는 차도 없고 돈도 없는 날건달로 그녀의 차에 탔다. 절에서 싸 내려온 짐을 그대로 던져 넣고.

"아버지가 부자야."

6

그것은 어떤 세월이었던가. 무언가 이름을 지워야 한다면 그것은 미친 세월이다. 짧고 경박하면서도 피할 수 없는, 끝내 끝을 보고서야 혹은 피를 흘리고서야 그 진창이 눈에 보이는, 정신이 사라진 본능만의 세계.

그 여자는 이를테면 그랬다.

"넌 공부만 해. 내가 살림은 할 테니. 그 대신 내가 하는 짓 간섭하지 말고."

나는 고개를 까닥거렸다. 나는 그때까지 여자도, 세상도 아무것도 알지 못하는 풋놈이었다. 숫기도 없는데다 누가 말 붙이지 않으면 그냥 멍 때리고 있는 바보 같기도 한 태생적인 촌놈이었다. 그녀는 내 위에서 날던 여자였을까.

공부를 하면서 네 살짜리 아이를 돌보기 일쑤였는데 그 상황이 정작 아무렇지도 않았다. 그녀는 살림을 잘했다. 늘 청소를 했고, 요리도 잘했다. 입이 거칠었으나 난 개의치 않았고, 그걸 능가하는 섹슈얼한 에너지에 매번 놀라곤 했다. 난 그런 여자를 이해할 수 없을 정도였다.

그 무렵 나는 그녀만 보면 바지 지퍼를 내리게 되었다. 밤 공원 산책길의 어둔 벤치에서, 그녀 친정집의 어머니가 옆방에 있을 때에도, 고속도로를 달리다가 멈춰 서서. 땡전 한 푼 없는 내게 나타난 이 여자는 수시로 좌절을 안겨주면서도 내가 살아갈 에너지를 밀어 넣어 주었다.

그녀는, 즉 현주라는 서른다섯의, 네 살의 아이를 갖고 있는 그 여자는 종잡을 수 없는 여자였다. 그러나 내게 충실했던 것만은 틀림없다. 나는 그녀의 지갑을 따라다녔고, 그 지갑은 수시로 차를 몰고 온 천지를 돌아다닐 수 있게 해주었다. 그러면서도 이상하게 공부는 잘 되어갔는데, 나는 그 원인을 알지 못했다. 본래의 나라는 사람의 모습은 사라지고 새로운 유형의 남자가 태어난 듯싶었다.

자신의 네 살 아이를 전혀 남인 나에게 맡겨두고 밤에 종종 놀러나가는 여자. 그 아이와 놀다가 잠을 재우고 그 여자가 들어오기를 기다리는 남자. 여자는 가끔 밤을 새고 새벽에 들어오거나 아예 외박을 할 때도 있었다. 나를 집에 놔두고 "노래방에서 좀 놀다 갈 거야." 혹은 "오늘 놀다가 그 남자랑 자고 갈 거야." 라는 말을 전화로 남기고 들어오지 않았다. 처음엔 나는 어이가 없어서 이게 무슨 상황인가 했으나 곧 개의치 않게 되었다. 그녀는 그런 여자였으니까.

“너하고 동거하지만 다른 남자하고도 놀 거니까 상관하지 마.”

그녀가 한 말이었고, 나는 그 말을 귓등으로, 장난으로 들었던 거였다. 그런데 그녀는 실제로 그렇게 했다. 아무렇지도 않게, 데려다놓은 남자를 집에 덩그러니 놔두고 밖에서 다른 남자와 노는 것도 부족해 관계를 갖고 지쳐서 돌아오는 것이었다.

처음엔 매우 심하게 싸웠다. 난 나가겠다고 했다. 그러나 그녀는 무릎을 꿇고 싹싹 빌면서 말했다.

“그냥 그건 노는 것일 뿐이야. 난 당신을 사랑해. 널 사랑한다고. 하지만 나는 그렇게 놀아야 해. 다신 안 그럴게. 그냥 놀기만 할게. 잠은 안 잘게.”

그러나 그뿐이었다. 나는 한편으론 지쳤고, 한편으론 편안해졌다. 이것은 잠깐의 상황인 것이다. 나는 다른 곳으로 갈 것이니까. 그리고 여긴 그녀의 정거장일 뿐이다. 내게는 임시 정거장. 자존심이 일어섰다가 저절로 사그라지고, 그 사이에 그 모든 것을 상쇄해버리는 성적 욕망들이 있었다. 결코 전에는 해본 적이 없던 욕망의 분출. 그러므로 그 나머지 것들은 불끈하다가 그냥 사그라지는 성냥불이었다.

날마다 싸우면서 날마다 빌고, 허구한 날 그녀의 차를 몰고 놀러 다녔다. 공부는 그러니까 그 몇 달 동안 그런 틈새에서 이루어진 놀랄만한 성과였다. 이상하게도 낮의 몇 시간 동안 동네 도서관에서의 책과의 씨름은 그녀와의 섹스만큼 집중도가 높았다. 이상하지 않을 수가 없다.

그 시절 나는 피곤한 줄을 몰랐다. 싸우는 것도 잠깐이었고, 아무 일도 없던 것처럼 섹스를 즐겼고, 시간이 맞으면 놀러나 갔다. 그러나 하루의 반나절 이상은 늘 공부에 집중할 수 있었으므로 그해 십이월에 치러진 임용고시에 패스할 수 있었다.

원래 나는 무엇이든 파고드는 경향이 있는 사람이었다. 말도 없고 속으로만 삭이던 사람이라 그녀가 나를 건들지만 않으면 공부에 집중할 수 있었다. 모든 것을 모자람 없이, 소리 없이 뒷바라지하는 그녀의 어떤 모성적인 부분은 그녀의 또 다른 부분 즉 가리지 않고 놀기 좋아한다거나 거친 부분을 상쇄하고도 남음이 있었음을 인정하지 않을 수 없었다.

나는 그래서 다시 내 안의 숫기 없는 남자로 돌아가곤 하였다. 그런 사이사이에 잘 모르는 남자들을 만나 놀고, 제 아들은 나한테 맡기고 외박까지 하고 들어오는 뻔뻔스러움은 계속되었지만 나는 그것에도 익숙해져 버렸다. 그럼에도 그녀는 나를 사랑한다고 했고 나와 살고 있었으니까.

그러나 끝은 오기 마련이다. 임용고시가 지나고 뭔가 석연찮은 시간이 돌아왔다. 어느 날 그녀가 말했다.

"난 당신을 사랑하지만 돈이 없는 남자하곤 살지 않을 거야."

어느 날 그녀는 더 확실한 말을 했다.

“일본인인데 돈 많은 교수야. 나 그 남자하고 결혼해서 일본 가서 살 거야. 자기를 사랑하지만 이미 그와 떠나기로 약속을 했어.”

“자기는 성실해서 잘 살 거야.”

나는 할 말이 없었다. 애초에 그녀의 집이었고, 그녀의 생각대로 이루어진 일이었다. 나는 그저 그녀의 객이었고 이제 나를 떠나겠다는 것이었다. 나도 미련은 없었다. 여섯 달 동안 참으로 많은 관계를 했고 미친 듯이 살았다는 것밖엔. 앞날이 그저 막연하다는 것밖엔.

그래도 나는 그녀가 야속했다. 사랑한다면서, 불처럼 살았으면서, 아직도 사랑하는 건 나라면서 늙은 일본놈의 돈을 따라간다고 아무 감정도 없는 듯 내뱉는 그녀가 미웠다. 허무했다. 다른 남자와 자고 들어와 고개를 숙이고 다시는 안 그러겠다고 헛맹세를 하는 그녀에게 뭐라 한 적도 없고, 따진 적도 없는 바보 같은 남자 하나가 거기 남겨져 있었다.

나는 잠깐 그녀를 설득해보려 하기도 했다.

“나 시험 붙었으니 이제 내 돈으로 살 수 있어. 우린 잘 맞잖아. 아이도 내가 키울 수 있고. 당신 하고 싶은 대로 하고 살 수 있어. 지금처럼. 그러니 일본놈 따라가지 마라.”

그러나 소용없었다. 나는 더 붙잡을 수 없었다. 붙잡을 자격도 없었으니. 나는 그녀의 집에 들어갈 때와 마찬가지로 별로 늘어나지 않은 짐을 싸들고 부모님의 집으로 돌아갔다. 미련은 없었다. 그러나 속이 텅 비고 허무했다. 그동안 폭탄처럼 살았다는 생각이 들었다. 터지지 않으나 늘 터질 것 같았던 폭탄을 안고 산 듯한.

그녀가 일본으로 떠난다는 날, 나는 그녀가 따라가는 늙은 일본남자가 어떻게 생겼는지 궁금했다. 나는 공항으로 가서 그 여자가 팔짱을 낀 그 남자의 뒷모습을 몰래 훔쳐보았다. 나도 키가 작은데 그 일본 남자는 나보다 더 작은 남자였다. 헛웃음이 나왔다. 그녀는 아무것도 필요 없고 오로지 돈만 따라가는 것이었다.

7

나는 다시 내 세상으로 돌아가야만 했다. 이제 시작이었다.

나는 집을 떠나 다른 도시에 있는 고등학교에서 일을 시작했고, 앞도 옆도 보지 않은 채 삼 년을 보냈다. 그리고 그녀와 정 반대되는 여자와 결혼을 했다. 나는 그녀 생각을 하지 않았다. 그것은 불온하고 뜨거워서 다시는 데이고 싶지 않는 불이었으며, 되돌아보고 싶지 않은 막무가내의 시간이었다.

시간이 많은 것을 해결해주는 법이다. 내 몸이 데인 상처는 보이지 않았고, 내 몸은 다시 차가워졌으며 결혼해서도 그 차가움은 유지되었다. 내 몸 안을 흐르던 뜨거운 전류는 어딘가로 사라져 버렸다. 다행스럽게도.

그런데. 그런데. 십 년이 지나면서부터 내 몸속에서 무언가가 꿈틀거리기 시작했다. 나는 몹시, 몹시 당황스러웠다. 그래서는 안 되는 것이었다.

뜨겁지도 차갑지도 않는, 잘 웃지도 그렇다고 찡그리고 있지도 않는 마치 중립지대 같은 담담하고 무표정에 가까운 몸과 마음의 소유자인 아내와 그저 그런 듯이 살며, 두 아이의 아빠가 되어있던 나는 서서히 차오르는 심연 저 아래의 무언가에 의해 휘청거리기 시작했다.

그랬던 것이다. 그것이 무엇인지 모르는 사이에 나는 괴물이 되어갔다. 말없는 자가 더욱 말이 없어지고, 멍하니 벽처럼 되어지는 순간이 늘어났다. 나를 병원에 보낸 건 이도 저도 말없이 지켜보던 아내였다.

8

세상에 우울증을 앓고 있노라고 말한 적은 없다. 그러나 소문이 났고, 나는 그저 싱긋 웃을 뿐 대꾸하지 않았다. 아이들을 호주로 보내자고 한 것도 아내였고, 아이들을 데리고 호주에 갔다가 혼자 돌아와 내 곁에 묵묵히 있던 것도 아내였다.

나는 차라리 아내가 당신 왜 그러느냐고 한마디라도 물어주기를 바랬다. 그때, 내가 부랑자처럼 떠돌 때 나를 거두던 여자가 있었노라고, 그것은 일생에 단 한번, 내 온 생애에 걸쳐 단 한번 왔던 폭풍이었노라고, 그것을 거쳐 온 남자가 당신에게 숨어들어 숨죽이고 있었으나 이제 다시 후폭풍의 기운이 나를 낚아채고 있다고 나는 아내에게 말하고 싶었다.

그런데, 그런데 아무것도 묻지 않았던 것이다. 나는 그런 아내가 오히려 미워지기 시작하는 걸 깨닫고 몸서리를 쳤다. 나는 골방에 숨기 시작했다. 학교에 출근했다가 돌아오는 길엔 잘 마시지 않는 소주를 마셨다. 빈속에 들어가는 그 독한 물의 자극은 겨울날의 칼날 같은 청정함과 날선 아픔으로 사정없이 내 속을 파고들었다. 나는 어둔 골목길을 걸으며 빈속에 소주를 들이켰고, 마시다 만 소주병은 아파트로 들어서면서 휴지통에 버려졌다.

그 즈음은 차를 타지 않았다. 학교는 약간 먼 거리였으나 나는 걸어야 했다. 쉼 없이 걷고 또 걷고 싶었다. 멈추고 싶지 않았다. 퇴근하고 걷다보면 밤이 깊어졌고, 집은 어디인지 알 수 없었다. 배도 고프지 않았고, 낭떠러지 아래로 한없이 추락하는 기분은 나를 질질 끌고 다녔다.

병원, 그러니까 아내가 말없이 나를 데려간 병원에서 준 약물을 복용했다. 추락의 기분을 아는가. 발을 내딛는데 디딜 땅이 없고 푹 꺼진 어둔 동굴로 한없이 떨어져 내리는 그 기분을. 눈을 떠보면 나는 어둠 속에 그림자처럼 서 있었다. 때때로 약물을 복용했고 때때로 어딘가에 버렸다. 한밤의 어둠 속에서 나는 미스터 핸리처럼 그렇게 어둠에 갇힌 채 서 있었다.

그녀를 찾고 싶은 생각이 있다거나 다시 만나고 싶다거나 그런 열정을 다시 만나고 싶다거나 한 것은 아니다. 아니다. 난 확실히 알지 못했다. 내가 왜 그러는지. 왜 그러는지 알았다면 해결책을 찾아 나섰을 것이다. 그러나 내가 알 수 없는 그것은 끊임없이 나를 낚아채서 마침내 날 죽여 버렸다.

그 순간, 그런 죽임의 순간이 내게 다가올 즈음 그때서야 나는 깨달았다. 나는 그 여섯 달의 붉은 자궁 안에서 빠져나오지 못하였다는 것을. 그녀와의 미친 시간이 독이 되어서 내 심연의 항아리에 담겨 있다가 익을 대로 익어 마침내 내 인생에 퍼져갔다는 것을. 내가 그것을 그리워하고 있다는 것을. 그것이 사무쳐 있다는 것을. 끝내 버리지 못했다는 것을. 그것의 한 조각이라도 부여잡고 싶어 한다는 것을.

내가 아내에게 끝내 말하지 못하고 스러져갔음을 탓하지 마라. 그것은 말할 수 없는 것이었으며 그저 묻혀야 할 무엇이었다. 내 몸이 같이 휩쓸려들어야만 끝나는 것이었으므로 그러므로 나는 그 길밖에는 택할 길이 없었다.

9

그가 남겨놓은 것이 아무것도 없다는 것에 대하여……. 분노하는가? 아니다. 나는 볼 수 없었다. 만질 수 없었다. 들을 수 없었다. 그 아무것도 나를 위해 남겨진 것은 없었다. 그러나 분노는 그것이 아니었다. 분노는……. 그러니까 그에 대한 분노는 그가, 나의 남편이었던 그가 나를 버렸다는 것이다. 그가 삶을 버린 순간 내 삶도 석양에 바다 너머로 쑤욱 떨어져버리는 해처럼 추락해버렸다는 것을 알지 못하고, 아랑곳하지 않고 몸을 던져 사라져버린 그 냉렬함에 있었다.

창문 가까이

창문으로 그 여자가 보였다. 나는 팔을 반쯤 들어올리고 손을 살짝 흔들었다. 그 여자가 망설이더니 팔을 더듬더듬 올렸다가 천천히 내렸다. 그리고는 커튼 뒤로 사라져 버렸다.

내가 그 여자의 집 옆으로 이사를 온 건 여섯 달 전이었다. 단독형 주택에서는 한 번도 살아본 적이 없던 나는 서재로 쓰는 방에 있다가 문득 거기 창밖에 액자처럼 서 있는 여자를 발견하곤 깜짝 놀랐다. 옆집 창문이 오 미터 정도 거리에 있었다. 나무로 울타리를 했지만 지은 지 얼마 안 된 집이라 아직 나무들이 창문가에 어른거리려면 몇 년은 기다려야 할 것 같았다.

몇 년 전 남편은 평생 살 집을 짓겠다고 선언했다. 땅을 봐둔 게 있다고 나를 데리고 간 곳은 산자락 아래 빈 공터였다. 잡풀이 무성했으나 반듯하고 너른 공터는 집이 몇 십 채는 들어설 만큼 컸는데 xx촌 예정지라는 표지판이 서 있었다. xx촌이라는데 무언지 알 수 없었지만 남편의 말로는 건축가들이 모여 집을 지을 예정이라고 했다. 건축이나 설계 뭐 그런 일을 하는 사람들.

"나도 신청을 했어. 조건이 좋아서 따로 땅 물색하고 외떨어진 곳에 짓는 것보단 나을 것 같더라고. 산자락을 휘돌아 산책로를 내고, 아담하게 들어앉은 호숫가에 앉아 책을 읽으면 좋을 것 같지 않아? 그래서 산 아래 택지를 점찍었어. 바로 여기, 아마 그럴 거야. 여기쯤."

아직 구획정리도 안 된 곳이었는데 남편은 눈을 감고 집을 짓고 있었다.

마을 아래쪽엔 내가 흐르고, 또 다른 마을로 들어가는 길이 있고, 도시로 가는 도로가 연결되어 있고, 또 다른 산이 멀리 있으며, 논과 밭이 펼쳐져 있는 도로변엔 가끔씩 근사한 찻집과 뾰쪽 지붕의 음식점이 들어서 있는. 주변은 흔한 그런 풍경이었으나 산을 휘돌아간 서쪽에 아담한 호수가 제법 예뻤다.

"좋네. 호수가."

나는 일단 찬성을 했다. 그러나 그 사이에 참으로 느닷없는 참담한 일이, 나를 일시에 나락으로 떨어뜨려버린 일이 벼락처럼 일어났다. 청천벽력이었다.

돌연히 딸아이가 죽었다. 빨리 집을 지어서 마당에 개를 키웠으면 좋겠다고 좋아하던 아이였다. 예술고등학교에 다니면서 댄스스포츠에 푹 빠져있던 딸은 지방에서 열리는 전국대회에 참가하고 돌아오던 중이었다. 대회에 참가하는 날은 깊은 밤에 돌아오기 일쑤였는데, 새벽에 출발하고 자정이 다 되어야 돌아오곤 했다.

딸이 탔던 대학생 언니의 차는 자정 무렵 고속도로 중앙선을 침범한 대형트럭에 밀려 바스러져 버렸다. 간발의 차로 앞서갔던 다른 일행들은 무사했고, 두 명의 아이는 무참하게 사고를 당했다. 부쩍 추워지기 시작한 십일월 중순이었다. 딸을 포함한 그 아이들은 곧 시작되는 방학 동안에 영국에서의 단기유학 스케줄이 잡혀 있었다. 몇 번의 국제대회에도 참석하고 이월 말에 돌아올 예정이어서 잔뜩 들떠 있던 시기였다.

나는 그때까지 다녔던 직장을 더 이상 다닐 수가 없었다. 돌연한 사고로 잃은 딸아이 생각 때문에 도저히 집중해서 업무를 진행할 수 없었다. 나는 오랫동안 몸담았던 대학병원 홍보실에 사표를 내고, 슬픔에 잠긴 집안으로 칩거했다.

그런 나를 보다 못한 언니에게 이끌려 명상센터와 호흡, 요가교실을 전전하며 일 년여를 보냈다. 내가 정신을 수습한 건 요가나 단전호흡, 명상 그런 것들 때문이 아니었다. 그저 나는 이끌리듯 흐느적거리며 왔다 갔다 했을 뿐, 내 영혼은 딸아이의 죽음을 따라 공중에 떠다니고 있는 것처럼 정신력을 잃었다.

다음해 겨울, 일 년 내내 나를 끌고 다니다시피 하던 언니가 집으로 돌아간 후 나는 지쳐서 침대에 쓰러져 자고 있었다. 불도 켜지 않은 방에 어둠이 스며들었다. 어둠 속에서 나는 눈을 떴다. 무슨 소리가 났다. 몇 시나 됐을까, 남편은 왔나, 그런 생각을 하면서 일어나 불을 켜려는 순간 울음소리 같은 게 들렸다.

나는 적막한 공기 속을 흐르는 울음소리에 놀라 몸을 움츠렸다. 닫힌 문 안에서 어둠의 일부처럼 붙박인 채 몸을 떨기 시작했다. 울음소리는 소리를 죽여 가며 한참 계속되었다. 나는 방문을 열고 나갔다. 남편이 소파에 앉아 넋을 잃고 울고 있었다. 나는 어린애처럼 무릎 사이에 고개를 처박고 우는 남편을 끌어안고 등을 토닥거려 주었다. 남편은 내 품에 안겨서 더욱 서럽게 울었다.

이상하게도 바로 그 순간에 정신이 돌아왔다. 나는 내가 정신을 차렸다는 것을 느꼈고, 이제 그 아무것도 더 이상 나를 피폐케 하지는 못 할 거라는 걸 깨달았다. 마음이 안정되면서 남편에게 밥을 차려줘야겠다는 생각을 했다. 그리고 나란히 앉아서 밥을 먹고…….

며칠 후 일식집에서 초밥을 먹으며 남편이 말했다.

"당신도 죽는 줄 알았어. 일순간에 절망감이 오는 거야. 못 견디겠더라고. 그래서 나도 모르게 오열이 터진 거야. 고마워. 당신이 다시 사람이 되었으니. 이제 집을 지을 거야. 봄이 오면."

그 다음해 봄이 오자 남편은 집을 짓기 시작했다.

나는 다시 무언가를 하기 위해 서성거렸다. 일 년여를 나락에 빠져 헤매는 동안 드나든 곳이 또 있었다. 요가나 단전호흡 그런 거 말고. 언니 후배인 정신과 상담의 R의 사무실. R은 메릴 스트립이 연기했던 어떤 영화 속의 상담의처럼 따뜻하고 뭉실스러웠다. 그녀는 끝없는 딸에 대한 미안함과 애처로움, 슬픔과 애달픔을 늘 한숨처럼 내뱉는 것에 다름 아니었던 나의 말들을 고스란히 담아주는 그릇이 되어주었다.

남편과 끌어안고 울었던 그 며칠 후 그녀의 사무실에서 나는 무언가를 해야겠다고 말했고, 그녀에게서는 즉각 다음과 같은 대답이 흘러 나왔다. R은 나보다 한 살 위였으나 사적으로는 이미 말을 놓는 사이가 되었다.

"승희 씨, 혹시 상담해 볼 생각 없어?"

전혀 생각해보지 않은 일은 아니었으나 단순한 대학병원 홍보실 직원이었던 나로서는 잘 알 수 없는 분야였다. 사실은 언니가 그토록 열심히 하고 있는 자원봉사나 도예 같은 걸 해볼까 생각 중이었다. R은 불쑥 상담대학원 안내 팸플릿을 내밀었다.

"잘 생각해봐. 다음 학기부터 수강하면 되니까. 이월에 등록하고, 다른 건 없어. 책을 좀 줄 테니까 그동안 좀 읽어보고. 공부하면서 상담도 해. 졸업하면 내가 대학이나 다른 자원봉사 알선해볼게. 지금 자기에게 도움이 되는 건 그거야. 물론 남을 위해 상담을 하지만 자신에게도 큰 도움이 될 거야."

나는 남편에게 상의했다. 남편은 별 다른 말없이 찬성해 주었다.

"공부하면서 도예 같은 건 얼마든지 할 수 있잖아? 자원봉사도 할 수 있고."

나는 바빠지기 시작했다. 자원봉사자들을 위한 상담프로그램은 야간에 있었다. 몇 학점을 이수해야만 자원봉사를 할 수 있었으므로 상담교육 이수는 필수였다. 나는 언니를 설득해 같이 프로그램을 이수했고, 대학원 이 학기부터는 전화상담 자원봉사 모임에 합류했다.

대학원은 그럭저럭 다니는 셈이었고, 나머지 시간은 도예공방에서 보냈다. 언니가 몇 년째 다니고 있는 도시 외곽의 도예공방은 늘 한산했다. 그곳엔 도예가의 작업실이 있고, 도자기를 굽는 가마와 도자기 만드는 법을 가르치는 공방, 도자기를 파는 찻집이 있었다.

전에 중이었다는 도예 선생은 가끔 공방에 나타나지만, 우릴 가르치는 사람은 긴 머리를 뒤로 묶은 삼십대의 도예가의 동생이었다. 그는 다리를 절고, 말이 없었다. 우리가 조용히 테이블 위의 손물레를 돌리거나 두 손으로 기다란 흙 타래를 만들어 그릇을 빚을 때도 자신의 물레를 돌리거나 커다란 항아리의 굽을 다듬으며 웃기만 했다.

그러는 사이, 남편이 지은 집으로 이사를 했다. 어느 만큼 마음이 안정되기 시작했다는 것을 느낀 것은 대학원을 이 학기 마감하면서였다. 그때까지도 나는 계속 일주일에 한번씩 R의 사무실에 나가고 있었다. 가끔씩 속이 울컥하면서 오열이 솟구치는 증상도 아직 계속이었다.

R은 내게 여행을 권했다. 슬픔을 받아들이고 딸의 죽음을

인정해야만 한다고 당부하던 그녀의 권유대로 나는 그해 겨울 남편과 함께 인도여행을 했다. "당신에겐 그곳의 휴휴한 자연과, 먼지 날리는 땅의 흙같이 자연에의 일부로 보이는 그들의 정신이 도움이 될 것 같다"는 남편의 뜻을 따라서.

인도를 갔다 오니 봄이 오고 있었다.

서재 창문을 열다가 나는 또 깜짝 놀랐다. 여자가 창문가에서서 멈칫거리며 손을 들었던 것이다. 나는 오른팔을 들어 살짝 흔들고 고개를 내밀었다. 여자가 웃을락 말락 하더니 안쪽으로 들어가 버렸다. 나는 뭐 저런 여자가 다 있어, 하다가 뭔가 미심쩍은 느낌이 들었다. 이사 온 지 여섯 달이 넘어가는데 옆집에 누가 사는지 여태 모르고 있다. 이사 온 직후 의무감에서 옆집을 방문했으나 그 여자의 집은 아무도 없는지 대꾸가 없었다.

내가 심연에 빠져있어서 아무것도 눈치채지 못한 것일까. 봤어도 기억이 안 나고. 동네의 집들은 널찍널찍 떨어져 있었으나 그 여자의 집과는 가까운 편이었다. 내 집도 남편과 나뿐이어서 조용했지만 생각해보니 그 여자의 집엔 인기척이 없었다. 창문가에서 어른거리는 그 여자를 두세 번 본 것이 고작이었다. 아무래도 오늘쯤은 한번 방문을 해봐야 할 것 같았다. 제일 가까운 이웃이니까.

이월이었다. 맵싸하면서도 어쩔 수 없이 봄의 기운을 받아들인 이월의 공기가 흰 오후 햇살 아래 실내악처럼 퍼져 있었다. 나는 뭘 가져갈까 고민하다가 바구니에 인도 향초 몇 개를 담아들고 옆집으로 갔다.

인도에 갔다 온 후 다소 마음에 여유가 생긴 걸까. 아침나절 옆집 여자를 창문에서 본 후 아무래도 오늘쯤은 가봐야 한다는 생각이 들게 한 것은 궁금증이었다. 또한 인기척도 없고 드나드는 기척도 없는 옆집에 가봐야 한다는 의무감도 작용했다. 그 여자는 도대체 뭘 먹고 사는지, 외출은 하는지, 혹 어디가 아픈 사람인가……. 창문가에서 아는 척을 했으니 방문을 해도 되겠지. 맨 처음 손을 들어 아는 척을 한 지가 까마득해서 오히려 미안한 맘이 들었다. 그러나 그때는 내가 힘이 들던 때였다. 창문가에서 돌아서면서 어두운 슬픔 속으로 빠져들어 버렸으므로. 다른 사람을, 다른 무엇을 염두에 둘 상태가 아니었었다.

우리집과 마찬가지로 널찍한 마당이 담장 너머로 보일 듯 말 듯 했으나 대문이 높았다. 대문은 잠겨 있었다. 벨을 두 번 누를 때까지 대답이 없어서 돌아서려는데 누구세요? 하는 여자 목소리가 인터폰에서 흘러나왔다. 너무나 기운이 없어서 꺼져 들어가는 것 같은, 들어가도 될까, 하는 망설임을 주는 음성이었다.

"저, 옆집 사는 사람이에요. 창문에서 봤죠? 친선방문차 왔어요."

나는 다소 재미있게 얘기하기 위해 애를 썼다. 그 여자가 거절할 것 같은 예감이 들었기 때문이다.

"아, 네……."

들릴 듯 말 듯한 한마디가 들렸다. 그리고는 말이 없었다. 들어오라든지 말라든지 할 것이지……. 막 기분이 나빠지려고 하는 걸 인도에 가서 무수히 길어내야 했던 인내심과, 아무것도 문제될 것이 없다고 말하는 인도 사람들을 견뎌내기 위해 버려야 했던 조바심과 성급함들을 떠올리며 참아냈다.

생면부지의 옆집 여자를 들어오라고 할 것인지 말 것인지 생각하는 것일까. 내가 거리에서 만난 인도인들의 no problem을 머릿속에 그리는 사이에도 대꾸는 흘러나오지 않았다. 나는 마침내 포기하고 집으로 돌아가려고 대문 계단을 내려왔다. 집은 지척이었고, 몇 미터만 걸으면 내 집 대문이었다.

막 돌아서서 발을 내딛는데 말도 없이 삐그덕 대문이 열렸다. 인터폰으로 내가 돌아서는 모습이 보였는지도 모른다. 나는 멍하니 대문을 바라보다가 그 여자의 집으로 들어갔다. 퇴색한 잔디가 쫙 깔려 있는 마당가에 몇 그루의 키 낮은 나무들이 있고, 현관 앞쪽에 작은 돌 연못이 두 개 놓여 있다. 막 겨울을 넘긴 이월에 볼 것이 없기는 우리집이나 마찬가지였지만 정원을 가꾼 흔적은 잘 보이지 않았다. 그저 집 지을 때 잔디만 깔아 놓은 모양이었다.

우리집은 남편이 집을 지은 후 온갖 나무를 옮겨 심어 놓아 제법 나무들이 많았다. 내가 심연에 빠져 허우적대는 사이, 한쪽 마당에 화단을 만들어 온갖 꽃들을 심기도 했다. 지금은 겨울의 끝이라 정원은 흙과 나뭇가지들만 보인다.

두 개의 돌 연못 속의 물이 얼었다가 녹은 듯 거무스름했고, 그 속에 죽은 연잎들이 갈색으로 누워 있었다. 나는 담벼락을 따라 잔디 가장자리에 심어진 키 낮은 몇 그루의 나무를 힐끗 보고는 계단을 올라가 현관문을 밀었다.

여자가 거기 서 있었다. 눈을 크게 뜨고. 거실 창으로 오후 햇살이 스며들어와 환했다. 여자는 창백한 얼굴로 고개를 끄덕이며 뒤로 물러섰다. 들어오라는 뜻이었다. 나는 일단 신발을 벗고 올라가서 고개를 꾸벅, 했다.

"안녕하세요?"

"네. 어서 오세요. 여기 앉으세요."

여자가 보라색 소파를 가리켰다. 나는 바구니를 내려놓고 소파에 앉았다.

"잠깐 앉아 계세요. 차 한 잔 만들어 올게요."

여자는 자그마한 소리로 말하고 부엌 쪽으로 걸어갔다. 여자가 달그락거리며 차를 만드는 사이 나는 적막한 집안을 눈으로 둘러보았다. 우리집과 별반 다를 게 없다. 거실장, 텔레비전, 컴퓨터, 커튼, 소파. 그런데 무언지 모르게 적막하고 무거웠다. 나는 헛기침을 했다. 음악소리라도 흘렀으면 싶었다. 원래 조용한 동네였지만 이 적막함은 다른 성질의 것이었다. 차라리 막막하다는 느낌이 드는 그런 적요한 공기였다.

다른 식구들은……. 나는 그렇게 말하려다가 흠칫 놀랐다. 누군가 우리집에 와서 그렇게 물었던 기억이 난 것이다. 그때 나는 참으로 견디기 힘들었다.

'딸이 있었어요. 근데 죽었어요. 그래서 나와 나의 남편밖엔 없답니다.' 그렇게 속으로 뇌이며 눈물을 삭이기란 정말 힘이 들었다. 새로 지은 집이어서 딸의 추억 같은 것은 묻지 않은 집이었다. 그러나 딸의 방이 있었다. 그때까지도 버리지 못한 딸의 물건들을 분신처럼 그 방에 배치해 놓고 들어가서 어루만지고 쓰다듬고 오열하고…….

나는 입을 다물었다. '뭘 물으려고 해. 그냥 얘기나 하다 가. 혼자 사는 여잔지도 모르지. 근데 이렇게 큰 집에…….'

여자가 느릿느릿 돌아왔다.

"허브차예요. 제가 커피를 안 좋아해서."

"저도 허브차 좋아해요."

나는 싱긋 웃어보였다.

"창문에서 뵙고 반가웠는데 인사도 제대로 못했네요. 진즉 찾아 뵀어야 했는데."

"제가 못나서요. 실은 밖엘 잘 못 나가요. 제가."

"왜요? 어디 아프세요?"

"몸이 아픈 데는 없네요. 그런데…… 밖엘 못 나간 지 한참 됐어요. 저보다 늦게 이사 오셨지요?"

"그런가 봐요. 이사 올 때 저도 정신이 없어서 주변 신경을 못 썼는데, 옆에 집들이 들어서 있는 건 봤어요."

"차를 몰고 회사는 가는데, 회사만 갔다가 집으로 그냥 와요. 요새는 일주일에 한 번이나 나가고 계속 집에 틀어박혀 있답니다."

그녀가 들고나는 걸 본 적은 없었다.

"아, 회사 운영하세요?"

"작은 사업을 해요. 남동생이 같이 일을 하니까 요새 그냥 맡기다시피 하고."

애플민트향의 차는 싱거웠다. 여자는 그리고는 입을 다물어 버렸다.

'그래. 맞아. 사람 냄새가 안 나. 이 집에선.'

혹시 우리집도 그런 건 아닌가 싶어 나는 다시 흠칫 했다.

"혹시……."

나는 그래도 물어봐야겠다고 생각하는데 여자가 입을 열었다.

"집에 저 혼자 있어요. 그래서 쓸쓸하지요?"

"다른 식구들은……?"

"그것이……. 딸이 있어요. 방학 시작하면서 연수를 갔는데 이달 말에나 온대요. 딸이 있을 때는 같이 나가기도 했는데 저 혼자서는 통 나갈 수가 없어서……. 이러고 있어요."

"밖에 나가 산책도 하고 그러시죠. 저랑 언제 산책하시겠어요?"

"산책도 하고 싶은데 혼자서는 대문 밖을 못 나가요. 제가. 차는 몰고 나갈 수 있는데."

"제가 데리러 올까요?"

그 말에 여자가 주춤거렸다. 남편에 대해서는 물어볼 수 없었다. 여자는 딸 이야기만 했다. 다행이다. 딸이 있다니. 잠시 후 여자가 고개를 저었다.

"저, 혹시 그쪽 전화번호 좀 주시고, 제가 전화 드리면 안 될까요? 산책 나갈 준비가 되면."

참 별스럽다 싶었지만 나는 전화번호를 적어주었다.

"제 집에 그냥 오셔도 되는데요. 저도 남편하고 둘밖에 없어요. 집에 저 혼자 있는 시간도 많고."

"그래도 제가 전화를 해보도록 할게요. 그럼 산책 같이 해주시는 거지요?"

"언제든지요. 전화 주세요."

나는 그만 일어나야겠다 싶었다. 차는 다 식었고, 여자는 다시 입을 다물었다. 무기력함이었다. 그 집을 나오면서 찾아낸 단어가. 무기력함이 여자를 꽉 누르고 있었다. 여자는 무력하게 축 늘어져 있고, 아무것도, 심지어 집 밖으로 걸어서 나가는 것조차 하지 못하고 있다. 그러나 나는 묻지 못했다. 왜 그러시냐고.

그 사이 며칠이 지나갔다. 이제 어둔 슬픔에서 겨우 빠져나온 나는 아직 나 자신을 관리하기에도 버거웠다. 곧 옆집을 잊어버린 건 아니었지만 바쁘지 않으면 내 심연과 빤히 대치할 수밖에 없었으므로, 그것을 벗어나기 위해 아직도 노력이 무지무지 필요한 사람이 바로 나였다.

이월은 그동안 애달복달 침잠을 피해, 뛰고 날 것처럼 온통 밖으로 나돌며 사람들 속으로 애써 섞이려 했던 나 자신의 방학이었다. 나는 이제 좀 쉬고 싶은 생각이 들었다. 나 자신으로부터 피하는 것에 진력이 나고 피로했다. '이제 슬픔을 받아들일 준비가 됐어.' 나는 그렇게 속삭였다.

나는 R의 사무실에 가는 대신 R과 점심을 먹고, R의 점심시간 쇼핑에 동반했다. 공방에서 하는 작업도 집으로 옮기고 싶었다.

"나, 이제 그만 돌아다니고 싶네. 작업도 집에서 하고 싶고."

나는 넓은 포치 한쪽을 작업실로 쓰고 싶었다. 남편은 기꺼이 포치 한쪽에 작업대를 설치하고 벽면에 수납공간도 만들어 주었다. 나는 공방에서 쓰던 흙과 손물레를 가져오고 필요한 도구들을 샀다.

어느 날 문득 그 여자 생각이 났다. 창문가에서 그 여자를 본 지가 꽤 된 것 같았다. 포치에 앉아서 이월 오후의 햇살을 바라보며 흙을 만지작거리고 있던 중이었다. 아직 나는 무언가를 만들어보지 못했다. 공방에서 구웠던 작은 접시와, 컵, 공기 그런 것들 몇 개가 수납대에 진열되어 있을 뿐, 그저 흙만 만지작거리다가 도로 비닐봉지 안에 집어넣고 멍하니 앉아 있기 일쑤였다. 포치는 유리로 새시가 되어 있어서 따뜻했다.

그 여자의 전화는 아직 받지 못했다. 그 후로 열흘은 지난 것 같았다. 문가에서도 본 적이 없고. 거실에 걸려 있는 시계가 세 시를 쳤다. 이월 오후 이 시간이면 산책하기에 좋지. 저녁은 좀 춥고. 불현듯 산책 같이 하자던 말이 생각났다. 지금이 딱 좋은 시간이었다.

나는 흙을 봉지에 집어넣고, 얇은 패딩점퍼를 걸치고 옆집으로 갔다. 왠지 그 여자가 걱정이 되었다. 전화한다더니. "전화하면 산책 같이 가실 거죠?" 했던 여자의 말이 머릿속에 맴돌았다.

나는 여자의 집 벨을 눌렀다. 이번에는 한참이라도 기다릴 생각이었다. 그러나 벨을 누르자마자 대문이 탁 열렸다. 그 찰나, 알 수 없는 의구심, 걱정, 혹은 불안 같은 감정이 뇌리를 스쳤다. 나는 슬쩍 열린 채 멈춘 대문가에서 잠시 망설이지 않을 수 없었다. 첫 방문 때는 생각나지도 않았던 것들, 예컨대 외출도 하지 않고 집에만 있다는 여자, 어디든 한 발짝도 혼자서는 갈 수 없는 여자, 드나드는 사람도 없는 집에 오랫동안(적어도 내가 이사 온 지 여섯 달이 넘었으니까 그 정도면 오래다) 흔적도 없이 있는지 없는지 모르게 사는 여자.

문득 언젠가 시내에서 있었던 일이 떠올랐다. 시내를 걷고 있는데, 어딘가 이상해 보이는 어떤 젊은 여자가 헤실헤실 웃으며 내게 다가왔다. 비가 오고 바람이 불던 날이라 우산을 쓰고 있었는데, 갑자기 내 앞에 나타난 여자는 우산을 나꿔채려 했다. 나는 깜짝 놀라서 느닷없이 나타난 이상한 여자에게 우산을 뺏기지 않으려고 안간힘을 썼다. 여자는 우산을 뺏으려고 용을 쓰다가 탁 우산을 놔버리고는 다시 나를 스쳐서 지나갔다. 하도 어이가 없어서 멍하니 서 있다가 나는 걷기 시작했는데, 뭔가 이상한 구석이 있었다. 뒤돌아보니 여자의 행색이 보였고, 사람들은 모두 그 여자를 피해 스쳐가고 있었다. 그때서야 나는 그녀가 비 오는 날 우산도 없이 거리를 헤매는 미친 여자라는 것을 깨닫고 실소했다. 그리고 어찌나 슬프고 마음이 아프던지…….

갑자기 그 미친 여자 생각이 났다. 무서웠다. 들어가기가 겁났다. 그러나 이미 대문이 열려 있고, 그 여자는 수줍게 현관문을 열고 기다릴 것이다. 대문 틈새로 살짝 보니 그 여자가 나와 있진 않았다.

'이러면 안 돼. 그런 여자가 아니야. 단지 혼자 밖엘 나가지 못할 뿐이지. 나랑 똑같아. 남편이 없다면 말이야.'

나는 여자의 집으로 들어갔다. 여자의 얼굴이 핼쑥했다. 나는 흙 묻은 손을 부비고 국화차를 마시며 여자의 얼굴을 살폈다.

"혹시 아파요?"

나는 핼쑥한 여자의 얼굴이 아파 보여서 물었다. 밥은 먹고 사는지……. 그런 생각이 들었다. 여자가 고개를 젓는데 눈가에 이슬이 맺혔다.

"그럼 혹시 아팠었어요?"

"늘 아프네요. 사실은."

"아파 보여요. 얘기하기 괜찮아요?"

"예. 괜찮아요. 밥을 못 먹어서 그래요. 점점 힘들어지네요. 혼자 있는 게……."

"누구 동생이나 언니 그런 분들 안 계세요? 좀 같이 지낼

분."

"곧 딸이 오면 괜찮을 거예요. 남편이 밉네요. 나 혼자 두고 가버리다니."

여자가 끝내 훌쩍훌쩍 울기 시작했다. 이런……. 나는 난감했다. 그러다가 용기를 냈다.

"남편께서 어딜……."

"죽었어요. 여기 이사 오기 전에. 이 집은 남편이 공을 들여 지은 집이라서 시내 아파트를 팔고 이사 올 예정이었거든요. 와서 구경만 하고 살아보진 못했죠. 바보같이 그냥 죽어버렸네요. 교통사고로."

나는 더 난감해졌다. 이걸 어떻게 감당해야 하나 싶었는데 여자는 의외로 울면서도 얘기를 차근차근 해나갔다.

"저는 결혼해서 지금까지 혼자 뭘 해본 적이 없어요. 회사에 나가 일하는 것 외에는 늘 남편이 내 손처럼 나를 감고 다녔어요. 마트에도 한번 혼자 가본 적이 없었어요. 아이 옷을 살 때도, 내 옷을 살 때도, 집안 물품을 살 때도, 늘 남편이 수족처럼 거두어주고, 사주고, 입히고……. 그러다가 딱 나 혼자 놔두고 가버리니 꼼짝 할 수가 없었어요. 몇 개월이 지난 지금까지도 그러네요. 한심하지요? 마흔이 넘은 나이의 여자가 이런 모습을 하고 있으니."

나는 고개를 끄덕였다.

"그럴 수 있어요. 누구든지 그럴 거예요."

"남편이 미워요. 나를 이렇게 만들어 놓고 꼼짝도 못하게 하고는 가버리다니."

"무척 부인을 사랑하셨나 봐요."

"그것이 사랑인지……. 당연히 그런 것인 줄만 알았지요. 남들도 다 그렇게 사는 줄 알았고요. 바보같이 집 밖엘 한 발짝도 나갈 수 없게 되니 남편이 더 원망스럽네요. 생각해보니 제가 인형처럼 살았나 봐요. 그는 내가 하라는 대로, 먹여주고 입혀주고 재워주기까지 했으니 어지간한 사람이었어요. 나는 그런 남편 손 안에 있던 인형이었어요. 이런 여자를 어른이라고 할 수 있을까요? 저는 어떡하면 좋아요? 죽고만 싶어요."

나는 답이 궁했다. 나도 지금까지 슬픔에서 헤어 나오기 힘들었지만 어쨌든 저 여인과 같진 않았다. 나는 잠시 상담을 한다고 생각하고 눈을 감았다가 떴다. 그녀는 지금 전화로 자신의 무기력함과 도통 움직일 수 없는 육신에 대해, 남편을 따라 죽고 싶은 정신에 대해 호소하고 있다. 무어라고 답변해야 하나. 그냥 경청하는 게 최고라고 했는데 그 여자가 지금 내 앞에 앉아 있는 이상 반응을 해야 하지 않겠는가?

'바보같이 굴지 말아요. 죽고 싶으면 죽어버리든지 살려면 걸어서 집 밖으로 나가요.'

속에서 그런 목소리가 들렸다. 마치 나에게 소리치는 것 같은 아우성이었다. 나는 움찔해서 벌떡 일어났다 앉았다. 여자가 울다가 놀란 듯 나를 바라보았다.

"이렇게 해봐요. 우선 내일 걸어서 우리집까지 와 봐요. 할 수 있겠어요? 대문 앞까지 걸어 나와 보라고요."

여자가 고개를 끄덕였다. 창백하고 윤기 없는 얼굴이 그 여자의 영혼을 드러내듯 지쳐 보인다.

"언제 걸어서 나가봤어요?"

"이사 온 뒤 한 번도 나가본 적이 없어요. 차 타고 회사만 몇 번 나가고. 딸 있을 때도 차만 타고 들락거렸지요. 누가 볼까 봐 두려웠어요. 남편 먼저 보내고 혼자 사는 여자라고 흉볼까 봐. 얼마나 자신이 없는지 마트에 가서도 제대로 물건을 못 사네요."

"이 동네는 사람도 많지 않고 부딪힐 일도 없는 곳이에요. 누가 부인을 흉보겠어요."

"그게 저라는 여자의 모습이에요. 남편 따라 죽고 싶지만 어떻게 죽어야 할지도 모르고, 살아보려고 하는데 자신이 없고, 도통 할 줄 아는 게 없으니……. 그나마 남편이 돈은 남겨 놔서 간신히 목숨만 부지하네요."

"어쨌든 내일 와요. 우리집에. 이 시간쯤. 그것은 할 수 있겠지요?"

여자가 고개를 끄덕였다.

"해볼게요. 정말 고마워요. 옆에 이런 분이 계셔서 정말 행운이에요."

여자가 올까? 그런 생각을 하다가 문득 잊었다. 한없는 슬픔이 몰아쳤기 때문이다. 나는 집으로 돌아온 후 한바탕 울고 나서 네모난 접시를 몇 개 만들었다. 흙을 만지니 기분이 좀 나아졌다. 여자를 내가 위로할 수 있다고 생각했던 것이 착각일지도 모르겠다. 그녀를 만나고 온 후 이상하게 편치 않더니 끝내 슬픔이 복받쳤기 때문이다.

크고 작은 사각 접시 세 개를 만든 후 나는 지쳐서 손에 흙을 묻힌 채 거실 소파에 누워 잠이 들었다. 남편이 퇴근하고 돌아와 깜깜한 거실 소파에 잔뜩 오그리고 잠든 나를 깨울 때까지 나는 깊이 잠들어 있었다.

"당신 피곤했어?"

나는 멍하니 남편을 바라보았다. 이상하게 웃음이 나왔다.

"여덟 시쯤 됐어. 집안이 깜깜해서 외출한 줄 알았지. 왜 갑자기 무서운 생각이 들었을까. 당신이 없다고 생각하니까 말이야."

"그랬어요?"

나는 흙 묻은 손을 만지작거리는 남편의 손을 꼭 잡아주었다.

"저녁 먹어야죠."

"내가 비빔밥 만들어 줄게. 당신 손 씻고 와. 뭐 만들었나 보네?"

"접시 세 개 만들었어요."

남편의 존재가 새삼스러웠다. 늘 내 옆에 있던 사람인데 언제부턴가 슬픔에 가려져 보이지 않았다. 그는 안타까움과 함께 안개 저편에 있었다. 손을 씻고 오래오래 세수를 하는 동안 남편이 비빔밥을 만들었다. 비빔밥은 유일하게 남편이 만들

줄 아는 음식이었다. 어쩌다 딸과 같이 주말을 보낼 때면 늘 점심에 밥을 비벼주곤 했다. 나는 콩나물국을 데워 남편과 비빔밥을 먹었다.

밥을 먹으면서 나에게 내보이지 않은 남편의 속 아픔을 새삼 느꼈다. 내가 슬픔 속에서 잔뜩 웅크리고 있을 때 울음 울던 남편의 속을 또 한 번 본 것 같았다.

당신이 없다고 생각하니까 무서운 생각이 들었어…… 라고 했던가.

"당신한테 미안해요."

나는 밥알을 씹으면서 말했다.

"왜? 뭘?"

"나만 슬픈 것도 아닌데 내 슬픔만 생각한 것 같아요. 여태까지. 당신이 내 정신을 들게 할 때도, 오로지 내 속만 생각했어. 당신의 슬픔 따윈 안중에도 없었던 거야. 나 정말 나쁜 여자예요."

"어쩔 수 없었지. 당신은 엄마잖아."

"당신은 아빠잖아요. 나만 존재하는 걸로, 내 딸인 걸로만 착각했는지도 몰라. 이제야 당신도 얼마나 힘이 들었을까 생각하게 됐어요. 정말 미안하고 부끄럽고……."

끝내 눈물이 터졌다. 손등으로 눈물을 닦으면서 나는 웃었다.

"그러지 않아도 돼. 당신을 바라볼 수 있는 곳에 내가 있어서 다행이었어. 만약 당신이 날 지켜봐야 했다면 어쩌겠어. 당신의 슬픔은 깊고도 깊은 우물 같아서 아무리 물을 퍼내도 자꾸 더 깊어지기만 하는 그런 거였어. 나도 아빠로서 자식 잃은 슬픔을 그 어디에 비할까마는, 당신은 그 몇 배 더 참담한 거였으니까. 이제 나도 당신이 보여. 당신 때문에 내 슬픔도 가라앉은 거니 미안해하지 마. 당신이 오히려 고맙다고 생각해. 이렇게 살아나서."

"당신 대단해요. 이제 고개 흔들지 않고, 눈을 감지 않고, 소리 막지 않고 우리 딸 떠올릴 수 있어요. 당신도."

남편은 말없이 나를 그윽이 바라보고 미소 지었다.

남편이 설거지 하는 틈에 불도 켜지 않은 서재의 창문 앞에 섰다. 창문을 활짝 열고, 나는 어둔 그 여자의 창문을 바라보았다. 설핏 안쪽으로 불빛이 흐르는 걸로 봐 아까 나처럼 불을 끄고 잠들어 있는 것 같지는 않았다.

나는 저 여인의 무기력한 정신에 비해 월등히 이성적이라는 생각을 했던 걸까. 내가 저 여인의 무엇을 끌어줄 수 있다고 생각했던가? 바보 같은 웃음이 피식 새어나왔다. 나도 슬픔의 수렁에 빠져 있었다. 그 여자의 수렁이 곧 내 수렁이었다. 이제 그 수렁에서 빠져나왔다 해도 그녀를 어떻게 해줄 수 있는 건 아니다. 헌데도 나는 그 여자를 어떻게든 집 밖으로 끄집어내고 혼자 살아갈 수 있는 활력을 불어넣겠다는 생각을 한 모양이다.

'그건 아니야. 그녀는 그저 슬픔에 빠졌던 예전의 나와 같을 뿐이야. 시간이 지나야만 하는 그런 상황.'

그러나 이제 알겠다. 그 여자의 숨죽인 배춧잎 같은 모습이 나를 바로 보게 했음을. 이제 내 모습이 똑똑히 보이는 것이다. 그러니 그 여자에게 뭔가 해줘야 한다는 생각도 내 안에서 정당성을 획득할 수 있다. 그녀로 인해 나 자신을 바라보게 되었으므로. 마치 그녀가 내 거울처럼 느껴졌다.

그녀를 위해 뭘 어떻게 해보겠다는 생각은 내 기만일지도 모른다. 그저 포치에 같이 앉아서 흙이나 만지자. 일단 그 여자가 내일 우리집에 오면 그래야겠다는 생각을 했다. 나는 어둔 창문가에 서서 그 여자의 방 창문을 향해 살짝 손을 흔들었다. 마치 어둠 속에 그녀가 있다가 마주 손을 흔드는 것을 보기라도 한 듯 나는 오래 그러고 서 있었다.

상처

항아리가 바닥에 떨어져 버렸다.

하얀 달의 파편들이 바닥에 꽃잎처럼 흩어졌다. 유난히 정성을 들인 달항아리였다. 십일월 전시회를 앞두고 달항아리 다섯 점을 구울 예정이었다. 다른 작품을 구우면서 달항아리 한 점씩을 만들었다. 오늘 세 번째 작품이었다.

무언가 예감이 이상했다. 준은 한 번도 작품을 꺼내다가 떨어뜨린 적이 없었다. 그는 항아리를 떨어뜨린 거칠거칠한 두 손바닥을 나무라듯 오래오래 들여다보았다. 이상하다. 무언가 불안한 기운이 감돈다.

그는 아직도 따끈따끈한 가마 안의 그릇들을 꺼내놓은 뒤 쉼방에 들어가 소파에 덜렁 누워버렸다. 쉼방은 열 평 남짓한 공간에 책상 하나가 있고, 낡은 소파 하나를 얻어다 놓은 곳이었다.

준의 공방은 서른 평 정도 되는 공간으로 작업대 세 개와 가마까지 놓여 있어 작업실로는 조금 부족한 공간이었다. 사방 벽에는 가마 있는 쪽을 제외하고 그릇과 다기들이 촘촘히 도열하고 있다. 쉼방의 벽에도 큰 항아리들이 꽉 차 있었다. 쉼방 바닥은 사방에 수건이며 다기포장박스 묶음, 아무렇게나 벗어던져진 티셔츠 등으로 어수선했다. 전엔 꽤 깔끔하던 때가 있었다. 아내 정이 곁에 있을 때.

가을벌레들이 쏴아쏴아 창밖 풀숲에서 울어댔다. 몇 년째인가……. 그는 빨리 이 좁은 공방을 벗어나고 싶었다. 십 년 전 이곳에 빈손으로 왔을 때는 참으로 막막했었다. 그때 도예학과 교수인 대학 선배로부터 이 공간을 얻은 것은 큰 행운이었다.

선배는 작업실을 지어놓고 가마도 들여 놓았으나 대학에 작업공간이 있어 놀리던 것을 까마득한 후배에게 거저 쓰라고 선심을 썼다. 나중에 알고 보니 지원금을 받아 지은 거라서 작업실을 사용하지 않으면 돌려주거나 철거해야 할 판이었다. 어쨌거나 그에겐 거저 작업실이 생긴 것이다.

준은 무작정 그릇을 만들기 시작했다. 아무도 오지 않는 곳, 아무도 모르는 곳, 아무도 모르는 존재가 아무도 모르는 그릇들을 빚었다. 삼 년여를 그렇게 그저 흙만 만지다 보니 모습이 귀신형용이었다. 게다가 돈이라곤 없는 빈털터리여서 굶거나 라면으로 때우기 일쑤였다. 그때까지는 그러니까 모아둔 돈도 없고, 수입이 없었으므로 간간이 어머니의 도움으로나 빈한한

끼니를 이어갈 수 있었다.

죽어라 그릇만 몇 년을 만들다 보니 제법 도자기 그릇들이 쌓였다. 그리고 어느 때부턴가 하나 둘 사람들이 오기 시작했고, 구워놓은 그릇들도 팔리기 시작했다. 그때 비로소 그는 쌀을 살 수 있었다. 빈손으로 들어온 지 사 년 만에 준은 비로소 도예가라는 이름을 얻었다.

만 사 년을 넘기면서 비로소 허리를 펴고 공방 뒤로 우뚝 솟아 있는 산의 뒷모습을 보았다. N산이었다. 까치봉의 뒷 자태가 손으로 어루만져지듯 가깝게 올라 있었다. 늘 그 산이 있었는데, 그 산 덕분에 공기는 달콤하고 바람은 신선했으며 새들의 노래가 창창했을 텐데 이제야 보이는 것이었다.

사실 공방은 시 외곽에 있는 제법 큰 식당의 마당 위쪽에 위치해 있었다. 식당의 마당을 지나 몇 발짝 올라드는 언덕에 있었으므로 한 울안에 있는 셈이었다. 너른 마당의 정원에선 때때로 바비큐 파티가 열렸다. 그 식당에 예약된 손님들이 올 때면 주인 L은 늘 고기를 굽기 위한 준비를 했고, 고기를 굽느라 바빴다.

모임이 낮에 있거나 이른 저녁이면 손님 중 한두 명이 공방을 기웃거리거나 가끔 작은 그릇들을 사기도 했다. 그럭저럭 몇 년이 지나면서 입소문이 사람들을 불러준 셈이었다.

“야, 준아. 내가 손님들한테 선전했다. 곧 사람들이 올 거다. 두고 봐. 내 덕분에 니 그릇들 좀 팔릴 테니.”

사장 L은 그렇게 생색을 냈다. L의 말대로 식당 손님들의 입소문이 효과를 낸 건 사실이었다. 그러나 쓸데없이 기웃거리는 사람들이 많아 차츰 귀찮아졌다. 그때부터는 늘 열어 놓던 공방 문을 닫거나 잠가 놓게 되었다.

그때쯤 그는 P시의 여러 예술단체에 속해졌고, 많은 사람들과 알고 지내는 사람이 되었다.

'그렇게 해서 오늘까지 왔어.'

그는 한숨을 쉬며 눈을 감았다. 참 어려운 시간이었다. 그러나 힘들다는 생각보다는 하루 빨리 무언가를 확립하고 도예가로서 당당하게 공방을 운영하고 싶은 욕구가 시련을 이기게 하는 힘이 되었을 것이다. 젊었기 때문에 가능한 일이었다.

홀로 삼 년을 버티면서 울기도 많이 울었다. 선천적으로 몸이 약해서 더운 여름날엔 쓰러진 적도 부지기수였다. 공방은 조악한 조립식 건물이어서 여름에는 무척 더웠고, 겨울에는 추웠다. 우뚝 솟은 산봉우리 아래라 추위는 더욱 힘든 혹독함이었고 겨울은 길기만 했다.

허리를 펴고, 사방을 둘러보고 사람들과 알고지내며 단체 활동을 시작하던 그때 서예가 유가 어떤 여자를 소개시켜 주었다. 연애 경험도 없고 역시 돈도 없던 때였다. 차를 한 대 주문하고 유치원이나 초등학교에 도예체험을 나가기 시작하던 때이기도 했다. 흙과 도구를 싣고 다니려면 차가 필요했는데, 돈이 없던 그는 어머니의 도움을 얻어 녹색 스타렉스를 구입했다. 여자 경험도 없고 돈도 없으며 남 앞에서는 말도 잘하지 못했던 그는 역시 자신처럼 순해 보이는 여자를 만나 석 달 만에 결혼을 했다.

지금 그의 아내는 세상에 없다. 결혼한 지 이 년 만에 임신중독증에 걸린 채 아이를 낳다가 숨을 거두었다. 조산이었다. 아이는 인큐베이터에 있다가 나왔으나 엄마를 따라 하늘나라로 갔다. 좌절할 틈도 없었다. 그는 다시 음지의 산자락에 있는 자신의 둥지 안에 파묻혔다. 그렇게 다시 이 년이 흘러갔다.

아내 정은 순하고 말이 없는 여자였다. 그 자신도 남 앞에서는 말도 잘 못하던 사람이라 그런 점에 약간의 불만은 있었으나, 고분고분한 아내의 성격에 위로를 받는다는 생각으로 살 수 있었다. 작은 평수의 아파트를 얻고 아내가 해주는 밥을 먹으며, 알뜰하게 싸주는 도시락을 먹는 기쁨도 있었다. 비로소 공방에서 새우잠을 잘 필요가 없었다. 매일 온종일 물레를 돌리고 흙을 주무르던 것도 작업시간을 정하고, 보통사람들처럼 일정한 시간에 집에 돌아가는 것으로 바뀌어 갔다.

허나 그런 시간은 너무도 허망하게 순식간에 사라져 버렸다. 힘든 시간을 보내면서 아내가 없는 집에 돌아갈 수 없어 한동안 옛날처럼 공방에서 칩거하듯 지내기 시작했다. 어머니를 비롯한 많은 사람들이 공방으로 찾아와 사정하듯이 제발 정신 차리라고 했지만, 그는 이곳에서 처음 시작했을 때의 그 맨손의 막막함보다 더 막막한 트라우마 속에 빠진 자신을 느꼈다.

'산이 힘이 되어 주었어.'

그랬다. 산이 힘이 되어 주었다.

아내를 보내고 다시 혼자가 된 뒤, 손을 놓고 N산의 뒷자락을 타고 올랐다. 그저 오를 뿐이었다. 올라가면 내려오고, 올라가면 다시 내려왔다. 그렇게 몇 년을 보내고 나니 저 뒤쪽으로 턱 버티고 있는 N산의 자태가 다시 눈에 들어왔다. 공방 주변의 나무들이 몇 년 사이 많이 자라 있었다. 식당은 여전히 주말이 되면 바비큐 냄새가 가득 차고, 사람들로 시끄러웠다.

준은 다시 아이들을 위한 수업 준비를 하고, 세 개의 작업대에 스무 명 분의 흙을 준비하고 의자를 배치했다. 다시 나머지 시간은 온통 물레를 돌리거나 흙 반죽을 하는데 바쳤다. 그는 흙만이 자신을 구원해 줄 거라고 믿기 시작했다. 오래전 처음 맨몸으로 이곳에 들어왔을 때 무조건 믿었던 것도 흙이었다.

사람들이 다시 공방에 왔다. 이제 많은 사람들이, 먼 곳에서도 그의 공방의 그릇들을 보러 오거나 배우기 위해 왔다. 도예를 배우기 위해 오는 사람들은 주로 아이를 다 키운 엄마들이었고, 친구들 몇 명이 같이 오거나 아이들과 같이 왔다. 국악원이나 회사 같은 데서 단체로 오는 경우도 종종 있었다. 그들은 일주일에 한 번 정도 왔고, 일주일에 두세 번 정도는 그런 여자들이 늘 공방 작업대에 있었다.

어느새 그는 사람들, 특히 삼사십대의 여자들 속에 있었다. 그녀들은 그의 소식을 들었고, 안타까워했으며, 같이 아파했기 때문에 늘 간식거리나 반찬 등을 가져다주었다. 때때로 그는 그녀들이 사는 밥도 먹었다. 처음엔 사양했으나 차츰 익숙해졌다. 때로는 공연 때문에 먼 도시에서 온 같은 나이 또래의 무용수와 전화를 주고받기도 했다. 주로 활달한 성격이었던 그녀가 전화를 했고, 그는 그저 전화를 받는 정도였지만, 그녀가 그에게 호감을 갖고 있다는 느낌은 느끼고 있었다. 그러나 그 정도였다. 그는 아무에게도 관심을 가질 수 없는 깊은 우물 속에 있었다.

그렇다 해도 사람들 특히 주변의 여자들에 둘러싸여 지내는 것은 사실이었다. 사십대 중 후반의 그녀들은 그를 보호하려 했고, 자식이나 동생처럼 보살피려 했다. 때때로 그런 여자들이 거추장스럽고 짜증이 날 즈음 문화센터의 강의를 맡게 되었다. 그는 그녀들을 모두 센터의 수업에 보내 버렸다. 공방에서 따로 수업은 하지 않으니 문화센터 강좌를 신청하라고 했더니 일이 수월해졌다.

다시 그는 아이들이 체험하러 오는 시간을 빼고는 혼자 작업할 수 있었다. 그렇다고 상처란 쉬 아무는 것이 아니었다. 인생에 가장 큰 상처를 경험한 그로서는 자신의 밖으로 한 발짝도 내디딜 용기가 없었다. 다만 삶의 형태를 띤 하루하루의 일과를 그저 시간표대로 처리해 나갈 뿐이었다.

그러던 어느 날. 이 년 전 가을이었다.

십일월 십일일 오후 네 시. 누군가 문을 두드렸다. 시내에 나갔다가 호숫가를 휘돌아 나있는 도로를 타고 산 아래 공방에 도착해 막 원통형의 흙을 두드리던 참이었다.

"들어오세요."

그는 흙 주무르던 일을 멈추지 않고 다소 퉁명스럽게 말했다. 문고리가 돌아가는 소리가 나더니 멈추고 다시 노크 소리가 났다. 이 시간에 올 사람이 없었다. 대부분 아는 사람들은 전화를 하고 왔다. 이렇게 불쑥 오는 사람들은 모르는 사람들이었다. 그는 손에 흙을 묻힌 채 뚜벅뚜벅 걸어가 문을 열었다.

"안녕하세요?"

제비꽃 같이 발랄한 여자가 싱긋 웃으며 문 밖에 서 있었다. 그는 깜짝 놀라 문고리를 잡은 채 멍하니 그녀를 쳐다봤다. 그가 그냥 서 있자 그녀가 물었다.

"들어가도 돼요?"

그제서야 그는 고개를 끄덕이며 뒤로 물러났다. 보랏빛 가죽재킷을 입고 긴 머리가 곱슬거리는 눈이 큰 여자였다. 한눈에 공방을 드나드는 여자들하곤 뭔가 다른 여자라는 게 느껴졌다. 그는 자신도 모르게 위축되었다. 그녀는 뭔가 압도하는 게 있었다. 모든 상황을 금세 자신의 분위기로 바꿔 버린다고나 할까. 그는 첫눈에 '그녀'를 느꼈다. 그녀의 존재를.

"앉아도 돼요?"

그녀는 계속 물었고 그는 계속 고개를 끄덕였다. 그러다가 간신히 물었다.

"어떻게 오셨나요?"

"네. 제가 테라코타를 몇 점 만들었는데요. 굽질 못했어요. 저 식당 이층에서 잠깐 커피를 마셨는데 도자기 조형물이 있더군요. 물었더니 자기가 만들었대요. 주인이. 아, 나도 테라코타 구워야 되는데, 했더니 바로 여기 코앞에 공방이 있다고, 거기 가서 구우면 된다고, 불이 켜져 있는 걸 보니 선생님이 계신 것 같다고 해서 쏜살같이 달려왔어요."

그녀가 숨도 쉬지 않고 말했다.

"그러시군요……. 차 한 잔 하시겠어요?"

그녀가 싱긋 웃으며 고개를 끄덕였다. 그녀는 그렇게 왔다. 이 년 전 가을이었다.

준은 정신을 차리려고 애썼다. 몸이 가위에 눌린 듯 무거웠다. 자꾸 감기려는 눈꺼풀을 문지르고 가마 앞의 깨진 항아리 파편을 줍고 있는데 느릿한 재즈 음이 들렸다. 자신의 휴대폰이 울리는 것도 모르고 준은 멍하니 그 귀에 익숙한 재즈 연주를 듣다가 마침내 전화가 왔다는 것을 깨닫고 작업대 위에 올려져있던 전화기를 집어 들었다.

"서준 씨세요? K시의 119입니다. 지금 ○○아파트에 와 있는데요. 유한나 씨가 약을 먹어 응급상황입니다. 병원으로 출발했으니 K병원으로 오세요. 유한나 씨가 연락해 달라고 해서 연락드리는 겁니다. 방금 유한나 씨는 혼수상태에 빠졌습니다."

"……?"

준은 항아리를 떨구듯 휴대폰을 바닥에 떨구었다. 아파트에 갔구나. 거기서, 왜? 준은 꼼짝할 수 없었다. 항아리가 깨졌어. 한나가 죽으려고 해…….

한나를 만난 건 사흘 전이었다. 그녀는 K에 전에 살던 아파트가 있지만 머물지 않고, 이곳 P에 집을 얻어 살고 있었다. K의 아파트엔 그녀의 짐만 있을 뿐 가지 않는 곳이었다. 그녀와 헤어진 남편은 중국으로 떠났다고 했다. 그녀는 아파트를 팔려고 내놓은 지 오래였다. 조만간에 짐도 다 정리할 예정이었다. 그녀는 자신에 대해서 잘 얘기하지 않았지만 만난 지 얼마 되지 않았을 때 두어 번 자신이 어떻게 살았는지 입술을 깨물며 가만가만 얘기했었다. 그것은 참 말하기 힘든 얘기였을 것이다. 누구에게도.

“난 매 맞고 산 여자야. 바보같이 맞고 살았어. 헤어질 생각도 못하고. 일 년 전 헤어졌어. 남편은 중국으로 가면서 아이도 데려갔어. 위자료 조금 많이 받고 아파트 내가 가졌어. 남편은 부자거든. 아니 시댁이 부자지. 이혼을 안 해줘서 법원에 가서 끝냈어.”

얼마나 삶이 고통이었을까. 아내와 아이를 보낸 나의 아픔과 어떻게 다른가? 준은 차마 물어보지 못했다. 상처한 남자와 매 맞고 산 여자의 아픔에 어떤 차이가 있을까…….

이 년 전 십일월의 열하룻날 준에게 온 여자는 종달새처럼 명랑하고 쾌활했었다. 차를 마시고 준은 이리 와 보세요, 저리 와 보세요 하면서 그녀를 데리고 진열되어 있는 다기와 그릇들을 보여주고 친절하게 설명해 주었다. 아무도 들여다 볼 수 없는 쉼방의 큰 항아리들도 일일이 설명을 해주었다.

"참 친절하네요."

그녀가 그렇게 말할 정도로 준은 섬세하게 그릇들을 소개해 주었다.

"나랑 저녁 먹을래요? 어차피 나도 혼자 저녁을 먹을 건데 내가 살게요."

준은 몇 번 사양하다가 그녀와 함께 근처 쌈밥집으로 가서 저녁을 먹었다.

"테라코타를 보고 싶네요."

"그럼 우리집에 가볼래요? 집이 멀지 않아요. 친구네 친정집을 내가 사서 리모델링한 작은 기와집인데 거기 작품이 있어요. 친구 덕분에 이곳으로 흘러들어왔죠."

그녀는 원래 K시 사람이었다. 준은 그날 밤 작업도 포기하고 그녀와 저녁을 먹고 그녀의 집에 가서 테라코타를 보았다. 집 뒤로 포장된 마을길이 나 있는 일자형 기와집은 원룸 형태로 리모델링되어 아담한 거실과 작은방 두 개와 부엌, 화장실이 있었고, 거실엔 온통 벽에 책이 꽂혀 있었다. 거실 한쪽에 이젤과 화구들이 널려 있었고, 테라코타는 그 한쪽 진열대 위에 네댓 개가 놓여 있었다.

"실은 이 테라코타는 배우면서 만든 것들인데 굽기 전에 그만 두어서 그냥 이대로예요. 지금 만들고 있는 건 이거……."

테이블 한쪽에 작은 손물레가 있는 것을 미처 보지 못했는데 거기 비닐에 덮인 작품이 있었다. 제법 큰 인물 한 쌍이었다.

“오늘 밤 새워 작업할 거예요. 실은 밤에 잘 자지 못해요. 오랫동안 그랬는데 지금도. 이곳의 어둠도 아직 익숙해지지 않아서 밤을 새기 일쑤죠. 시골집들은 마당이 깊어서 뒷집의 불빛도 잘 보이지 않아요. 자동차로 오 분이면 시내에 가는 거리라 그리 시골스럽지도 않은데 밤엔 너무 조용해서 좀 아직도 힘들구요.”

그녀의 집에 머문 건 잠깐이었다. 그러나 참 많은 이야기를 한 것 같았다. 그렇게 편하고 자연스러운 여자는 처음이었다. 참 편안하다……라고 생각하면서 준은 그녀의 집을 나와 산 아래 호숫가를 휘돌아드는 곳까지 난 새 도로를 탔다. 자꾸 차를 돌리고 싶었다.

준은 공방으로 돌아와 비닐에 덮인 흙을 꺼내다가 일이 손에 잡히지 않는다는 것을 깨달았다. 그는 다시 흙을 비닐로 덮었다. 마침 전화한 친구가 있어서 만나 술을 마시고는 늦은 밤 집으로 돌아가는 길에 그녀, 한나에게 전화를 걸었다. 새벽 두 시였다. 하지만 밤새워 작업을 한다고 하지 않았던가?

“밤 새워 작업하신다고 해서 전화했어요. 친구와 술 한 잔 하고 들어가는 길입니다.”

“아, 놀랐어요. 새벽 두 시에 전화벨이 울려서…….”

“아까 어두워서 집을 잘 보지 못했는데 낮에 한번 가보고 싶네요.”

“그래요? 그럼 난 낼 오전에 좀 자야 하니까…… 일어나서 전화할게요. 그때 오세요.”

새벽 두 시, 빈집으로 들어가기 싫어하는 자신을 보면서 그는 그녀도, 나도 혼자 자야 하는구나 하는 생각이 들었다. 쓸쓸함이 가슴을 가득 채웠다.

그는 어찌할 줄 몰라 망설이다가 쉼방에 들어가 얼른 옷을 갈아입었다. 구월의 중순을 넘기는 중이었다. 스트라이프 체크 남방을 입다가 그는 멈칫 했다. 한나가 사준 옷이었다. 목이 메었다.

'아아, 한나, 무슨 일이야? 잘 지내고 있다고 생각했는데 무슨 일이라도 생긴 거야? 내가 모르는. 중국에서 무슨 전화가 왔어? 아이 때문에? 내 생각은 안 했어?'

그는 속으로 수도 없이 한나를 향해 뇌었다. 마치 그녀가 듣고 있는 것처럼. K시까지 달려가야 한다. 한 시간이면 도착하겠지만 슬픔에 가슴이 찢기는 듯한 고통이 점점 커져갔다. 준은 공방의 문을 잠그고 차에 올라 빠르게 마당을 내려갔다.

'진정해. 진정하자……. 그녀는 살아날 거야. 제발 날 생각해줘. 한나…….'

해가 지기 시작했다. 호숫가를 휘돌아 달릴 때 꼴깍 산마루 뒤로 해가 지는 것이 보였다.

제비꽃처럼 환한 그녀가, 모차르트 음악처럼 명랑한 그녀가 깊은 우울에 빠져 힘들어 하는 것을 처음 보았을 때 준은 너무 놀라웠다. 평상시의 모습과 완전히 딴판인 어둠이 가득 채워진 눈빛은 슬픔으로 강처럼 일렁거렸다.

그녀가 공방에 두 번째 온 날 준은 그녀의 집에서 잤다. 그날 오후 한나는 테라코타를 가지고 왔고, 머그잔을 두 개 만들었으며, 저녁이 되자 같이 시내에 나가 술을 마셨다. 그날 밤 술에 취해 그녀의 집 거실 바닥에 누워 있을 때 그녀는 말했다.

"나 있잖아요. 나는 매 맞는 아내였어요. 바보같이 십 년을 맞고 살았어요. 작년에 헤어졌는데, 헤어지고 나서 정신적 후유증이 심해 올 봄까지도 상담을 받았어요. 내 친한 친구 하나가 친정집이 여기 있어서 봄에 그 집을 고치고 들어왔어요. 상담을 받으면서 치유에 도움이 된다고 요가, 명상, 수묵화, 헬스…… 다 해봤고. 제일 최근에 한 것이 테라코타예요. 그리고는 멈췄어요. 흙을 만지다가 가끔 욱, 해서 부셔버리는 통에…… 누가 또 그러더군요, 도예를 해봐라…… 그래서 테라코타도 굽고 도자기도 한번 해보려고 했는데 선생님을 만난 거예요."

준은 깜짝 놀랐다. 제비꽃처럼 환한 여자가 매를 맞고 살았다니…… 믿기지 않았다. 준은 한나를 끌어당겨 안고 등을 쓰다듬었다.

"그런 줄 몰랐어요. 어떻게 살았어요? 왜 바로 헤어지지 않고……."

"빚이 있었어요. 친정집에 돈이 많이 갔죠. 처음부터 때린 건 아니었고 삼 년쯤 지나면서 그 사람 의부증이 생기기 시작하면서…… 이혼하고 싶었지만 워낙 돈을 많이 썼기 때문에 조금만 조금만 하다가 십 년이 되어버렸어요. 아버지 사업 망하고 집도 뺏기고 여동생 두 명 가르쳐야 했고, 돈이 필요했죠."

한나의 고백이 두 사람을 가깝게 했을까. 아니다. 그녀가 처음 온 날 밤 새벽 두 시에 그녀에게 전화하면서 그때부터 준은 그녀 생각에 빠졌다. 다음 날 오후 그녀에게서 전화가 왔을 때 마치 기다렸다는 듯 그녀의 집으로 달려갔고, 밤새 만들었다는 꽤 큰 크기의 테라코타 인물상을 보고, 작은 데크에 앉아 두건을 쓴 그녀와 앞마당을 내다보며 커피 한잔을 마실 동안 온통 그녀 생각뿐이었다.

일자형 기와집의 한쪽 앞을 작은 마루와 연결시켜 데크를 만들어 놓고 낮은 난간을 설치한 것이 꽤 아기자기한 공간이었다. 유일하게 내가 만들어 달라고 부탁한 곳이라고 그녀는 설명했다. 꽤 높은 담장이 집 뒤쪽과 옆으로 올라 있어 밖에서는 안을 볼 수 없는 집이었다. 그녀의 집 뒤로 마을길이 있고, 띄엄띄엄 집들이 이어져 있었다.

왼쪽은 공터처럼 빈 밭이고 앞쪽도 저 멀리까지 빈 밭이었다. 마당 끝에는 빙 둘러서 나무들이 제법 서 있었다. 빈 밭 너머로 마을로 들어오는 큰 도로가 보였다. 마당을 별로 가꾼 흔적은 없고, 다만 노랗게 퇴색해가는 잔디가 깔려 있고 나무 밑을 따라서 약간의 화단 같은 모양새가 길게 있었는데 거기 구절초들이 애잔하게 피어 있었다. 단풍 든 나뭇잎들이 떨어지거나 바람에 소슬하게 날리던 날이었다. 밭 너머 큰 도로까지 온통 가을빛이 가득했다.

"내년엔 뭔가 야생화를 좀 심어 보려고 해요. 올해는 신경을 못 썼고. 좀 그렇죠?"

"아니 그냥 이대로 좋은데요. 가을이라 그런지."

"그럴 거예요. 가을이라 그저 좋은."

그녀는 가을 같은 미소를 지었다. 그날은 준의 차를 타고 시내에 나가 저녁을 먹고 일찍 헤어졌다. 얘기로는 일주일에 한 번 정도 공방에 가겠다, 뭐 그 정도였으나 준에게 이미 그런 것쯤은 상관이 없었다. 어쩌면 그 이상으로 그녀를 만나게 될 것이라는 알 수 없는 확신이 생겨났다.

준의 생각대로 그녀가 공방에 자주 온 것은 아니었다. 그러나 그녀는 금세 그의 곁에 머물게 되었다. 그의 마음속에 쑥 들어와서 늘 함께 있었다. 일주일 후 그녀의 집에서의 동침이 시작이었다. 이렇게 시원시원하고 매끈하며 매력적이고 영민한 여자가 어떻게 십 년을 그렇게 살았단 말인가…… 믿기지가 않았다. 그녀는 그것을 견뎌야만 할 이유가 없었다.

"단지 돈이 얽혀 있었어. 나는 그것 아니면 얼마든지 뛰쳐나올 수 있었어. 아이도 아니었다고……."

"……."

"나는 마흔둘이야."

준은 서른일곱이었다. 그녀는 마흔둘로 보이지 않았다. 반대로 준은 마흔 살로 보였다.

"마음속의 에너지 때문일 거야. 난 한 번도 불꽃처럼 타보지 못했거든. 너무 힘들게 살았어. 끝없이 저 가마에 불을 땠지만 나 자신은 그저 숯이 돼버린 것 같아. 별로 웃어본 적도 없는 것 같아. 그래서 내가 자기보다 들어 보일 거야."

준은 팔 년이라는 세월의 지난함을 생각하면서 말했다. 그는 늙는다는 것에 저항하지 않을 생각이었다. 여덟 해를 그렇게 살아왔으므로. 그저 자신의 줄을 타고 있을 뿐이었다.

"참 대단해. 어떻게 아무것도 없이 그렇게 흙만 만지고 살았을까. 이렇게 일궈낸 건 정말 대단한 일이야."

한나는 그의 이야기를 들을 때마다 그렇게 말했다.

"이제 작품을 좀 하려고 해. 전시회도 해야 하고. 그동안 힘들었지."

아내는 그가 지탱해 온 버팀목을 일시에 끊어버렸다. 그 순간 그가 간신히 만들어낸 모든 것들도 정지한 것처럼 멈췄다. 그렇게 아프게 이별해야 하는 순간도 있는 법이라고 말하고 싶었을까.

아내는 사랑했다기보다 홀로 세상과 싸우던 그에게 조용히 나타난 동반자였다. 아무것도 가진 것도 가질 것도 없던 그의 빈한한 장소에 스며들어온 약한 빛 같은 존재였다. 아내는 그리 환하거나 빛나는 별은 아니었다. 그러나 그 작은 빛만으로도 그는 충분했었다. 늘 옆에 그 작은 빛이 있다는 것만으로도 혼자 견딘 황량한 세월의 막막함은 스러졌다. 그러나 그마저도 신은 질투했던가 보았다.

한나를 만나면서 준은 눈물겨웠다. 아무에게도 말하지 못한, 황야를 헤매는 한 마리 늑대의 외로움 같은 자신에 대한 속내를 풀어 놓을 수 있는 유일한 사람이었다. 한나에게선 경이로운 존재감이 넘쳐났다. 그녀가 느닷없는 울증 속으로 숨어들어 어쩔 줄 모르는 그런 순간 외에는 한나는 늘 존재하는 것만으로도 준을 흥분시키는 여자였다.

한나는 화요일 오후와 금요일 오후에 공방에 왔다. 때때로 오고 싶은 때 왔지만 가능하면 그 시간에 와서 도자기 빚는 것을 약간씩 배우고 원래 흥미가 있던 부조를 만들었다.

한나는 전에 간호사였다.

"미술대학에 가고 싶던 여학생이었지. 아버지 사업이 그때부터 기울기 시작한 것 같아. 어머니가 극구 반대했어. 그래서 간호사가 된 거야."

결혼하면서 그만 두었고, 지금은 휴식기였다. 그녀는 다시 간호사가 되고 싶은 맘은 없었다. 불쑥불쑥 치미는 울증이 나아지면 카페나 한번 해볼까 싶다고 했다. 작은 갤러리를 열거나. 도자기가 그녀에게 도움을 주는지에 대해서는 잘 알 수 없었다.

갑자기 그녀의 이상 징후를 본 것은 그녀가 찾아온 지 석 달쯤 후였다. 그때까지 그녀는 마음에 상처 같은 건 있을 성싶지 않은 맑은 여자였다. 만난 지 일주일 만에 자신이 매 맞고 살았던 여자라는 고백을 해서 깜짝 놀라긴 했지만.

한나는 일주일에 한번씩 K에 가서 커피 수업을 받고 있었다. 그날도 그녀가 K에 갔다 돌아온 날이었다. 늦은 저녁을 같이 먹고 그녀의 집에서 와인을 마시던 중이었다. 느닷없이 그녀의 표정이 일그러지면서 눈물이 줄줄 흘러내렸다.

"왜, 왜 그래. 한나? 응?"

준은 어쩔 줄 모르고 그저 한나를 안고만 있었다. 그녀는 한 시간 이상을 울다가 잠이 들었다. 그런 다음엔 며칠 동안 전화 통화를 하려 하지 않았다. 그런 때 그녀는 대문을 걸어 잠그고 꼼짝하지 않았다. 준이 달려가도 문을 열어주지 않았다. 그 후로 그런 일이 몇 달에 한 번씩 나타났다. 준은 슬펐다. 그 며칠이 지나면 한나는 다시 제비꽃처럼 환했다. 그러나 그 며칠은 암흑 같은 것이었다. 그녀가 상담을 더 받도록 조심스런 권유도 해 보았지만 한나는 고개를 저었다.

"내년쯤 내 전시회 끝나고 나면 여행을 좀 하자. 나도 이곳을 좀 떠나 있고 싶고…… 자기한테도 도움이 될 거야."

준도 벗어나고 싶었다. 오랫동안 아무것도 생각하지 않고 오로지 흙만 만지고 살아왔던 시간들이 끔찍하기도 했다. 지금도 시간은 계속 그렇게 흘러가고 있었다. 이 끝없는 흐름을 거슬러보고 싶구나, 하는 욕망이 꿈틀대고 있었다. 쉼 없이 달려왔잖은가? 상처도, 빈한한 세월도 아랑곳없이.

여행이란 말에 한나의 눈이 번쩍 빛났다.

"그래. 그거야. 그게 있었구나. 여행…… 정말 해본 지 오래된 일이야. 그거라면 괜찮겠어. 커피 수업도 끝나고, 또 다른 공부 시작하기 전에 가면 좋겠네. 내년이면 근데 아직 멀었네."

“그게, 내가 벌려 놓은 일들 좀 정리하고, 가을 전시회 끝나면 한가해지니까 그즈음이나 다음해 봄이 좋을 것 같아서.”

“그래. 당신이 좀 바쁘지.”

그 며칠의 암흑이 끝내 그녀를 놓아주지 않았던가. 꽤 많은 것을 같이 하고 많은 시간을 같이 보낸 여자의 암흑을 그가 어찌할 수 없었듯이……. 더 세월이 많이 필요한 것이었을까. 준은 그녀를 사랑했다. 첫 만남에서 벌써 그것은 예견된 것이었다. 이 년 동안 준은 자신의 아파트보다 그녀의 데크에서 더 많은 시간을 보냈다.

왜 아직도 K의 아파트를 방치해 놓았을까. 왜 거기 간 것인가. 그녀는 그 집에 들어갈 자신이 없다고 했다. 짐이 그대로 있지만 가져올 엄두가 안 난다고 했다. 그냥 불태워버리고 싶다고…… 집도 나머지 모든 것들도. 그녀는 친정 식구들에게도 발길을 끊었다. 가슴 아픈 일이었다.

그녀는 혈혈단신이었다. 그가 그렇게 살았듯이. 문제는 그는 그녀를 보고 세상을 느꼈는데, 그녀는 암흑으로 세상을 가져가 버린 것이었다. 그녀의 세상은 그렇게 동강이 나 있었던 것이다.

달려도 달려도 그녀에게 가는 길이 자꾸 멀어지기만 하는 것 같았다. 어둠이 달려드는 창밖으로 쌕쌕 바람 부딪는 소리가 드셌다. 어디선가 교통사고가 났는지 반대편 차선에서 응급차가 시끄럽게 지나갔다.

‘제발, 제발 깨어나. 한나.’

핸들을 잡은 손이 진저리를 치듯 떨려왔다. 며칠 전 한나가 한 말이 문득 뇌리를 스쳐갔다.

"그 애를 생각하지 않으려 무지 애썼는데 언제부턴가 아이가 너무 그리워. 내가 얼마나 바본지 이제야 깨달았어. 내 아이…… 내 아이를 찾아보고 싶은데 어쩌지? 어떻게 해?"

이전에는 아이 이야기를 한 적이 없었다.

"내가 낳은 자식인데…… 내가 키웠어. 근데 그냥 주어 버렸어. 그땐 그 애도 싫었거든. 이해를 못했어. 애가 내 편이 안 돼 주고 그냥 숨어 버리는 것을. 얼마나 두려웠을까. 엄마가 맞고 있는데 어린 것이……."

"……."

"혹시 내가 무서웠을까? 나는 웃지 않았거든. 늘 입을 앙 다물었어. 그 애한테도. 그것이 그 애한테는 모질게 보였을 거야. 나 어떡하지? 아이를 데려와야 하는데…… 어떻게 해야 할까? 응?"

준은 그저 한나를 쓰다듬고 있었다. 퍼내도 퍼내도 가득 차는 빗물 같구나. 한나의 가슴은. 아이에 대한 이야기를 한 것은 이 년 동안에 처음이었다. 준이 묻고 싶었던 순간도 있었지만 참았었다. 어휘만으로도 아이는 가슴을 할퀴는 단어였다.

그녀가 사실 전혀 자신의 어둠에서 빠져나오지 못하였다는 것을 준은 어렴풋이 느꼈다. 아이 이야기를 꺼낼 때. 실은 그것이 가장 두려운 것이어서 꺼내지도 못하고 감춰두고만 있었던 것은 아닐까. 아픔의 한가운데에 아이가 있었을 것이라는 생각이 들었다. 종내 그녀의 아픔은 거기서 온 것이라는. 폭력에 대한 것보다 더 깊고 깊은 상처가 아이의 상실이었다는 것을. 더 이상 감춰둘 수 없는 지경에 이르러 끝내 뱉어내고 만 것이다.

그것이었구나. 그래. 핸들을 잡은 손이 다시 파르르 떨렸다.

'중국엘 갈 수도 있는데. 가서 아이를 데려 오자고 하자. 지금 갈 수도 있어. 내년이 아니라…… 한나. 제발 깨어나기만 해…….'

퍼뜩 떠오르는 말이 또 있었다.

"그 집엔 내가 모아둔 약이 아직도 있어. 난 몇 번이나 죽으려고 했었어. 언젠가 그 약을 먹을 것 같은 위기감이 있어."

그 말을 간과한 건 아니었다. 그녀는 K시의 그 집을 싫어했고 가지 않았다. 그녀가 그곳에 가리라는 생각은 하지 못했다. 준은 제비꽃을 생각하려고 애썼다. 달항아리 두 점만 더 만들면 전시회 준비도 거의 다 되는 셈이었고, 그 후엔 여행을 갈 생각이었다.

'그렇지, 한나?'

저만치 K시의 톨게이트가 나타났다. 한나는 깨어날 것이다. 준은 자꾸 그렇게 외쳤다.

당신도 표류할 때가 있을 것이다

시시때때로의 방황이었다. 계속되는 것은. 다른 것은 보이지 않는 불투명 유리 같은 것이었다. 당신은 작년 구월 어느 날 갑자기 인생의 한 골목길에서 멈춰버렸다. 당신의 인생이 멈춰버린 자리에 어디론가 사라진 것 같았던 방황이 슬그머니 자리를 잡았다. 방황은 드센 물살처럼 당신의 정신과 몸을 사정없이 끌고 다녔다.

당신은 그때까지 두 개의 일과 두 개의 방, 두 개의 세계를 갖고 있었다. 누가 생각해도 별 문제 없는 것으로 보이는 상담사로 사는 사흘, 어쩌다 남의 일을 돕다가 재능이 있어 보여 발탁된 손바느질 강사로 사는 이틀. 이틀이 남았는데 그 이틀은 손바느질을 할 때 필요해 마련한 K의 낡은 기와집에 칩거했다.

K의 낡은 집은 손바느질 스승이며 친구인 나래의 친정집이

었다. 친정 식구가 아무도 없어 비어 있는, 즉 나래가 한 번씩 이용했으나 거의 비다시피 했던 것을 당신에게 내어준 것이다. 자신의 일을 돕고 있으므로 그냥 쓰라고 한 집이었는데 가끔 와서 당신과 함께 놀다 가기도 하였다.

그 낡은 기와집 마당엔 허술한 작은 연못이 있었다. 허술한 작은 연못엔 아련히 수련 잎이 떠 있었고 종종 작은 꽃이 피어났다. 당신은 그 연못이 좋아서 그곳에 머무는지도 몰랐다. 실은 도시의 집에서는 알 수 없는 고즈넉한 평화와 나른하면서도 풋풋한 느낌, 공기는 달콤하고 바람이 옷깃으로 스며드는 작은 마당과 오래된 마당가의 나무들 아래에 쭈그리고 앉아있으면 그냥 평화로웠다.

그러다가 한 번씩 마을 뒷산을 오르기 시작했다. 그것이 당신이 가진 칩거의 내용이 되었다. 다른 것이 별로 필요치 않았던. 나래가 가끔 뒷산을 오르는데 동행했지만 거의 혼자 하루를 그런 식으로 보내고 살짝 도시로 떠나오곤 했다. 작년 가을이 오기까지는.

심리상담가로서 보내는 센터에서는 세 명의 대학원 동기들이 교대로 일을 하므로 당신은 사흘만 나가기로 합의를 했고 그 사흘은 좀 더 큰 도시에 있는 집에서 보냈다.

집. 집이란 무엇일까. 삶이라는 것이, 인생이란 무엇일까 라는 의문문으로 채워진 문장이라면 집이란 가두어진 의문부호 같은 것이었다. 작년 구월 이전에는 그런 생각을 하지 않았다, 는 아니었다. 물론 그 이전의 삶에도 그런 의문부호는 가득 차

있었을 것이나 구체적인 건 아니었다. 있어도 알아채지 못했거나.

당신은 이제 집을 잊어버렸다는 생각에 이르렀다. 남편인 L의 존재 또한 잊어버렸음에 틀림없었다. L은 중국에 집이 있었다. 아이들도 그곳에 있었다. L은 한 해의 반을 그곳에서 보내므로 그에게도 당신과 같이 누렸던 집은 이제 잃어버린 공간이 되어버렸는지도 모른다.

당신은 아이들과 함께 남편의 그 중국 집으로 갈 예정이었으나 상담공부를 마쳐야 했고, 당신의 일을 계획하고 있었으므로 같이 가는 걸 거부했다. 결과는 궁극으로는 헤어짐이었다. L은 당신을 떠났고, 당신은 혼자 남았다.

L은 그곳에 여자가 있었다. 물론 당신의 생각이다. 당신은 L이 여자를 뒀을 것이라고 여겼다. 아이들은 이미 중국에 가 있던 L의 누나 즉 아이들의 고모의 보살핌을 받는다.

당신은 걱정하지 않는다. 이미 이 년 전 일이었다. 당신은 전혀 중국에 가서 아이들을 만나고 올 생각을 하지 않았다. 아이들이 방학이면 왔다. 아무 문제도 없었다. 작년 구월이 오기 전까지는.

L은 한 달에 한 번꼴로 당신이 있는 곳에 와서 며칠 머물다가 돌아가는 것을 반복하다가 작년 여름부터 뜸해지기 시작했다. 당신은 그를 사랑했던가? 사랑이라니 무슨 이방의 단어 같았다. 당신은 고개를 흔든다. 결혼해서 사는 것은 사랑과는 아무런 상관이 없는 것인지도 모른다.

아이들은? 당신은 자신이 정이 모자란 여자인지도 모른다고 생각한다. 처음엔 아이들이 보고파서 가끔 울었지만 지금은 거의 울지 않는다. 엄마가 필요한 어떤 부분들을 아이들은 아쉬워하지 않는 것일까. 다 큰 것일까. 고등학교 일학년과 이학년인 아이들은 안정권에 있다. 엄마가 없는 것에 애석함도 없는 듯 중국 생활을 즐기고 있다고 느낀다.

삶이 사라진 것은 나만 일까. 당신은 작년 구월 갑자기 그런 생각에 빠졌다. 무언가가 필요했다. 손바느질하는 여자로서 소도시에 머물 때 당신은 그런 소리를 듣는다. 혼자 있지 마세요. 당신 누군가가 필요해요. 나오세요. 칩거하지 마세요.

누가 얘기한 걸까. 어디서 들은 걸까. 작년 구월 갑자기 당신은 그 '나오세요.' 라는 말이 절실해졌다. 그러나 나갈 곳이 없었다. 슈퍼마켓에 갈 때도 혼자서는 가본 적이 없었다는 게 기억났다. 이 년 전 L이 중국으로 일을 옮겼을 때 당신은 아무렇지도 않았던 건 아니었다. 실은 겁이 덜컹 났다.

처음에 혼자 마트에 가야 했을 때 무얼, 어떻게 발걸음을 옮겨야할지 멈칫거리다가 나와 버렸다. 더 이상 물건을 사지 않고서는 안 되는 순간을 맞이했을 때 당신은 엄청난 용기를 내어 마트에 발을 디뎠는데 그 순간 갑자기 울고 싶었다. 그러나 결국 그 순간은 지났고 마트에 가는 것 따위 아무렇지도 않았다.

그러나 의외로 아이들을 떠나보내고 혼자가 되었을 때, 누군가 기러기엄마라고 놀렸을 때도 은근히 혼자 있는 게 좋기도 했다. 무얼 해야 할지 혼자서는 해본 적이 없는 밥 먹기라든지 산책을 나가는 거라든지 아무튼 무엇이든지 혼자 해야 하는 것들과 부딪쳤을 때 처음엔 버벅거리고 어찌 해야 하는지 몰랐지만 아, 이거 처녀 때 자취하는 거 같네, 라는 생각도 들고 은근히 뭔가 새로운 세상에 들어선 것 같기도 했던 것이다.

그리고 천천히 뭔가 가득 찼던 집과 집을 중심으로 둘러 서 있던 가족들이 사라진 곳에 혼자 있는 것에 알지 못할 세계가 찾아들었다. 고요와 여유였다. 당신은 외롭지 않았다. 작년 구월 이전까지는. 혼자 누릴 수 있는 것들이 많다는 걸 깨달았던 것이다. 그것은 새로운 기쁨 같은 것이었다. 대학 때, 혹은 결혼해서 잃어버렸거나 사라져버린 것들이 하나씩 떠올랐고 당신은 열심히 찾아보았다. 그리고 실천했다.

예컨대 하고 있던 상담공부를 제외하곤 그림을 그리고 악기 하나를 배우기 위해 문화센터를 나가고 요가와 와인클래스에도 열심히 참여했다. 이 년이 훌쩍 지나갈 수 있었던 이유였다. L이 떠난 후 일 년 만에 동지들과 함께 센터를 열었고, 요가와 악기를 빼고는 다른 활동은 접었다. 우연히 K에 있는 친구를 찾았다가 손바느질에 빠져들었고, 친구를 돕는다고 한 번씩 가던 것이 오늘에 이르렀다.

덕분에 요가도 집에서 하는 걸로, 악기는 접어야 했지만 한 시간 거리의 K에 가서 딴 짓을 하며 며칠을 보내는 것도 괜찮았다. 작년 구월이 오기까지는.

구월이었다.

어느 날 밤 소도시의 그 작은 기와집 싱글침대에 누워 자려고 누웠는데 잠이 오지 않았다. 어디로 나가야 하나, 어디 나갈 곳이 있나 라는 생각으로 꼬박 날밤을 새웠다. 날밤을 새웠는데도 이튿날 잠이 오지 않았다. 이틀을 침대 아래 쭈그리고 앉아 날밤을 세우곤 도시의 집으로 돌아갔다. 당신은 잠이 들었다. 다음날 상담 스케줄은 오후 네 시와 다섯 시였다. 당신은 꼬박 다음날 두 시까지 잤고 부랴부랴 사무실로 나갔다.

다음날 상담도 오후였다. 당신은 오전 내내 계속 잤다. 오후 스케줄을 끝내고 집에 돌아왔을 때 무언가 이상했다. 자신도 모르는 사이 혼이 나가버린 것 같았다. 당신은 만두 네 개를 구워먹고, 사과 한 개를 껍질째 먹은 다음 소파에 앉아 어찌할 바를 모르고 있었다. 무엇인지 모르지만 무엇이 온 것 같았다. 뭔가 이상했다. 영혼이 사라질 수도 있을까. 당신은 마흔 여섯이었다. 당신은 문득 자신의 나이가 떠올랐다.

당신은 흐느껴 우는 자신을 발견했다. 울음은 저 속 아래에서 꺼이꺼이 소리 내어 출렁였다. 당신은 한 시간 가까이 훌쩍훌쩍 울었다. 아무도 없었다. 듣는 이도 보는 이도 바라볼 수 있는 사람도 만져볼 수 있는 사람도 손을 흔들 사람도. 갑자기 그런 생각이 물밀듯이 밀려왔다.

혼자. 라는 생각이 파도처럼 당신을 쳤다. 드센 바람이 휙 낚아채서 사막에 던져버린 것 같았다. 당신은 원래 울어본 적이 있었던가. 아이들이 보고 싶어 조금 훌쩍이다가 곧 아무렇지도 않았던 기억만 났다. L이 보고 싶어 운 기억은 없었다. L은 전혀 보고 싶지도 그립지도 않았다. 예전에 그리운 적이 있었던가. 모르겠다, 였다. L과 죽도록 사랑해서 결혼한 것 같진 않았다. 당신은 실은 자신을 잘 몰랐다. 누군가 그냥 결혼해서 살았던 거로구나, 하면 고개를 끄덕일 터였다.

당신은 한없이 무기력함을 느꼈다. 울음이 멈췄을 때 고요가 찾아왔다. 당신은 편안했다. 그러나 저 속 깊은 아래 어디선가 무엇이 꿈틀거리는 것을 깨달았다. 당신은 파스칼 키냐르를 읽기 시작했다. 혼자 있는 것에 한계가 온 걸까. 나는 모든 걸 다 두고 중국으로 가야 하는 걸까. 그렇다면 괜찮아질까. 책을 읽는 내내 온갖 잡생각이 끼어들어서 당신은 그렇잖아도 집중하기 힘든 그의 소설을 내던져버렸다.

그 후로 당신은 매일 밤 잠을 이룰 수 없었다. 무언가가 그리웠다. 무언가가 부족했다. 무언가를 손으로 만지고 싶었다. 무언가가 당신을 쓰다듬어주기를 원했다. 그 간절함이 차츰 커지기 시작해서 당신은 매일 밤 잠을 잘 수 없었다.

당신의 밤은 그로부터 눈물과 갈망이었다. 마흔여섯. 당신은 자꾸 나이를 되새겼다. 당신은 꿈에서 무언가를 놓치고 있고 헛되이 보내고 있으며 지금 잡지 않으면 영영 만날 수 없는 그 무엇이 어딘가에 있으니 그것을 잡으라고 소리쳤다. 당신은 그 소리치는 어떤 목소리에 깨어 울었다.

어느 날 나래가 물었다.

"너 어디 아파? 왜 자꾸 핼쑥해지냐? 혹시 밥 굶고 다니는 거 아니지?"

당신은 피식 웃었다.

"무슨…… 밥 좀 굶으면 어때. 어차피 혼자 먹는데 그저 그렇지."

"너 이상해. 그러고 보니 몇 주 전부터 말수도 줄었어. 애들 보고 싶어서 그래? 아님 남편?"

"글쎄. 중국을 가긴 한번 가야겠다. 혼자 너무 오래 있었어. 방학되기 전에 휴가 좀 낼까봐."

"그래. 너 아무래도 혼자 너무 오래 있어서 그런가보다. 외로워서 그런 거지. 말은 안 해도."

"그래 보이니? 나도 잘 모르겠어. 잠이 안 와."

"큰일 났다. 가을 타나보다. 혼자 있는 데다가. 오락도 안하지, 사람들과 놀지도 않지. 여행이나 갈까?"

"니가 시간 낼 수 있냐. 한번 시간 내봐. 그럼. 덕분에 여행 좀 가게."

"그래. 한번 보자. 너 아무래도 외로워서 그래."

"그런가보다. 나도 모르겠다. 자꾸 울고 싶고. 조울증이 왔나 싶어."

"그건 아니야. 그래보이진 않아. 혼자 있는 시간을 줄이고 남는 시간에 자꾸 돌아다녀. 집에 가 있을 때."

어느 밤, 날밤을 새우고 앉아있는데 이른 아침 나래가 왔다. 쉬는 이틀 중의 첫날이었다.

"나가자. 오늘 파티가 있어. 조금 먼 곳이라 지금 가야 해."

"어딜? 나 날밤 샜어. 자야 해."

"한 시간 반쯤 가야 하니까 너 자. 내 차로 갈 거니까."

"꽤 먼 곳인데 왜 가?"

"내가 그래도 발이 넓잖아. 오래전 나한테서 손바느질 배운 여잔데 샵을 열었어. 원래 양옷 만드는 여자야. 오후 네 시부터 파티를 한다고 일찍 와서 좀 도우래서."

"왜 미리 말 좀 하지."

"깜박했다. 그리고 안 가려고 했었거든. 가자. 너는 차에서 자."

당신은 나래의 차를 타고 어딘가로 가고 있었다. 어디로 가는지 묻지도 않고 그냥 침대에서 잠을 자는 것의 연속인양 차에서 잠을 잤다.

"다 왔다. 내릴 준비해."

나래가 몸을 흔들어서 깨어보니 공원 옆이었다. 아직 잠이 덜 깬 눈에 비치는 풍경이 공원이었다. 나무들이 있고, 벤치가 있고 산책하는 사람이 있는.

"도시라고 하지 않았어? 웬 공원이네."

"샵이 공원 옆이래. 한적해 보인다. 내려서 찾아보자. 정신 났니?"

당신은 고개를 끄덕이고 차에서 내렸다. 무슨 파티라고 했지만 무엇인지 몰랐고, 옷도 준비되어 있지 않았다. 당신은 바느질하러 나래의 작업방에 갔을 때 입은 네이비컬러의 구겨진 간절기 원피스 차림이었다. 곧 시월이었다.

오래전 손바느질을 배우고 양옷을 만드는 여자라면 무슨 샵을 연 것일까.

"양재기술 가르쳐. 직업학교에서. 그래서 디자인해서 옷 만들어 전시하고 했는데, 이번에 본격적인 샵을 열였대. 판매도 하고 주문도 받고."

나래는 전화를 해보더니 곧 방향을 바꿔 반대 방향으로 올라갔고, 공원을 거의 한 바퀴 돌아 반대편 모서리에 있는 나빌레라 라는 간판을 발견했다. 좀 복고풍 스타일이라는 생각이 얼핏 스쳤다. 쇼윈도우가 넓고 거기엔 두 개의 마네킹이 한복과도 비슷하고 전통의상 냄새가 풍기는 길고 화려한 의상들을 입고 서 있었다. 살짝 보세 느낌의 전통 유럽 의상 같기도 했다.

습관적으로 폰을 들여다보니 아직 열 시도 되지 않았다. 당신은 더 자고 싶었다. 그러나 따라나섰으니 나래가 하는 대로 따라야 할 판이었다.

그녀를 보았다. 인도 남자들이 혹은 아랍 남자들이 입는 것 같은 녹색 긴 통원피스를 입고 연한 연둣빛 비단머플러를 목에 두른 사십대의 여자. 당신은 샵 안에 들어서서 너무 일찍 서둘러 온 나래 때문에 아직 준비 시작 전인 고요한 내실에 들어갔다가 다시 차에 가서 한 시간여를 깊이 잠들어 버렸다. 당신이 눈을 뜨고 비로소 제정신이 들었을 때 정오가 다 되어 있었다.

나래의 전화를 받고 샵에 들어섰을 때 거기 연둣빛 긴 통원피스의 키가 크고 눈이 깊숙한, 긴 머리를 위로 틀어 올린 그녀가 있었다. 그녀가 손을 내밀었고, 당신은 따뜻하고 큰 여자의 손을 살짝 잡았다. 아마도 점심 먹으라고 부른 모양이었다. 내실의 아일랜드 식탁에 비빔밥 비슷한 게 네 그릇 차려져 있었다. 그녀와 조수처럼 행동하는 이십대 처녀와 넷이서 비빔밥을 먹었다. 당신은 그때까지 한마디 말도 하지 않았다. 그리곤 내가 여기 왜 있지 하는 생각을 하며 밥을 먹었다.

그로부터 꽤 큰 옆방에서 테이블 세팅하는 걸 도왔다. 그림 전시회의 오프닝 행사 같은 것인 모양인데 창쪽 테이블 두 개에 수놓인 손바닥만 한 천들을 배열하고 수놓인 목걸이와 장신구들을 쭈욱 늘어놓는 일을 도왔다. 꽤 물건이 많았다.

세 사람은 부엌에서 음식을 준비했다. 그리고 사람들이 하나 둘 들어오기 시작한 것은 네 시가 막 지나면서였다.

"저건 뭐니? 내가 배열해놓은 것들 말이야."

"그거 저 친구 윤이 수놓은 거야. 옷 만들면서 간간이 수를 놓아. 제자 것도 있겠지. 판매하는 거야."

나는 대충 접시에 몇 가지 먹을 것을 담아들고 창문에 기대서서 멀찍이 뒤에 서 있었다. 누군가 기타를 들고 나와서 노래를 몇 곡 불렀고 키 크고 연두색 원피스를 입은 다소 이국적인 그녀가 짧게 인사말을 했다. 대충 열댓 명은 되어 보이는 사람들은 어딘가 좀 특이했다. 수염이 덥수룩하다거나 꽁지머리의 남자들, 거의가 긴 치마에 한복 같은 짧은 블라우스를 입은 여자들 그리고는 염색한 실크머플러를 두른 분위기가 거의 비슷한 삼사십대의 여자들이었다.

나래가 옆으로 와서 속삭였다. "다 염색하거나 옷 만들거나 바느질하는 사람들이야."

"그래 보인다."

그녀가 다가온 건 시간이 한참 지나고 사람들도 좀 간 다음 기타 주위에 모여앉아 남은 사람들이 노래를 부르고 있을 때였다. 당신은 이제 가자고 나래에게 말할 참이었다. 어젯밤 설친 잠이 다시 슬슬 눈을 감기게 하려하는 중이었다. 창문가 의자에 앉아 노랫소리를 듣다가 일어서려고 했을 때 와인잔을 두 개 들고 그녀가 다가왔다. 컬러로 말하면 연두색 같은 상큼한 향이 훅 풍기는 여자였다. 당신의 무엇인가가 갑자기 깨어나서 꿈틀거렸다. 향수 때문인지 연두색 때문인지 깊은 눈빛 때문인지 알 수 없었다.

당신은 눈을 내리깔고 원피스의 주름을 만졌다. 그녀가 와인잔을 내밀며 옆에 앉았다. 당신은 고개를 저으려다가 잔을 받고 어설프게 웃었다. 어쩐지 부끄러운 느낌이었다. 당신은 키가 작고 마르고 사교성이 없는 여자였다. 눈 크고 키 크고 손도 기다란 그녀를 보고 왠지 부끄러웠다.

"상담을 하신다고 들었어요."

"아, 네."

"K에서 며칠씩 머무신다면서요."

"네."

"저도 가끔 K에 가는데 가면 연락드려도 될까요?"

"아, 네. 시간이 맞으면요. 저야 이틀 바느질 수업 돕고 나머진 그냥 뒹글거리는데……."

"저도 주말엔 뒹굴거리거든요. 주말에 가게 되면 뵐게요. 나래 샘도 만나고."

"네."

"실은 상담하신다고 해서 뵙고 싶었어요. 개인적인 거지만 뭔가 얘기 나누고 싶기도 하고요."

그녀는 미소를 남기고 다른 사람에게로 갔다. 살짝 가슴에 나비하나가 와서 팔락이다 날아간 느낌이었다.

오후에서 저녁으로 넘어가는 시간이었는데 나래는 갈 생각을 하지 않았다. 사람들은 자꾸 빠져나갔고, 창가에 늘어놓은 장신구들도 반은 줄어들은 듯 보였다. 결국 어둠이 내려올 때쯤 남은 건 다시 네 명이었다. 당신은 나래의 차를 타고 한 시간 반을 달려 다시 K로 돌아왔다.

새벽이었다. 당신은 파티에서 돌아와 낡은 기와집에 들어서자마자 잠에 쓸려 옷도 안 벗고 그대로 잠이 들어버렸다. 그러다가 소리를 지르다가 잠에서 깨었고 그 후론 잠에 들 수 없었다. 새벽 두 시였다. 당신은 무언가에 끌려 울기 시작했다. 무언가가 속에서 마구 소리를 질렀다. 당신은 역부족이었다. 가라앉힐 힘이 없었다. 새벽 내내 울 수밖에 없었다.

가을엔 부쩍 상담이 잦아진다. 목요일 상담건이 생겨 부득이 바느질 수업 보조를 하루 빼기로 했다. 도시에서 나흘을 보내는 것이 힘들다는 것을 당신은 그때서야 깨달았다. 가을밤은 길고 사막처럼 어두웠다. 당신은 잠을 이루지 못한다는 것에 대하여 무기력했고 대안이 없었다. 텅 빈 집 침대에 누우면 어느 새 눈물이 흘러내렸다. 조만간 다시 목요일 상담은 빼야겠다는 생각을 했다.

어느 밤 남편 L이 전화를 했을 때 당신은 울고 있었다.

"당신 어디 아파? 왜 그래?"

"……."

당신은 대답을 하지 못했다. 그러다가 코를 훌쩍이며 말했다.

"당신 거기 여자 있어?" 당신이 생각해도 바보 같은 말이었다.

"무슨 소리야? 뜬금없이."

"괜찮아. 당신은 여자가 필요하잖아. 이렇게 멀리 떨어져 있으니 상관없어."

"쓸데없는 소리 하지 마라. 당신 혼자 있으니 힘들어?"

"그런가봐. 무슨 대안이 필요해. 나도 남자가 필요한 게 아닐까?"

"여보, 무슨 말이야. 잠깐 일 쉬고 여기로 오는 건 안 될까? 여기서 할 일 찾고."

"내가 얼마나 공들여 놓은 일을, 내 인생의 가장 의미 있는 일을 찾아 오르고 있는데 어떻게 그런 말을 해. 그게 쉽게 버릴 수 있는 일이야? 당신 사업을 왜 거기서 하는데? 당신도 그거 찾아간 거 아냐?"

당신은 울다가 화가 났다. 이혼해버릴까, 우리? 라는 말이 목안에서 꿈틀거렸다. 머릿속에 한 번도 떠올려보지도 않은 말이었다. 결혼하면 그냥 살아야 하는 걸로, 결혼이란 그런 것이라는 걸로 머릿속에 각인되어 있었다는 게 문득 생각났다.

"당신이 힘들어하니까. 아이들도 여기 있고."

당신은 아이들이 중국으로 가는 걸 싫어하지 않았다는 게 갑자기 떠올랐다. 친구들과 헤어지는 것에 대한 거부반응 외에는 들뜬 모습이었다. 자매가 같이 가기 때문이었을까. 엄마가 같이 가지 않아도 두렵거나 헤어지는 게 슬퍼 보이지 않았다. 당신은 슬펐던가?

L은 시월 말쯤에 집에 가겠다고 하고 전화를 끊었다. 문득 L이 온다는 것이 하나도 반갑지 않다는 생각에 소스라쳤다. 당신은 그냥 그가 오기 전에 어딘가로 달아나버릴까, 그런 생각을 하는 것이었다. L은 당신의 남편이었고, 이 년 전까진 사랑까진 모르겠지만 어딜 가건 같이 다닌 사이였다. 무엇이 달라진 걸까. 달라진 건 아무것도 없는데 당신은 달아나고 싶었다. 어디로 달아난단 말인가? 당신은 다시 꾸역꾸역 울기 시작했다.

누군가를 만나야 한다는 생각은 끊임없는 소용돌이처럼 당신의 머릿속을 맴돌았다. 막연한 꿈처럼 그것은 머릿속을 배회하고 있었다. 오래전부터 조금씩 그런 생각이 들었다면 이해할 수 있다. 그러나 이건 뭘까 싶은 것이었다. 갑자기 느닷없이 불쑥 끼어든 불청객 같았다. 물론 L을 사랑한 건 아니었지만 당신이란 여자는 결혼생활에 대한 회의 같은 건 해본 적도 없는 평범하기 짝이 없는 사람이었다.

순간 당신은 사랑이라는 것에 대해 생각해본 적도 없다는 것을 깨달았다. 둔하게 살아온 것일까. 아니면 필요 없었던 것일까. 아니면 그런 감각조차도 없는 사람이었을까. 그런데 느닷없이 그런 감각이, 그런 갈망이 삼월의 마른 땅에서 쑥 올라오는 새싹처럼 불쑥 생겨난 것일까. 그리고 이것은, 이 불면증은, 이 밤의 눈물은 그것인 걸까. 사랑이라는 갈망?

L은 당신이 이상했던지 이튿날부터 딸아이들이 번갈아가며 전화를 하게 했다. 당신은 기쁘지도 슬프지도 않았다. 처음 중국으로 갔을 땐 늘 하던 일이었다. 점점 뜸해졌을 뿐. 그런 것이 위안이 안 된다는 것도 처음 알았다. 즉 당신은 딴 생각 속에 빠져 있었다. 잠을 못 이루고 눈물을 흘리게 하는 그 무엇에.

"채팅을 했어요. 처음 시작은 작년 여름이었고요. 그동안 여러 남자와 챗을 했는데 오래가지 않더라고요. 하지만 그만 둘 수 없었어요. 지금도 챗을 하는 상대가 두어 명 있어요. 그걸 안 하면 안절부절 못해요. 제가."

"채팅을 안 하면?"

"네."

마흔두 살의 기혼녀였다. 남편과 한 침대에서 잠을 자지만 거의 등을 돌리고 자고, 자는 사이에 손도 잡지 않는 그런 사이였다. 중학생 딸아이를 생각해서 부부가 각방만은 쓰지 않는 걸로 약속을 했고 그걸 지키기 위해 안간힘 하는 중이라고 했다. 남편은 집의 빈 방 하나를 쓰고 잘 때만 안방에 들어오는 그런 식이었다. 물론 표면상으론 아무 문제 없는 부부였다. 그러나 그는 거실 건너 저쪽 방에서 그녀는 안방에서 각자 모르는 남자와 모르는 여자와 채팅을 하는 중이거나 그 비슷한 짓을 하며 밤을 보내는 중이었다.

"남편도 채팅을 하는지는 몰라요. 그러나 뭔가 하겠죠. 저처럼. 저 어떡하면 좋죠?"

당신은 무어라 대답하기 어려웠다. '글쎄요. 그냥 바람을 피우세요. 당신이 원하는 것을 해야 하니까요.' 당신의 속에서 누군가가 그렇게 대답하라고 속삭였다.

"무얼 하고 싶은지 말해보세요."

"그러니까…… 그게 창피하지만 연애하고 싶은 것 같아요. 사랑하고 싶어요."

"그러니까 누군가를 만나고 싶은 거죠? 사랑을 하려면 누군가를 만나야 하잖아요."

"네."

"그럼 남편하고는 그게 가능하지 않다고 생각하고 계신가요?"

“오래됐어요. 아이가 어릴 때 마음이 식은 것 같아요. 제가 우울증에 걸렸었는데 어렵게 벗어났어요. 그런 경험을 하고나니까 남편이 사랑하는 존재가 아니었어요. 물론 막 사랑해서 결혼한 건 아니었지만.”

그녀의 누군가를 만나고 싶고 사랑을 찾고 싶은 욕망을 당신은 무어라 할 수 없었다. 그러세요. 찾아 나서세요, 사랑을 해야 하니까요. 사람이 사랑을 하지 못하면 어찌 살겠어요. 그러나 어디 가서 찾을 거예요? 당신?

당신은 답답했다. ‘그래요. 당신, 채팅에서 만난 남자를 현실의 어딘가에서 만나 봐요. 망설이지 말고. 좋은 사람 만날 수도 있잖아요. 그럼 성공하는 거고. 아니면 다시 도전해야죠. 그 욕망이 사라지지 않는 한 무언가는 시도해야 하니까. 당신 말대로 가만히 있으면 죽을 것 같으니까.’

그러나 당신은 그녀에게 아무것도 제시할 수 없었다. 그녀가 원하는 답은 어디에도 없었으니까. 바람을 피우라고, 밖으로 나오라고, 누군가를 그냥 만나버리라고 하면 가장 훌륭한 답이 될 수 있을지도 몰랐다. 그러나 그러면 당신은 상담을 그만 두어야 할 것이었다.

당신은 그냥 그녀의 이야기를 듣고 공감하고 힘들겠지만 남편과의 관계를 회복하는데 더 애써보는 시간을 가져야 한다고 말할 수 있었을 뿐이며, 그다음 어쨌는지 듣기 위하여 다음 상담을 기약할 수 있었을 뿐이다.

그런데 왜 갑자기 한밤중에 그녀의 이야기가 생각이 난 것일까.

당신은 새벽 두 시에 폰을 열고 그녀가 속삭이듯이 알려준 채팅사이트로 들어갔다.

당신이 열 번쯤 새벽을 밝히며 채팅사이트에 들어갔다는 것은 자명한 사실이다. 시월이 오고 L이 오던 전날까지 당신은 도시에 머무는 밤이면 자정을 넘기면서부터 폰을 열고 채팅사이트에 들어가 흘러 다녔다. 건질 것은 없었다. 괜히 몇 마디 하고 꿀꿀하게 폰을 껐다가 다시 켜고 또 사냥을 하듯 여기저기 기웃거리다가 몇 마디 하고 도망치듯 기어 나왔다.

풀풀 웃기도 하고, 공모하듯 한 번도 해보지 않은 이상야릇한 욕망의 언어들을 실없이 나누기도 하다가 에잇, 하고 말없이 뛰쳐나와 버리기도 했으며, 몹시 불쾌한 기분을 맛보고 비참한 기분이 들어 울다가 잠이 들기도 했다.

그리곤 아무것도 없었다. 결국은. 그것은 현실이 아니었다. 당신에게는. 현실이 되어줄 무엇을 얻지 못하는 그저 가상의 별 쓸데없는 공간이었다. 문자를 치면서도 그런 생각이 맴돌아서 폰을 내던져버리곤 했다.

그 사이 그 채팅녀와의 상담이 있었다. 당신의 야밤의 이상야릇한 행보가 채팅녀의 상담에 도움이 되진 않았다. 그저 속으로 자신에겐지 그녀에겐지 모를 비웃음이 피어났다.

"그동안 어땠나요?"

"그동안…… 제가 한 남자를 만났어요……."

"아, 정말요? 어떤?"

"그거, 최근 채팅에서 만난 남자요. 그런데 별일은 아직 없었구요. 그냥 오후에 커피 한 잔 했어요. 그런데……."

"그런데?"

"선생님, 채팅만 하다가 만나니 뭔가 이상했어요. 겁이 났어요. 그런데 그 남자가 맘에 들면 어쩌죠?"

"처음 만났을 때 느낌이 어땠는데요?"

"그냥 편하게 해주더군요. 그냥 이상한 남자도 아니었고, 그저 혼자 살아서 외로운 늑대? 저도 뭘 기대하고 간 건 아니었지만 그 남자도 그런 느낌이었어요. 조용한 직장인 느낌? 오히려 숫기가 없어서 제가 말을 많이 했어요."

"다음에 만나기로 했어요?"

"사흘 전 그 남자의 사무실 근처에서 만났는데 계속 문자가 와요. 조그맣게 광고일을 한대요. 제가 어떤지 아세요?"

"?"

"다른 사람과 문자를 안 했어요. 사흘간. 그 남자하고만 했어요. 별 문자도 아니었지만."

"아, 그래요? 뭔가 느낌이 왔나요? 예를 들면 그 사람과 연결된 어떤 느낌?"

"조금요. 싫지 않았어요. 확 오는 느낌은 없었지만 문자가 기다려져요."

"문자를 얼마나 하나요?"

"낮엔 띄엄띄엄 주고받아요. 저녁엔 제가 가능할 때, 딸아이는 공부하고 남편이 저쪽 방에 있을 때요."

"남편분은 안방에 들락거리지 않으세요?"

"일단 저녁 먹으면 그 방에 있거나 티비를 보고, 잘 때만 들어오니까, 문자는 가능해요. 열 시에서 열한 시 사이에요."

여전히 당신이 그녀에게 해줄 수 있는 말은 없었다. 그녀의 이야기를 귀담아 듣는 수밖에는. 다행히 그녀는 처음 만나서 모텔에 갔다는 얘기는 하지 않았다. 당신은 겁이 났다. 처음 만나 모텔에 갔다고, 저 어떡하냐고 하면 뭐라고 얘기할 것인가?

잘했네요. 당신의 욕망이 하라는 대로 했네요? 그래서 지금 심정이 어때요? 라고? 당신은 참 운이 좋다고? 당신도 드디어 그 대열에 합류를 했네요. 축하해요. 결혼이라는 덫에서 허우적거리는 수많은 남녀의 감추어진 욕망의 거미줄을 치게 된 당신을 축하해요. 공식적인 연애는 허용되지 않는 유부녀의 감추어진 샛길을 흡족하게 걸으세요. 하지만 명심하세요. 반드시 그 길 끝엔 함정이 있으니까요. 당신이 지금 갖고 있는 집과 틀을 버릴 생각이 아니라면요.

마지막 구절은 상담사로서 하려던 말이었는지도 모른다. 문득 튀어나와 머릿속에 맴돌던 것이니 당신의 진심은 아닐 수도 있었다. 당신으로 말하면 나도 채팅해서 누군가를 만나고 싶네요. 나는 지금 혼자거든요. 누군가가 절실히 필요한 것 같아요. 아무튼 어떤 존재가요. 여자든 남자든요. 그것이었다. 당신은 바로 그 문장 속에 갇혀있었다. 무언가가 필요합니다. 하느님.

'저는 표류했어요. 하느님.'

시월 말에 온다던 L은 시월 초에 사흘을 보내고 돌아갔다. 아무 일도 없었다. 반가움도 떨어져 있던 부부가 만났을 때의 짜릿함도 뜨악함으로 바뀐 지 오래였다. L은 그 사이 몸무게가 불었고 왠지 나이 들었다는 느낌을 주었다. 중요한 것은 당신은 L과 같이 자지 않았다. 그가 머물다 간 요일은 금, 토, 일요일이었다. 물론 K에 머물다 오곤 하던 요일이었으나 당신은 토요일 새벽에 집으로 돌아가서 머지않아 돌아올 L의 생일을 앞당겨 소고기 미역국을 끓여주었다.

L은 그것에 대해 입을 열지 않았으나 뭔가 이해해보려는 눈치였다. 물론 같이 살던 때도 당신이 나긋나긋하고 성적인 여자는 아니었으나 한 침대에서 잠을 자는 것은 그저 당연한 것이었다. 구월 이전에는 L이 왔을 때 당신은 당연하게 L의 옆에서 잠을 잤다. 잠을 같이 잤으나 성적인 행위를 한 것에 대해서는 이상하게 기억나지 않았다. 그 이전, 더 이전으로 거슬러 올라가도 떠오르는 기억은 없었다. 마치 집안에 놓여진 물건들처럼, 당신과 L은 친숙하게 나란히 존재했던 물건들 같았다.

하룻동안 L과 나가서 쇼핑을 하고 저녁을 먹었으며 수순처럼 와인 바에도 들렀다. 집에 돌아와 예전처럼 침대에 누웠으나 당신은 L과 몸을 섞을 수 없었다. 당신은 울었는데 L은 이유를 몰랐고, 당신도 이유를 몰랐으며 단지 방을 뛰쳐나와 다른 방에서 훌쩍거리다가 쪼그리고 잠들어버렸다. 그리고 L은 가버렸다.

당신은 쓸쓸했다. 당신과 모든 것을 같이 했던 한 남자가 있었는데 갑자기 사라져버린 듯했다. 당신은 L과 함께 한 그 많은 세월이 빈껍데기처럼 느껴진다는 걸 깨달았다. 당신은 남편에게 나 외로워, 힘들어, 라는 말을 하지 못했다. 그동안 그런 말을 해본 적이 있었는가 묻는다면 그런 생각을 하며 살아온 것은 아니라고 말할 수밖에 없지만, 새삼스럽게 그런 생각에 미칠 것 같은 지금 이 순간들을 누가 나무랄 수 있을 것인가. 당신으로서는 처음, 자신과 맞닥뜨려진 이 순간을, 남편에게도 말하지 못하는 이 순간을.

그렇다면 당신은 지금까지 아무 생각 없이 헤헤거리며 살아왔을까. '당신은 그랬을까? 아무런 불만도 없고 아무런 욕망도 없었던가?'

당신은 스스로를 채찍질하고 싶었다. 문득 다른 세상을 꿈꾼다고 해서 나무랄 일인가? 내가 지금 다른 세상을 꿈꾸는 거야? 왜 그러는 건데? 이것이 무언데?

당신은 L이 가고 난 집에서 마음 놓고 울었다.

문득 때때로 나래 옆에 붙어있게 되는 이틀이 얼마나 다행스러운지, 하는 생각이 들었다. 이틀간 바느질 도우미를 하면서는 딴생각을 하지 않았다. 딴생각을 하다가는 온통 손가락을 바늘에 찔릴 테니까. 이상한 세상이었다. 사라져가던 손바느질이 재생하여 그것을 배우려고 모여드는 사람들이 있다는 게. 나래는 당신과 함께하는 지역센터의 강의 외에도 원거리 출장을 다녔다. 나래는 그것을 희소성의 가치라고 말했고 당신은 맞장구를 쳤다.

"그래. 맞다. 어쩌다 그걸 하게 됐니. 참 드문 인재야."

그 희소성의 가치 안에 윤도 들어있었다. 그녀는 양재를 가르치는 선생이면서 옷을 만드는데 그 옷이 참 특이했다. 당신으로서는 소화하기 힘든 길고 약간 치렁하고 우아한 옷들이었다. 그러나 어떤 사람들에게는 인기가 좋은 모양이었다. 시월 초를 넘기면서 나래의 소개로 K에서도 일주일 간 쇼를 열었고, 당신의 방에서 묵었다. 당신은 그중 사흘을 윤과 함께 동침을 했는데 여자들 특유의 친밀감으로 금세 가까워졌다.

당신은 오랜만에 뭔가가 가슴에 들어오는 걸 느꼈다. 검고 칙칙한 가슴 한쪽에 빛 몇 개가 선을 그은 느낌이었다. 그것 또한 뭔지 몰랐지만 당신은 혼자 울지 않았던 그 사흘이 매우 기분 좋았다. 오랜만에 긴 밤을 수다를 떨면서 웃었다.

당신은 그녀가 매주 K에 일이 있기를 바랬다. 그러나 그건 그저 농담 같은 것이었다. 혼자 되뇌이는. 헌데 윤은 매주 K에 왔다. 당신은 놀라웠다. 그녀가 K에 주말의 특강을 열고 하루를 당신과 동침하고 돌아가는 스케줄이었다.

"실은 몇 년 전부터 밑 작업을 한 것이 결실을 맺은 거야."

나래가 말해주었다. 윤은 당신보다 세 살이 어렸고, 당신을 언니, 라고 불렀다. 그러나 당신보다 더 언니 같은 느낌이 들었다. 긴 얼굴의 그윽한 시선과 긴 목의 각도와 긴 손가락으로 그어지는 제스처, 쓰다듬는 것 같은 낮은 음성이 당신을 끌어당김과 동시에 그 속에 들어가고 싶게 하는. 어쩐지 눈물겹고 아련한 속삭임이나 따뜻한 품이 주는 편안함이 그녀가 풍겨주는 것들이었다. 눈물겹다는 것은 당신의 내면에서 흘러나온 것이다. 당신은 그 느낌들이 눈물겹다고 느꼈다. 즉 윤은 어쩐지 당신을 안아주는 것 같은 사람의 냄새를 풍기는 것이었다.

어느 날 그녀가 말했다.

"십일월 초에 밀라노에 가요. 제자랑 같이 가려고 했는데 갑자기 펑크가 났어요. 나래 샘과 같이 가자고 졸랐는데 시간 내기가 힘들다네요."

아…….

당신은 유레카! 라고 소리치고 싶은 만큼 강렬한 인상을 받았다. 윤이 당신에게 여행 이야기를 한다는 것이 암시하는 것에. 물론 윤은 그저 예사로이 말한 것일 것이었으나 당신의 가슴에 그렇게 받아들여졌다. 자신도 모르는 순간적 감정이었다. 당신은 속삭이듯 물었다.

"무슨 일로? 여행? 아니면 일 관계로?"

"겸사겸사 갔다 오려고요. 유럽 옷에는 현대적이면서도 전통적인 스타일이 존재하는데 가끔 그걸 확인하러 가곤 했어요. 작년엔 바르셀로나를 갔다 왔는데 이번엔 밀라노에 다녀오려고요. 몇 년 전 한번 제자랑 갔다 왔는데 다시 한 번 가보고 싶어서요. 장신구랑 가죽제품도 좀 사고 싶고."

"아……."

'혹시 제가 따라가도 될까요? 얼마나 있다 오실 건가요?'

그 여행이란 단어가 발한 순간에 따라붙은 암시란 그런 것이었다. 당신은 일을 팽개치고 따라가고 싶었다. 그녀가 같이 가자고 한다면. 아니 같이 가자고 졸라도 될까?

그렇다면 상담소에 휴가를 내고, 중요한 채팅녀와의 상담도 미뤄놓고, 나머진 별문제될게 없으니까. 그사이 그녀, 채팅녀에게 무슨 일이 벌어질지도 모른다는 걱정이 있었다. 그러나 그 걱정 또한 무위에 불과한 것이 아닐까. 당신은 감정의 과잉이 없던 사람이었다. 요즘 들어 무언가가 감정을 자꾸 끌어내는 것이다. 그녀에 대한 쓸데없는 걱정 또한 그 한 부분일 뿐이다. 당신 자신에게서 흘러나온. 당신은 고개를 흔든다.

"나래야, 나 윤 따라가고 싶다."

"그래? 너 갈 수 있어?"

"아니, 상담실 비우기 힘들어. 하지만."

"하지만?"

"나 출구가 필요한데 윤이 밀라노 간대잖아. 나한테 말도 했고. 넌지시 나랑 같이 가고 싶은 의도도 비친 것 같고. 근데 아직 말은 못했어. 너하고 친하지 나랑은 잘 아는 사이가 아니잖아."

"그럼 친해진 거 아니니? 몇 번이나 동침을 같이 했는데."

"그럴까? 그녀도 그렇게 생각할까?"

"그럼. 물론 나한테 고맙다고 했지만 너랑 있는 거 은근 좋아해. 윤은 혼자 살잖아. 남자가 없어. 이상하게."

"아, 그거 느껴졌어. 뭔가 중성적인 느낌. 남자와 여자를 동시에 갖고 있는 것 같은 느낌이 있어. 그녀가 만든 옷에서도 그랬는데. 묘하게 끌리는 여자야."

"그치? 매력 있는데 남자를 안 좋아해."

당신은 먼저 중요한 채팅녀와의 상담을 마무리해야 했다. 진전이 없었다. 그러나 그녀는 무언가 밝아졌다. 그것이 상담의 힘일까. 아니면 남몰래 진행되는 그녀의 밀회 때문일까. 그 위험도는 어느 정도일까. 어린 아이들이 있는 여자의 외출은 위험하다. 당신은 그런 경험이 없던 사람으로서 그 위태로움을 재대로 알진 못했지만 균형이 깨진 감정상태에 대해서는 불안을 느꼈다. 그녀는 채팅을 그만두어야 한다. 당신은 마치 자신에게 타이르듯 한숨을 쉬며 결론을 내린 것처럼 중얼거렸다.

윤에게 전화를 걸었다.

"할 말이 있어요."

"네, 언니. 이번 주 K에 안 가세요?"

"아뇨. 갈 거예요. 근데 전화하고 싶었어요. 밀라노 여행…… 같이 가고 싶단 말을 하고 싶어서. 내가 같이 가도 괜찮을까요?"

"아, 정말? 언니 같이 갈 수 있어요?"

"네. 두 주 휴가를 내려고. 변화가 필요한 시점이었는데 이

것이 기회라 싶어서. 괜찮아요? 나랑 같이 가는 거."

"저야 언니랑 같이 가면 좋죠. 말하고 싶었는데 스케줄 뺄 시간이 없는 분이라고 알고 있어서 말 못했어요. 너무 좋아요. 그럼 예약해요?"

"오케."

당신은 어디선가 읽은 문장을 자신도 모르게 외치듯 중얼거린다. 당신에게 무슨 일인가가 생긴다면, 그것이 가슴 뛰는 일이라면 놓치지 말아라. 아니 가슴 뛰는 일이 아니라 해도 변화에 뛰어들어라. 당신은 앞으로 나아가야 한다.

당신이 표류했다고 느낀 순간 당신은 표류한 보트에서 바람에 흔들리며 나아가지 못하고 그 자리를 맴돌고 있는 것이다. 홀로 흔들리며, 두려워하며 울고, 아무도 없다고 한탄하고, 사랑을 찾아 헤매며 방황이라는 공중수레에 올라탄 채…… 밤을 지샌다.

당신은 꼬박 밤을 새웠다. 밀라노에 가기로 결정하고 나서. 구월부터 밤을 새우며 우는 게 당신의 밤이었지만 울지 않고 밤을 새운 건 처음이었다. 당신은 울지 않았다. 뭔가가 울음 대신 가슴에 차올랐는데 그것이 무엇인지는 알 수 없었다. 당신은 울지 않았다.

당신은 떠난다. 어딘가로. 그것은 이탈리아의 땅 밀라노지만 당신에게는 어딘가에 발을 딛는 것이었다. 당신은 표류했었으므로. 이제 땅에 발을 딛는 것이다. 그곳에서 돌아왔을 때 다시 바다에 풍덩 빠지게 될지언정 당신은 상관없다고 결론지었다. 나는 다시 다른 땅을 찾을 것이니까. 허공에서 한 가닥 실이 내려와 손을 휘젓다 손가락 하나에 걸린 것 같았다. 그 실 가닥이 끊어질지 다시 바람에 날려가 버릴지 모르나……. 당신에게는 구원의 실타래였다.

당신은 응원군이 필요할 테지만 그들은 사실 멀리 있지 않았다. 당신은 여행에서 돌아오면 그들에게 고백할 수 있기를 희망했다. 이주일 동안의 짧은 여행이지만 그것이 잦아들어 평화를 맞기를, 조용히 위기의 순간을 보냈노라고 말할 수 있기를.

당신은 기실 표류의 근거를 찾지 못하고 잊을 것이다. 그것만이 진실이다. 또한 언젠가 또 다른 표류에 휘말릴 것이란 것도. 그러나 그건 그때 일이다. 이 또한 회피에 다름 아니란 것도. 그러나 회피도 훌륭한 인용으로 작용해주기를 간절히 희망한다. 간절히.

사월이었을까

창밖엔 하얀 사과꽃이 피어있었다. 낮은 창밖으로 키 작은 나무에 잘고 하얀 꽃들이 웃음처럼 피어있었다. 물어보니 사과꽃이라 하였고, 진은 하얀 그 웃음 같은 꽃들이 좋았다. 막 좋다기보다 슬그머니 가슴 한켠에 스며드는 낮은 피아노 음 같은 은근한 그런 것이었다.

지금으로선 사과꽃이 사월에 피는지 오월에 피는지 알 수 없다.

그때 진은 중국으로 간지 꽤 오래된 남편 수와 이혼의 위기에 처해있었고, 그럴 줄 모르고 그만둬버린 직장을 다시 잡아야 하나 갈등하고 있었다. 모든 것이 순조롭지 않았다. 아무것도.

그때는 사월이었을까. 오월이었을까.

진은 꽃 모양 비슷한 무늬가 프린트된 에이라인 스커트를 입고 샌들을 신었고, 심연의 꽉 찬 불안감과는 다르게 마음이 가벼웠다. 그렇게 카페 뒤쪽 산이 바라다 보이는 옆문 앞에 의자를 놓고 앉아있었다. 의자가 놓인 곳은 서늘한 그늘이 퍼져 있었다. 옆에 앉은 후가 말했다.

"누나, 봄바람 불었네."

살짝 놀리는 말투였는데 그것마저도 바람처럼 가벼웠다. 산 어디쯤에서 누군가 대금을 불었다.

"들어봐. 누군가 대금을 불고 있어."

"그러네."

오후의 한적한 고요와 시간 틈으로 대금의 흐느적거리는 선율이 너울거렸다. 사월이었을까. 오월이었을까. 진은 얇은 티셔츠에 꽃무늬 스커트를 입고 한껏 가벼이 날고 있었다. 진은 그때 서른아홉이었다. 후는 서른넷이었을 것이다. 다리를 꼬고 의자에 기대앉아 앞산을 보며 대금 소리를 듣고 있는 진에게 그 옆에 아무렇게나 놓여있던 돌 위에 아무렇게나 앉아있던 후가 다시 한 번 말했다.

"누나 바람 들었다. 치마를 다 입고."

진은 피식 웃었다.

"봄이잖아."

사월이었을 것이다. 그렇다면 사과꽃은 사월에 피기 시작하는 것이다. 사과꽃이 피었고, 진은 치마를 입었으니까.

후가 카페를 인수한 것은 한 달 전쯤이었다. 그땐 춥다기보다 아직 청바지를 벗을 수 없었다. 뭔가 티셔츠 위에 걸쳐 입어야 하는 날씨, 카페 문을 열어놓기에도 날씨가 좀 어설펐다. 누군가 며칠 전 문을 열고 카페 구석에 있던 의자를 내놓았다. 후였을까. 손님용 의자가 아닌 그냥 낡은 의자였다. 오늘 카페에 오자마자 문을 열어보았더니 공기는 좋았고, 의자가 거기 그늘에 놓여있었다.

카페 건물 옆쪽으로 약간의 공터와 낮은 울타리를 한 밭이 있었다. 진은 그쪽 풍경을 처음 보았으므로 신기했다. 밭 너머에는 길이, 그다음에 산이 있었다. 앞쪽은 도시인데 뒤편은 산이었다. 그러니까 산자락을 따라 길이 만들어졌고, 그 길을 면해서 작은 가게들이 있는 셈이었다. 묘하게 그 사이에 텃밭이 남아있었다.

오후 네 시를 지나고 있었으니 해는 카페 뒤로 넘어가 있었고 산 어딘가에서 누군가 대금을 불고 있었다. 한적한 사월 오후의 고즈넉한 공기 사이로 그런 것들이 넘나들었고, 후는 진의 치마를 살며시 만져보았다. 진은 모른 척했다.

사과꽃이 사월에 피던가? 폰을 열고 찾아보면 될 것이다. 진은 그냥 기억해보고 싶었다. 그날들이 사월이었는지 오월이었는지.

후는 키보드를 갖고 놀았다. 웹디자이너였다. 긴 다리에 잘생긴 공대생이었던 후를 처음 본 건 진의 일터에서였다. 진은 대학도서관 사서였다. 대학에서는 근로장학금을 지불했는데, 진은 근로장학생이라는 이름으로 온 열두 명을 데리고 도서점검이라는 업무를 수행했다. 그중에 키가 크고 미남이고 키보드를 도서관에 가져와서 연주한 적이 있던 후는 인상적인 학생이었다.

후는 졸업 후에도 종종 연락을 했다. 그렇게 시작된 인연이었다. 후는 한 달 전 카페를 인수했다. 그동안 어디서 살았는지는 모른다. 후는 혼자였다. 이십대의 끝 무렵 결혼했다가 이년 전에 이혼했다고 한다. 아이도 없고 여자도 없었다. 먼 곳에서 살다가 이곳으로 돌아온 지 반년이 되었고, 그때 진에게 연락을 했다.

진은 그때까지 같은 곳에서 살고 있었다. 진은 몇 년 전 직장을 그만두었다. 남편이 중국에 간 지 몇 년 되었고, 어떤 이유로든 이혼의 위기에 처해있는 상황이었기에 힘든 시기를 겪고 있었고, 상황이 좋지 않았다. 직장을 그만둔 것을 후회하고 있을 때 후에게서 연락이 왔다.

후는 선생님에서 누나로 호칭을 바꾸었다. 알 수 없는 인연이었다. 물론 호칭은 바뀌었으나 태도는 여전히 선생님과 학생 시절의 공손함, 그만큼의 거리, 격의 같은 것으로 채워졌다. 진은 이상하게 오랜 세월이 흐른 후의 일종의 만남에 드리워진 인간적인 친밀감을 느꼈다. 그것은 개인적인 감정이었다. 뜻하지 않은 무엇이기도 했다. 이 애가 학생이었을 때는 그저 학생과 직원이었을 뿐이었으므로 그저 아무것도 아니었다. 어른이 되어 만나니 무척 친밀한 느낌이 있었고, 자신이 늙은 것처럼 느껴지기도 했다.

혹시 주방 도와주실 분 좀 알아봐 주실 수 있냐고 물은 게 첫 질문이었다. 재즈 연주할 카페니까 커피와 간단한 칵테일을 만들 줄 아는 사람, 커피와 칵테일에 대한 레시피는 있으니 감각만 좀 있으면 되는데 남자도 상관없다고 덧붙였다.

"다른 건 없어?"

그게 만들어야 되는 안주는 하지 않겠다는 대답이었다. 매우 쉬워서 진은 그럼 내가 해야겠네, 했다. 서빙은?

"멤버인 C의 막냇동생이 아르바이트를 자처했어요."

멤버는 네 명이었다. 건반, 베이스, 드럼, 그리고 콘트라베이스가 가끔 끼었다. 후는 홀에 피아노를 들여놓았고 가끔은 피아노를 쳤다. 후는 학생 때 벤드를 한 이력이 있었다. 모두 그 친구들이라 하였다.

후에게서는 이제 삼십대의 창창한 고독이 보였다. 여러 가지 현실적인 상황 때문일까. 진에게는 그렇게 보였다. 반듯한 외모만큼 성격도 바른 아이였다고 기억되었으므로 그러는 건지도 몰랐다. 왜 여자가 없냐? 는 질문에 그냥, 내 눈에는 여자가 안보이더라고 하였고, 이 카페는 왜? 라고 했더니 원래 이런 거 하고 싶었어요. 이런 작은 공간에서 연주하고, 내 공간을 갖고 싶은 생각도 있었고. 낮에 여기서 일하면 되요. 누나도 여기 와서 낮에 일해요. 그거 그림 그리는 거, 라고 말했다.

진은 작은 천에 그림 그리는 일을 시작했다. 전에는 알지 못했던 페인팅에 대한 즐거움이 있었다. 카페에서 쓸 찻잔받침으로도 용도가 정해졌다.

"잘됐네. 그거 우리 카페에서도 쓸게요."

그렇게 시작된 거였다. 묘한 인연이었다. 이 애는 누구일까. 그러니까 카페가 아직 제대로 돌아가는 건 아니었으나 저녁의 두 번 혹은 세 번의 연주는 계속되었다. 손님이 한 명도 없을 때도 그들은 연주를 했다. 듣는 사람은 나와 아르바이트한다고 나와 있는 범이 뿐이어도 그들은 그냥 연주를 하곤 했다.

후는 노트북을 들고 오후 두 시쯤 카페에 나와서 한쪽에 앉아 몇 시간쯤 일을 했다. 진은 물감 박스를 갖다놓고 세 시쯤 나와서 두 시간 정도 작은 천을 늘어놓고 그림을 그렸다. 때때로 진은 저녁에 출근했다. 진은 친정어머니와 여덟 살 된 아들과 함께 살고 있었다. 주말엔 아들 훈이를 데리고 나와 후와 같이 키보드를 갖고 놀 때도 있었다. 후는 훈이를 훈이는 후를 좋아했고, 둘 다 키보드 놀이를 즐겼다.

봄날이라 그런지 붓이 손에 잡히지 않았다. 후도 마찬가지였을까. 먼 산에서 들려오는 듯한 대금 소리마저 투명한 공기처럼 떠돌았다.

"내 남편이 중국에 여자 생긴 것 같아. 뭔가 느낌이 이상해."

물론 그 예감은 꽤 되었다. 이 년 전부터 남편은 집에 오는 일이 줄었고, 진은 물론 그 과정을 느꼈다. 멀어지거나 뭔가 멀어지게 하는 상황에 대한. 그러나 아이를 데리고 중국에 가고 싶지 않았다. 중국이란 나라가 가고 싶은 나라가 아니기도 했지만 이제 막 초등학교에 입학한 아이를 데리고 가고 싶은 생각은 더더구나 없었다.

남편이 없으니 한편으론 편했고, 직장을 그만두고 자유로워지니 할 수 있는 일이 많아 더 좋았다. 그러나 예후가 심상치 않은 시간들이 정말 힘이 들기 시작했다. 남편을 찾아야 할지, 자신을 찾아야할지 갈팡질팡하는 사이 시간이 흘렀고, 진은 그 시기를 놓쳤다는 생각이 들었다. 그보다 더 무서운 건 자신의 마음이 남편을 향해 있지 않다는 것이었다. 진은 혼란스럽고 슬펐다. 예전에 배웠던 그림을 그리기 시작했다.

"응? 그게 무슨 소리야."

"그 사람은 말할 때 늘 속마음을 들키는 사람인데 뭔가 이상해. 겨울에 나왔을 때도 약간 이상했어. 중국은 또 알 수 없는 나라이기도 하고. 남편이 중국 사람 다 된 것 같아. 알 수가 없어."

"그래서요? 누나가 중국에 가 봐요."

"난 중국 싫어. 처음 청도에 사업 시작하고 나서 같이 갔는데 맥주 말고는 다 싫더라."

"그럼 어쩌려고요."

"두고 봐야지. 근데 이상한 게 떨어져 산 지 몇 년 돼서 그런지 점점 그 사람 생각보다 나 자신에게 몰두하게 돼."

"그건 이제 그런 시기여서 그럴까? 삼십대 후반이란 나이가. 자신을 찾게 되는 시기? 나도 이 년 전부터 나 자신에게 몰두하게 됐거든요."

"너는 혼자되면서부터 그런 거겠지. 갑자기 혼자가 되었으니까. 많은 생각을 하게 되었을 거야. 그 이전에는 모두 그렇듯 떠밀려가듯 살다가…….”

“그런가 봐요. 인생이란 게 사회적 통념이나 어떤 메커니즘에 의해 따라 흐르다가 어느 날 문득 멈춰서보면 그동안 숨어 있던 자신이 보이고……. 모르고 사는 사람들도 있겠지만요. 누나, 나는 좀 일찍 깨달은 것 같아요.”

“그러게. 늘 실패나 일종의 종말, 끝남, 돌이킬 수 없는 그런 것들은 변화를 요구하지. 사실 인생은 변화의 연속인데 그걸 모르고 살다가 당황하고 좌절하고 절망하는 거겠지. 너는 잘 알 수 없으나 차분하게 잘 이겨냈을 거야. 상처가 보이진 않아.”

“그런가……. 내면에 꼭꼭 숨어서인가?”

“오히려 고독해보이니 멋져 보인다. 너는.”

“참……. 그럴 수도 있겠네. 막 아프진 않아요. 지금은. 처음은 힘들었는데 이제는 누나처럼 나 자신에 몰두하게 돼서 오히려 자신을 찾은 것 같기도 하고.”

대금 소리가 멎고 한참 후 어떤 나이 지긋한 남자가 산길을 내려왔다. 대금을 분 사람일까. 진은 차 한 잔을 대접할 수도 있는데 싫었다. 그는 천천히 한복 바지를 펄렁이며 길을 따라 가다가 사라졌다. 그늘이 넓고 길어졌다. 해가 설핏해지는 시간이었다.

“콩나물국 만들어 먹을까?”

진은 아까 오면서 달랑 콩나물 한 봉지를 사왔다. 집에 들어가기 싫을 때 진은 이른 저녁을 후와 같이 만들어 먹기 시작했다.

"그럼 나 그거 만들까?"

"그거? 아, 그래. 조합이 맞진 않지만 콩나물은 국물 수준으로 하고."

후의 그것이란 묘한 브리야니였다. 노란 인도 커리로 밥을 지어 닭고기 카레를 만들어 얹어 먹거나 소고기 카레를 만들어 얹어먹으면 되는 간단한 인도식 덮밥이었는데 후는 더 간단하게 만들었다. 카레냐고 물어봤더니 굳이 브리야니라고 하였다. 그밖에 없은 향신료는 생략되었으나 후의 브리야니는 맛있었다. 후는 굳이 손으로 먹어야 한다고 노란 밥을 손으로 먹었다. 진은 처음엔 따라 해보다가 불편해서 그냥 편하게 숟가락으로 먹었다.

사과꽃은 꽤 오랫동안 창문 밖 화단에 피어있었다. 진은 하얀 꽃이 순결하다고 생각했다. 순수라고 할까. 순결이란 말은 전에는 육체에 적용시켰는데 지금으로선 거의 맞지 않는다. 영혼의 순결이라면 모를까. 진은 순수라고 바꿨다. 하얀 순수. 사과꽃.

한 달을 지나면서 보니 그들 즉 후와 멤버 세 명, 핑거문이라는 쿼텟으로 불리기를 희망하는 그들 밴드는 카페의 무대가 놀이터였다. 그들은 모두 다른 직업을 갖고 있었다. 저녁이면 모였고, 주말에 연습을 했으며 가장 시간이 많은 피시방 주인인 C가 일찍 나와 이른 저녁을 같이 먹거나 후와 연습을 했다.

진은 그들에게 주방 누나였다가 수잔 누나로 불렸다. 하얀 궁전을 떠올렸을까. 수잔 서랜던의 큰 눈을 닮았다고 하는 건지 아무튼 C의 강력한 밀어붙임으로 진은 그들에게 수잔 누나가 되었다.

첫 공연을 하는 날 진은 검은 티에 헐렁한 초록 후드 니트를 입고 레깅스를 입었다. 아직 날이 추웠다. 오후 네 시쯤 모여 후가 만든 소고기덮밥을 먹었다. 진이 먹어본 첫 후의 요리였다. (그날 먹은 소고기덮밥은 그날 입었던 초록 후드 니트와 연결되었다. 후의 요리를 떠올리면 그날 어떤 옷을 입었는지 기억이 났다.)

맛있다기보다 뭔가 칼칼하고 후추 맛이 강한 후의 요리는 스타일리시한 영상의 한 컷을 살짝 스친 느낌이었다. C와 D는 그것을 그냥 쌉쌀한데 왠지 맛나네, 라고 표현했는데 진으로서도 달리 뭐라 표현할 말이 생각나지 않아 고개를 끄덕였다.

"단순한 덮밥이 스타일리시하네. 맛이." 진은 그렇게 덧붙였다. 후의 첫 요리를 먹었으니 뭔가 말을 해야 할 듯싶어서. 후는 그저 고개를 끄덕였다. 그 순간 후는 그런 사람이다, 라는 생각이 스쳤다. 쌉쌀하고 톡 쏘는 듯한 맛을 숨긴.

첫날은 다 아는 손님들이었다. 후와 C와 D의 친구들 혹은 아는 사람들이 저녁이 되자 조금 모였다. 아는 사람들을 모아놓고 하는 첫 공연 오프닝 같았다. 그들은 정말 특이한 곡을 재즈로 연주했다. 남몰래 흐르는 눈물. 진은 은근 깜짝 놀랐다.

"오페라 아리아를 연주하리라곤 생각 못했는데."

그다음 날 오후에 후와 만났을 때 진이 말했다.

"음, 그거 꼭 해보고 싶었거든. 오래전에 편곡을 해봤어요."

진은 C와 D는 잘 알지 못했으나 생경하진 않았다. 그들은 꽤 유쾌한 사람들이었고, 음악에 대한 열정이 있었다. 어떤 믿음인진 몰랐지만 후와의 끈끈한 유대감과 친화력도 보였다. 레퍼토리를 정하고 연습을 주도하는 것도 후였다. 진은 그냥 모든 게 편했다.

후의 그 첫 요리는 톡 쏘는 듯한 특별한 향신료(무엇인지 모른다) 탓에 아직도 생생하게 기억할 수 있다. 그날 올 성긴 초록색 후드 니트에 튀었던 향 나는 밥알의 기억과 함께.

카페는 그럭저럭 소문이 났다. 진의 잔 받침도 칭송을 받았다. 몇 개 쓰이지는 않았지만 진은 하룻밤에 커피 서너 잔을 만들었고, 잔 받침은 서너 개씩 제 할 일을 했다. C의 동생 범이는 몇 되지 않는 손님들에게 맥주를 날랐다.

후가 노란 브리야니를 만든 건 오픈한 지 이 주 정도 지나서였다. 그때까지 진은 오후에 나와서 두 시간쯤 카페에서 서툰 그림을 그리다가 집에 들어가 아이와 저녁을 먹은 다음 일곱 시와 여덟 시 사이에 출근을 했다. 초저녁 손님은 없었다. 연주를 여덟 시와 아홉 시에 했으므로 여덟 시쯤 손님들이 오곤 했다.

어느 날 오후 네 시쯤 카페에 나갔더니 후가 카페 문 앞에 앉아 있었다.

"왜 거기 앉아 있어?"

"아, 나도 이제 왔는데 누나가 없어서 산책이나 할까 생각 좀 하느라고. 왠지 들어가기 싫어서."

"그래? 그럼 같이 산책하고 올까?"

"그래요. 삼십 분 정도만 걷고 와요."

날이 꽤 좋았을 것이다. 약간 쌀쌀하면서도 봄을 느낄 수 있는 오후의 그런 느낌. 그래, 하고 후가 일어나자 같이 걷기 시작했는데 후가 일어난 자리에 비닐봉지가 보였다.

"저거 뭐야?"

"아, 깜박했네. 오늘 브리야니를 만들어볼까 하고 재료 사왔는데. 잠깐 넣어놓고 올게요."

"브리야니?"

그게 뭐지? 진은 후가 카페 문을 열고 나오자 눈이 동그래져서 물었다.

"인도식 볶음밥이에요. 이따 알려드릴게요."

"아……."

진은 고개를 끄덕였다. 진은 후와 카페 근처를 걸었다. 아직 날이 선선해서 저녁에 추울 걸 생각해 청바지, 티셔츠 위에 간절기용 코트를 걸쳤다. 그랬을 것이다. 겨울 코트와 트렌치코트 사이의 스웨이드 재질로 만들어진 카키색 롱코트였다. 티셔츠 색은 기억나지 않는다.

카페를 지나 작은 커피점이나 생맥주 전문점 같은 가게들을 스쳐 호수까지 걸었다. 근처에 호수가 있다는 것이 그제서야 생각났다. 후가 살짝 진의 손가락 끝을 잡았다가 놓았다. 그저 친근한 몸짓이었다. 진은 그 느낌이 좋았다. 그래서 진도 후의 손가락들을 살짝 잡았다가 놓았다.

그냥 느낌이 좋은 아이, 아니 남자였다. 학생이었을 때도. 단정하고, 편안하고 섬세한. 그런 느낌 탓일까. 오후 네 시 무렵 삼월의 산책은 부드럽고 호젓하고 뭔가 달콤했다. 진은 후의 손가락이 닿을 듯 말 듯한 그 느낌을 놓기 싫었다. 호숫가 물가에 내려앉을 자리를 발견할 때까지 진과 후는 그렇게 걸었다.

호수는 바람의 움직임에 따라 부드럽게 일렁였다.

"누나, 난 아이를 잃었어요."

불현듯 후가 말했다. 호숫가에 물이 살짝 부딪듯 슬쩍 던져진 느낌이었다. 후의 낮은 음성이. 바람이 쓰윽 지나가듯.

진은 눈이 휘둥그레져서 후를 바라보았다. 가족 이야기는 처음 듣는 이야기였다. 사적인 얘기는 후를 비롯해 C와 D와도 마찬가지로 할 필요가 없는 사이였다. 스스로 말하기 전에는. 후는 낮은 목소리와 마찬가지로 표정도 편안해 보였다. 잃은 아이에 대해 말하는 것이 아닌 것처럼 보였다.

"아이와, 아내…… 둘 다 아팠는데 아내는 살게 됐고 아이는…… 그래서 견디지 못한 아내와 헤어지게 됐어요. 나의 이혼은 그렇게 됐어요."

"아……."

진은 낮은 신음을 뱉었다. 차마 물을 수 없었다. 어디가, 어떻게 아팠는데.

호숫가에 이십 분쯤 앉아 있었다. 진은 그날의 잔잔하게 일렁이던 호수와 낮은 후의 목소리 그리고 인생에 느닷없이 찾아오는 아픔과 그것에 대항하지 못하는 어쩔 수 없음에 대한 회한을 그날 후가 만들었던 노란 브리야니와 함께 기억했다.

그날의 산책은 짧은 노래 같은 것이었다. 가볍고 살랑거리고 알 수 없는 설레임이 한숨과도 같은 손끝에서 하늘거렸던. 그러나 돌아오는 길에는 낮게 땅을 기는 것 같은 푸른 슬픔이 안개처럼 스멀거렸다. 후는 카페로 돌아가는 동안 말이 없었다.

"미안해요. 누나. 갑자기 내 얘기 불쑥 꺼내서."

"아냐. 얘기해줘서 고마워."

후는 카페에 들어서기 전 진의 손을 꼬옥 잡으며 말했다.

"누나가 좋아요. 그래서 얘기가 저절로 나온 거 같아요."

뭐어? 눈을 크게 떴더니 후가 다시 덧붙였다.

"학생 때부터 좋아했어요. 몰랐죠? 조용하고 차분한 누나 모습이 좋았어요."

뜻밖의 고백?에 진의 가슴이 철렁했다. 진이 이혼의 위기에 처했다는 걸 말했을까. 얼핏 후와 얘기한 적이 있었다. 남편이 이상하다고. 이상하기만 할까. 요즘은 통 오지 않는데 진은 그게 하나도 섭섭하지 않았다. 아들도 아빠에 대한 그리움이 없어 보였다. 엄마와 할머니와 붙어살기 때문에 부족함이 없는 것인지도 모른다. 아이는 어려서부터 엄마 품에 있었다.

인생은 길이 따로 없다는 생각이 종종 들었다. 생각지 못한 방향으로 우리는 흘러가는 것이다. 남편과의 갭이 슬프지도 않고 아프지도 않다는 것을 깨달을 때마다 진은 심장이 쿡 내려앉는 느낌이었다.

후와 손가락이 닿을 듯 말 듯한 그 사이의 감각이 오히려 더 컸다. 그래서 후의 그 '좋아했어요' 라는, 어쩌면 단순한 인간적인 의미 외에는 다른 것이 아닐 수도 있는 말 한마디가 가슴을 철렁하게 했을 수도.

카페엔 주방이 따로 있었다. 전엔 요리도 하고 안주를 준비하던 곳이었다. 커피를 만드는 건 바 안에서였다. 바엔 칵테일을 만들 수 있는 기구들이랑 양주, 술과 리큐르 등이 진열되어 있었으나 양주를 찾는 사람들은 별로 없었다. 진은 가끔 칵테일을 만들어 팀원들에게 서비스했다. 팔리지 않는 술들로. 그러면 C와 D는 늘 수잔 누나, 최고! 라며 엄지를 들어주었다.

열한 시가 넘어 손님이 끊기면 그들과 진은 테이블에 둘러앉아 팔리지 않는 베트남산 한치 두어 마리를 굽고, 마시다 만 양주를 따르며 이런저런 얘기들을 나누었다. 가끔 진은 그들과 함께 새벽 두 시까지 남아 있는 때도 있었다. 어쩌다가, 자정까지 연주를 할 때, 그리고 어쩐지 헤어지기 섭섭해서 한두 잔씩 술을 마시며 다섯 명이 앉아 소곤거리거나 깔깔거리며 웃다가 깊은 밤 남겨졌을 때.

밤의 고요 속으로 차를 몰고 가면 곧 올 새벽의 한기를 느끼고 깊은 밤의 알 수 없는 깊이 속으로 빠져드는 것 같은 몽환적인 환상에 잠기곤 했다. 그런 때 찾아오는 것은 인생에 대한 알 수 없는 불안감과 더불어 근거없이 안심이 되는 듯한 묘한 대치적 감정이었다.

진은 그렇게 그런 밤을 달려 집으로 돌아가 아이를 꼭 안고 잠이 들곤 했다. 무엇이 올지 모르는 나날들이었다.

후는 밥을 해서 카레를 넣고 볶고, 닭고기 카레를 만들어 그 위에 얹었다. 그게 후의 브리야니였다. 무슨 향신료도 넣은 것 같은데 알 수 없었다. 원래는 브리야니 소스를 만들어 고기를 재었다가 밥을 지을 때 위에 얹는다고 하는데 후는 그냥 "내 식으로 해요." 그랬다.

"근데 맛이 있네. 향도 강하지 않고."

"다행이다. 정식 브리야니는 아니고 내 맘대로 브리야니에요. 이게 더 맛있어요."

그렇게 둘이 앉아 이른 저녁으로 브리야니를 먹고 커피를 마시고 있으니 그들이 왔다. C와 D 그리고 C의 동생 범.

후가 꽃무늬 치마의 끝을 살짝 만져보던, 그것을 못 본 척 곁눈질로 보곤 속으로 피식 웃었던 늦은 사월의 그 오후, 후의 두 번째 이야기를 들었다.

"절로 들어갔어요. 머리를 깎고.

"누가?"

"내 아내. 이혼하고 일 년 후에요. 그러니까 작년에요."

"아……."

“연락이 없었는데 문득 연락이 왔어요. 절에 들어간다고. 머리 깎았다는 건 제 짐작이고요. 머리를 깎고 비구니가 된 건지, 그냥 들어간 건지는 몰라요. 그리고 나는 이곳에 왔고요.”

“그랬구나.”

진은 또 아무 말도 할 수 없었다. 그늘이 넓어지면서 저녁빛이 슬금슬금 내려올 때 카페 안으로 들어왔다. 후는 말없이 주방에 들어가 그것 즉 브리야니를 만들기 시작했다.

두 번째 후의 브리야니. 진은 삼월 처음 맛봤던 브리야니와, 후의 인생의 아마도 터닝 포인트가 되었을 그 시점의 한 자락을 살짝 보았던 그날을 기억했다. 그날 입었던 스웨이드 코트와 조금 쌉쌀했던 호숫가의 바람과 물 냄새를.

진은 불현듯 Sigur Ros의 시디를 올려놓았다. 지구의 저쪽 끝 대양의 서늘한 신비가 홀에 가득 찼다. 후는 늘 브리야니를 만들 재료들을 갖다놓았을까. 후가 햇반을 잔뜩 사다놓았던 건 기억한다. 후가 쓰는 재료에 대해서는 진은 더 알지 못했다. 진은 집에서 쓸 부식을 살 때 파프리카, 당근, 시금치 등을 더 사서 카페에 갖다놓곤 했다. 요리는 후가 알아서 하는 것의 하나였다. 늘 거기서 먹는 것도 아니었고.

진한 커리 냄새가 났고 닭고기 냄새가 났다. 원래 진은 아이에게 카레 요리를 만들어주기는 했으나 별로 좋아하는 음식은 아니었다. 헌데 후가 만들어주는 브리야니란 것이 좀 독특하기도 했고, 자신이 만든 한국식 카레보다 훨씬 맛있었다. 언젠가 주말에 훈이를 데려와 후의 브리야니를 같이 먹고 싶었다.

그런 생각을 하기 전에 후가 먼저 말을 했던 것 같기도 했다.
"누나, 주말에 훈이 데려와요. 브리야니 먹게." 라고.

카페의 나날들은 약간의 활기를 띄기 시작했지만 수익은 없었다. 후는 고개를 저었다. 애초에 수익이 나리라고 기대하진 않았지만 월세금 정도도 나올지 의문이었다. 이제 시작인 셈이었으므로. 삼월과 사월은 워밍업에 속했다. 오월은 밤도 좋고 옆산에서 아카시아 향기가 스며들었으며 입소문이 나기 시작했는지 손님들도 제법 들었다.
후는 고개를 끄덕였다.
"괜찮을 거야."
오월은 그런 달이기도 했다. 나뭇잎 색이 연하지도 진하지도 않은 찬란한 초록빛을 띄고, 바람은 살랑거렸으며 밤은 달콤했다. 핑거문은 청혼 같은 이소라의 노래나 크리스스피어리스의 Eros, 진짜 재즈 스탠다드 take five, 트롯트 영영 같은 곡을 두서없이 섞어서 연주했다. 때때로 손님들이 음악을 주문하기도 했는데 즉석에서 연주했는지는 기억나지 않는다.
오월. 그날은 매우 아팠다. 진은 아닌 척했지만 점점 더 견디기 힘든 나날들 속에 있었다. 그날은 어린이날 전날이었다. 몸살이 너무 심해서 아이와 가기로 한 여행을 갈 수 없을 지경이었다. 다행히 훈이에게 줄 선물은 며칠 전 사다놓았고 중국에서도 선물이 도착했다. 원래는 남편이 오기로 되어있었다. 남편은 사흘 전 전화를 했다.

"못 갈 것 같다. 선물을 미리 보내서 다행이야. 미안해."

진은 그래서 선물을 미리 보낸 거군. 그렇게 생각했고, 오지 못한다고 하는 말에 토를 달지 않았다. 하나도 서운하지 않은 게 더 이상했다. 아직 아무도 어떤 말도 꺼내지 않았다. 그러나 예전에 존재했던 부부 사이의 그 어떤 것이 싹 사라져 버렸다는 것에 대해 그렇지 않니? 라고 물으면 아니야, 라고 말할 무엇이 없었다. 그도 알고 나도 안다. 그가 중국에 가 있는 만큼의 거리 너머에서 두 사람이 다른 쪽을 보고 있다는 걸.

진은 자신이 매우 불안정하며 두려움과 대치하고 있다는 것을 막연하게 느끼기 시작했고, 머지않아 그것들이 자신을 잡아먹어 버릴 것만 같았다.

후가 전화를 했다.

"누나, 내가 내일 훈이랑 놀까? 누나 조금이라도 괜찮아지면 같이 나가고. 내가 운전기사 할게요."

엄마가 어린이날 아파 누워있으면 아이는 슬퍼할 것이 분명했다. 이럴 때 아빠가 필요한 것인데……. 진은 그런 생각을 하면서 그때서야 눈물이 나서 어머니 몰래 훌쩍이며 울었다. 다행히 다음날은 조금 나아져서 후가 운전하는 차를 타고 훈이와 어머니와 함께 바다를 향해 떠났다. 남편은 어린이날 아침에 훈이와 통화를 했다. 훈이는 그가 보낸 커다란 로봇을 들고 흔들었다.

그것이 오월을 여는 첫 풍경이었다. 카페에 손님들도 꽤 늘어나기 시작했다. 오월의 어느 토요일이었을까. 훈이를 데리고 갔으니 토요일이었을 것이다. 후는 훈이에게 건반을 가르쳐 주었고, 피아노를 배우고 있었던 훈은 제법 건반을 갖고 놀았다. 무엇을 치는지는 알 수 없었다. 그렇게 건반을 갖고 놀다가 "누나, 오늘 그거 어때요? 브리야니." 라고 물었다.

"좋아. 콩나물국이 있어야 되는데."

두 번째 브리야니를 먹었을 때 무심코 한 봉지 사들고 간 콩나물국을 말갛게 끓여 같이 먹었는데 조합이 맞았던 것이다.

"내가 밥 준비할 동안 누나가 갔다 올래요? 슈퍼에."

"그래."

진은 몸살을 심하게 앓고 난 후 그것이 그저 몸이 아픈 것이 아니었음을 깨달았다. 남편에게 전화를 했다.

"당신 어머니 생신 때 와야 해. 할 얘기도 있어. 전화로는 못해. 무슨 문제가 생긴 건 아니고. 물론 당신에게도 무슨 문제가 생기진 않았다고 믿어. 그냥 그때 나오면 얘기하기로 해."

"알았어. 그렇잖아도 그땐 꼭 나가려고 일정 잡아놓았어. 미안해. 이렇게 몇 달 못 가리라곤 생각 못했어. 일이 워낙 들쑥날쑥이라……. 오기 싫다는 당신 억지로 오라고 할 수도 없고."

사랑, 뭐 그런 거하곤 언제부터 멀어졌을까. 대화는 건조하고 억지스러웠다. 조금이라도 애정이 있는 것 같은 대화는 아니었다. 어머니 생신은 유월 중순이었다. 당장 오라고 안 한 건 진 자신도 관계에 대한 생각을 더 해보기 위함이었다. 충분히, 생각이 정리될 시간이 필요했다.

오월이니 청바지는 벗어던졌고, 시폰원피스에 슬립온을 신었다. 진은 시폰 소재를 좋아했으므로 바지를 입거나 티셔츠를 입는 날 외에는 시폰원피스를 입었다.

"누나, 오늘 이뻐요. 옅은 핑크잔 꽃무늬가 잘 어울려요."

후는 엄지를 들어보였다. 진은 훈을 데리고 나가 콩나물을 사왔고, 이윽고 노란 커리 냄새와 콩나물국 냄새가 났다. 그렇게 훈이를 데리고 온 오월 어느 토요일 오후 후는 세 번째 브리야니를 만들었고, 문득 말했다.

"누나, 그런데 전화가 왔었어요. 내가 막 카페를 열기 전에. 아내가 아프다고. 그래서 그때 갔다 왔어요. 경기도에 있는 어느 절에요. 그냥 시름시름 앓고 있었어요. 진찰을 했지만 병명이 안 나오는 거. 그런 거……."

"아…… 그랬구나."

"그래서 병원에 며칠 입원해 있다가 절에 다시 가서 내가 옆에 좀 있다가 왔어요. 더 어떻게 할 수가 없어서. 마음병이라는데…… 나중에 전화해 봤는데 그런대로 잘 견디고 있다고……."

진은 또 물을 수 없었다. '지금은 어떻다니? 그래서 너 마음은 어떤 거야. 이혼한 아내와 너…… 그것을 견디고 있는 너는 어떤 거니…….'

핑크빛 잔꽃무늬 베이비돌 원피스를 입고 하얀 슬립온을 신고 훈이의 손을 잡고 콩나물을 사다가 한쪽에선 소고기 카레를 만들기 위해 야채를 썰고 노란 커리밥 익는 냄새 속에서 말간 콩나물국을 끓이던 그 시간. 훈이는 카페 홀을 뛰어다니며 로봇을 갖고 놀고, 후는 늘 닭고기를 쓰더니 그날은 소고기 카레를 만든다 하였다. 커리밥에 소고기 카레를 얹어먹는다고.

평화라는 말은 어떤 것을 뜻하는 걸까. 진은 그날 셋이서 브리야니와 콩나물국을 먹으며 소곤거리던 그때 카페 안을 흐르던 것이 평화로움이었다고 생각했다. 후의 심연을 낮게 낮게 기던 안개와 같은 아내와의 현실도, 침묵으로 모른 척 덮고 그저 아무 일도 없는 듯이 각기 떨어져 사는 진과 남편의 곧 닥치게 될 엄연한 현실의 위기도 그냥 먼 꿈인 양 느껴지던.

그래서 진은 그것을 후의 위대한 브리야니의 시간이라고 불렀다. 속으로. 아무것도, 그저 평화로웠던 잠시, 그 찰나의 순간.

어쩐지 그때의 오월은 다른 해보다 찬란하지 않았다. 가끔 비가 내렸다. 이상하게 비 오는 밤에 사람들이 모였다. 오월의 그 비 오는 밤들에 진은 사월에 비해 많은 커피를 만들었다. 그냥 사월에 비해 그렇다는 말이다. 제법 커피 만드는 일이 익숙해졌다는 생각과 함께.

wonderful tonight 같은 밤의 연주가 있었다. 봄비 같은 오래된 노래나 billie jean을 짜집기한 연주, california dreaming 같은 아련한 노래들이 비 오는 밤 비처럼 내리던 음악이었다.

카페는 유월을 이겨냈던가? 삼이라는 숫자는 묘한 카테고리를 형성한다. 삼 일, 석 달, 삼 년……. 석 달을 넘기면 일 년의 반을 견딜 수 있다. 삼 년을 넘기면 다시 삼 년을 더 견딜 수 있다. 그래서 후의 유월이 매우 중요한 시점이었을 것이다. 그것을 계속하던지 놓아버리던지 간에.

그럭저럭 카페는 문을 열었다. 손님이 있건 없건 연주하는 것도 똑같았다. 후는 사이사이 잊지 못할 명곡들을 틀었다. 진은 프린스의 purple rain을 들으면 가슴이 아팠다. 본조비의 always나 마이클 잭슨의 she s out of my life를 들을 때에도. 진은 손님이 없던 어느 날 tracy chapman의 노래를 들으며 바의 스탠드에 앉아 눈물을 훔쳤다. 그때 후가 옆에 다가와 앉으며 살포시 어깨를 쓰다듬어 주었다.

"누나, 외로워요? 외로워 보여요."

너도 그렇잖니. 진은 씨익 웃으며 속으로 말했다. 우리 모두 외롭다. 그날 밤은 손님이 한 명도 들지 않았다. 그 사이 약간 늘어났던 손님들은 다시 처음처럼 그저 몇 명으로 되돌아가 있었다. B와 C는 들어갔고 C의 동생도 들여보냈다. fourplay의 재즈를 들으면서 후와 스탠드에 나란히 앉아 칵테일을 홀짝거리던 그 시간.

진은 어머니 생신 때 남편이 올지 안 올지 몰랐고, 그 후 어떻게 해야 할지 절망스러웠으며 후는 암울해보였다. 후는 스탠드에 올려진 진의 손가락 끝을 만지작거렸고, 진은 몽롱한 그 순간의 감촉이 좋았다.

그 몽롱한 순간은 현실의 애매모호한 상황을 밀어내버렸다.

그렇게 스탠드에 앉아 텅 빈 홀로 울려 퍼지는 fourplay를 들으면서 진이 만든 어설픈 진토닉을 마시며 열한 시까지 이런 저런 얘기를 나누었다. 손가락 끝을 간질이면서. 그리고는 둘 다 열한 시가 되자 일어섰다.

"집에 가자."

그 집에 가자, 의 말끝에는 텅 빈 홀에 대한 아쉬움과 말하지 못하는 자신들의 속내와 보이지 않는 불투명한 현실의 어둠들이 고드름처럼 매달려 있었다. 후도 진도 그것들에서 벗어나지 못한 채 늦은 밤 각자의 차에 올랐다.

후가 네 번째 브리야니를 만든 건 남편이 오기 전이었다. 그날은 멤버들이 일찍 모였다. 날이 여름에 입성해 있었으므로 진은 반팔의 아일랜드 블루 저지원피스를 입고 가장 단순한 스트립 샌들을 신었다. 봄을 지나 여름으로 가는 중이었을까. 그날 모두 반팔 티셔츠에 청바지 차림이었는데 C는 반바지를 입고 있었다. 비가 내릴 듯한 오후였다. 아마도 장마가 시작되려는 징조가 낮은 하늘을 기고 있었을 것이다. 진은 푸른 원피스에 대한 기억과 그날의 흐린 날씨, 그 모든 것이 생생한 것이 놀랍다. 진이 모두 모인 것에 눈을 크게 뜨자 C가 말했다.

"후가 뭘 만들어 준다고 해서 일찍 나왔어요. 수잔 누나. 뭐 특이한 카레라고 했던가?"

그렇게 해서 C의 동생까지 포함한 멤버 전체가 후의 브리야니를 먹었다. 인도식 레시피에 충실하려고 노력한 흔적이 보였다. 그러나 그게 그거였다. 향신료만 더 첨가된 듯한. 진은 또 슈퍼에 가서 콩나물을 사다가 후의 옆에서 말간 콩나물국을 끓였고, 역시 그것은 브리야니와 조합이 맞았다.

그날은 후의 고백이 없었다. 그러나 멤버들의 고백이 있었다. 어쩐지 최후의 만찬 같은 분위기였다.

"문을 닫아야 할 것 같아요. 수잔 누나. 현상유지만 되면 계속하겠는데 워낙 안 되요."

"후가 결정만 내리면 우린 그냥 각자 하던 일로 돌아갈 거예요."

진은 괜히 가슴이 철렁, 했다. 몇 달간 이곳이 내 화실이었고 내 일터였는데. 실은 돈도 받은 적이 없었다. 진은 그냥 좋아서 했고, 실제로 커피를 몇 잔 타지도 않았다. 유월의 둘째 주. 그날의 만찬은 끝을 예고했다. 파스텔조의 푸른 원피스의 진과 반팔 티셔츠에 여전히 청바지를 입은 남자들, 그리고 C의 반바지로 기억되는. 헌데 왠지 자신의 직장이나 삶의 끈이 떨어져나가는 것 같은 느낌이었다.

"미안해요. 누나. 괜히 누나가 심란해 보여. 다 일이 있어 괜찮은데."

"미안하긴. 그동안 좋았어. 카페에서 오후에 잠깐씩 그림 그리던 그 시간이 좋았던 거겠지. 저녁에 한가한 카페에서 핑거문의 연주를 듣는 것도 큰 행운이었지. 언제 진짜 연주를 듣겠니."

어쨌든 그들은 유월까지는 카페를 운영할 생각이었다. 진도 문을 닫을 때까지는 그냥 그곳에 갈 생각이었다. 그렇게 유월은 끝을 향해 가는, 아니 끝을 기다리는 시간이었다.

남편은 어머니의 생신에 맞춰 나왔고, 며칠 묵는 동안 진에게 여행을 제안했다. 어려울 건 없었다. 남편을 직접 만나니 그동안 서로 가졌을 의구심 같은 것은 의미가 없어 보였다. 하루하고 반나절을 서해안의, 과거 연인들을 위해 해변을 인공적으로 만들었다는 연포에서 보내는 동안.

하루 반나절 동안 뭔가 말을 한 건 없었다. 나는 카페와 카페의 네 남자, 핑거문과 재즈, 피아노에 대해서 얘기해주었고, 후의 브리야니에 대해 들려주었다. 네 번의 그 노란 브리야니에 대하여, 맛도 노랗고 색도 노랗고 온통 노란 그 음식에 대하여 자신도 모르게 꽤 열렬히 얘기하고 있다는 것을 깨닫고 얼굴을 살짝 돌렸다.

그 노란 색과 향과 맛 속에는 슬쩍슬쩍 후와의 그 있던 것 같기도 하고 아닌 것 같기도 한 마음의 닿음이 베어 나왔던 것이었음을 부인할 수 없다. 그때 그것을 느꼈는지는 모른다. 그러나 브리야니에 대해 얘기하면서 문득 뭔가 치미는 게 있었으니 그것이, 그것이 아니었을까.

훈이 의외로 아빠의 존재에 대해 자랑스러워한다는 느낌이 있었다. 무언가 모를 활기가 훈이를 감쌌는데 진은 그것을 어떻게 봐야하는지 알 수 없었다. 말은 안했지만 아빠의 존재감이라는 것이 열 살 아이의 자존감을 건드린 것이 분명했다. 결국 앞날에 대해 얘기하지 않을 수 없었다.

진이 막 말을 꺼내려 했을 때 남편 수가 말했다. 시월에 돌아오겠다고. 중국을 접고 사업체를 옮기기로 결정했다고. 불투명해진 전망 탓도 있지만 당신과 훈이와 더 이상 떨어져 살면 모든 게 끝날 것만 같은 불안감이 커져서 결심을 하게 됐다고. 여기로 사업체를 옮기고 나면 약간 침체된 상황을 겪을 수도 있으니 그건 당신이 좀 이해를 해주어야 한다……. 당신도 위기감을 겪었다는 거 안다. 잘 견뎌줘서 고맙고, 미안하다. 당신이 아이랑 중국에 같이 갔었으면 좀 더 쉬웠겠지만 어쩌겠나. 사업한다고 중국에 혼자 나가 있는 사람들이 이혼하는 걸 많이 봤다. 나도 그럴까봐 겁이 나 있었다. 당신이 속내를 이야기하는 것도 아니고.

남편은 좀처럼 발설하지 않을 것 같았던 그 위기감에 대해 말을 꺼냈고, 마무리를 짓듯 돌아오겠다고 말했다. 그리고 중국으로 돌아갔고 훈이의 그 아빠의 존재감이 남겨준 당당함은 계속 이어질 듯 보였다.

"저것 봐라. 지 애비가 있으니 그냥 좋은가 보다. 기가 살아있잖냐."

어머니의 말이었다.

운전대를 놓았던 손으로 다시 운전을 하면 은연중에 핸들에 대해 손이 기억하듯 사람 사이의 감정도 그렇게 다시 솟아날 것인가. 진은 머리를 저었다. 그러나 부정은 아니었다. 그냥 부딪칠 것이다. 부정하고 돌아설 무엇은 없었다. 그냥 침체되어 있었다고 생각했다. 상황이란 것이. 그건 깨달음 같은 것이었다. 직면하려 하지 않고 외면하려 했던 것에 대한 깨달음. 다행히 그것은 지나가려 하고 있었다. 다행히.

7월이 눈앞에 와 있었다. 카페에 며칠 안 나간 사이 뭔가 달라진 느낌이 있었던 것은 아니었다. 그런데 뭔가 이상했다. 너무 조용했다. 예감이란 그런 것이다. 어느 날 후는 홀연히 사라졌다.

"누나. 유월이 끝났어요. 그리고……. 다 정리했어요. 아직 완전히 정리된 건 아닌데. 아무튼 우리는 정리했어요. 저는 이곳에 왔어요. 아내를 데리러. 계속 아파서 데리고 가려고. 당분간 시골집에 가 있을 예정이에요. 나중에 연락드릴게요."

후. 그리고 그의 브리야니. 그의 석달의 카페. 카페의 오후. 고요함이 가득한 봄날의 카페. 작은 창들로부터 오후의 봄빛이 스며들고, 창밖에는 사과나무가 흔들리고 있었다. 왜 사과나무를 심었을까. 키 작은 화단의 사과나무들은 아마도 관상용이었으리라. 밤이 되면 카페는 조명만 밝히므로 창밖의 하얀 꽃들은 미소처럼 하늘거렸다.

진은 오후의 바람에 흔들리던 그 하얀 사과꽃들이 때때로 그리웠다. 후가 떠났고, 카페가 다른 사람에게 넘겨졌다는 전달을 받은 후로는 그 근처에 가지 않았다. 가고 싶지 않았다. 남편은 약속대로 돌아왔고, 가정은 유지되었다. 몇 달간 아니 사실은 몇 년간 그 여파가 있었지만 훈이가 커가는 것만큼 모든 것은 스스로의 자리로 찾아들어 가는 것이었다.

진은 그다음 오월에 후의 브리야니를 만들어 보았다. 훈이는 그때 그 형이 만들어 준 그거야? 하면서 맛있어! 라고 말했다. 어린 훈이가 후의 브리야니를 잊지 않고 있었다. 그래? 진의 그 물음에는 석 달간의 그 하얀 사과꽃 어른거리던 고즈넉한 카페의 오후가 담겨있었다. 노란 커리 냄새에 읽힌.

여름이 지나간다

1

플라멩고를 들고 머리 긴 처녀는 가게를 나간다. 나는 딸기셰이크를 만들어서 폴에게 건네고 그 앞에 앉는다.

먹어.

폴은 딸기셰이크를 먹는다. 선희가 신기한 듯 바에 서서 폴을 바라보며 미소 짓는다. 눈이 크고 검다. 코도 오뚝하고 입술도 서양 입술인데 머리는 검다. 눈이 검다는 게 또한 신기하다. 한국말도 잘 한다.

그러나 지금 폴은 말이 없다. 편도선이 부어서 말을 아껴야 한다고 지 엄마가 당부하고 나갔기 때문이다. 폴은 윤수의 말을 아주 잘 듣는다. 윤수는 머리를 잘라야겠다고 옆에 있는 미용실에 갔다. 윤수가 일주일 중 유일하게 쉬는 날이었다. 폴과 병원에 갔다가 동화책을 사 주고 가게로 와서 폴을 놓고 나갔다.

이모도 강에 같이 가?

갑자기 폴이 묻는다.

강?

응. 엄마가 강에 간대.

그래? 언제? 엄마 휴가 가졌니?

응. 내일모레. 우주랑 엄마랑 이모랑.

이모랑?

가게는 어떡하고? 폴은 한국 이름인 우주라는 이름을 더 좋아한다. 한우주. 그게 폴의 이름이다. 주말을 끼어서 삼 일 정도나 쉬겠지. 그럼 나도? 나는 선희를 힐끔 본다. 선희는 교직에 있을 때 제자다. 대학 삼학년인 선희는 일 년간 휴학을 했고, 나는 이 년 동안 위자료로 견디다가 육 개월 전 이 테이크아웃 커피 전문점을 열었다.

윤수가 중국에서 돌아온 건 가게를 열기 약 두 달 전이었다. 십이월의 성탄 무렵.

언니, 나 폴이랑 같이 갈 거야.

나는 이미 폴에 대해서 잘 알고 있었다. 이혼하고 의기소침해 있던 이 년 동안 중국 여행이나 오라고 윤수가 권유하는 바람에 두어 차례 중국엘 갔고 거기서 윤수 품에 안겨있는 네 살짜리 서양 애 같은 폴을 만났다. 서양 애 같은 게 아니라 서양 남자의 씨였다.

누구냐?

친구의 아이야. 여기 와서 만난 한국 친군데 갑자기 죽었어. 프랑스 남자와 살다가 헤어졌는데 교통사고로 즉사했어. 내가 가장 가까운 친구였어. 폴을 데리고 늘 내 방에 와서 밥도 같이 먹고 했기 때문에 폴이 나를 좋아해.

어떡하려고?

내가 키울 거야. 친구의 부모도 몰라. 프랑스 놈한텐 안 보낼 거야. 친구가 이를 갈았거든.

나는 난감했다. 북경대학에서 중국어문학 박사과정을 밟고 있던 윤수가 어린 아이를 데리고 마중을 나왔을 때. 윤수는 북경에서 중국 학생들에게 한국말을 가르치면서 생활하고 있었다. 며칠 윤수의 집에 머무는 동안 학생들이 한국말을 배우러 오는 시간이면 나는 폴을 데리고 근처 공원으로 나갔다. 폴은 어려선지 명랑했고 귀엽고 엄마를 잃은 아이 같지 않았다.

얼마나 됐니? 쟤 엄마 잃은 지.

한참 됐어. 언니한테 말할 수 없었어. 언니 이혼하고 심난한데 말할 수 없었고. 언니 아이 콤플렉스 있잖아. 한 석 달? 아이가 평소 나를 좋아했었거든. 금방 회복되더라고. 다행이지. 징징대고 울면 내가 못 키우잖아.

나는 물었다.

결혼은 안 할 거니?

윤수는 고개를 살래살래 저었다.

나 결혼 안 해. 언니 버린 형부 보고 결심했어. 한국으로 돌아간 현규도 결혼해버렸잖아.

현규는 윤수의 오랜 유학 친구였다. 윤수와 결혼할 뻔도 했지만 부모들이 일찍부터 짝 지어 놓은 처녀가 있어서 윤수보다 먼저 귀국한 그는 바로 결혼을 해버렸다. 현규는 슬퍼하거나 분노하거나 뭐 그런 감정을 나타내지 않았다. 폴 때문이었을까. 현수를 결혼 대상으로 생각하지 않았던 것일까. 귀국한 뒤 현규를 한번 만나긴 했지만 그저 담담하게 유학 시절 에피소드를 나누다가 헤어졌다고 한다.

오히려 폴에게 너무 집착하는 것이 아닌가 할 정도로 윤수는 아이에게 정성을 쏟았다.

나는 윤수와 아이를 공항에서 일별하고 돌아오면서 가슴이 아팠다.

재, 어쩌려고 저러지……. 중국에서야 어떨지 모르지만 한국에선 미혼모라고 손가락질당할 수도 있는데.

그러나 윤수는 당당했고 씩씩해서 내 집으로 들어온 지 며칠 만에 내 우려심을 싹 없애 버렸다. 오히려 위축되는 것은 나였다. 아이를 못 낳아 쫓겨나다시피 이혼당하고 홀로 숨어 살고 있는 여자였으니까. 다행히 부자인 남편의 시어머니가 혼자 살려면 돈이 있어야 된다면서 위자료는 넉넉히 넣어주었다. 쫓아내면서 적선하는 셈치고 넣어준 돈. 나는 그 돈을 일 년 동안 찾아보지 않았다. 영국으로 새 여자와 떠나면서 공항에서 전화한 남편의 입으로부터 흘러나온 그 돈의 액수도 기억하려고 하지 않았다.

내가 숨어들어간 작은 아파트에서 빠져나온 건 어머니의 눈물 때문이었다. 돌아가신 어머니가 꿈에 나타나 눈물을 뚝뚝 떨어뜨리다가 사라지셨다. 나는 며칠간을 잠 못 이루다가 어머니가 다니시던 절에 찾아가 스님과 함께 예불을 했고, 그때 어머니께 약속을 했다.

그래요. 어머니. 씩씩하게 일어설게요. 울지 마세요.

나는 통장의 돈을 찾아 새로 지은 작은 아파트를 얻었다. 윤수가 나오면 같이 기거할 생각으로. 그리곤 중국 여행에 나섰다. 그렇게 두어 번 중국 여행을 하고 돌아와 창업 강좌에 등록했다. 그다음엔 윤수가 박사과정 수료를 하던 유월 무렵 잠시 노는 틈을 타 일본에서 만났고, 도쿄시내를 돌며 어떤 가게를 할 것인가 연구했다. 그러나 이미 많은 새로운 아이템들이 거리에 널려 있었고, 심사숙고형인 내 성격에 할 만한 가게를 찾기가 쉽지 않아서 나는 또 몇 개월간을 창업 강좌에 나가고, 러닝머신을 타면서 보냈다.

그렇게 이 년을 보내고 윤수가 돌아왔을 때는 이미 좁고 작은 가게 터를 정하고 난 뒤였다. 앙증맞은 바디샵과 폰 액세서리 전문점 사이의 틈새 공간이었는데 전에 고급 담배를 팔았던 자리였다. 그곳은 내가 선택한 체인점의 본사에서 선정해준 자리였는데 내 맘에 들었다. 작아서 힘도 안 들고 테이크아웃점이니 자리 걱정은 안 해도 될 테니까.

폰 액세서리 가게 옆으로 아이스크림 전문점이 있고 깔끔한 라면가게, 그리고 위로는 죽 그런 앙증맞은 양말가게나 모자가게, 미용실, 정말 예쁜 못난이김밥 가게 등이 끝도 없이 대학 입구까지 들어서 있었다.

본격적인 먹자골목은 아니고, 큰 도로도 아니었으므로 비교적 조용했지만 썰렁한 골목은 아니었고, 단골들을 많이 확보한 가게들이 오랫동안 버텨온 듯한 그런 분위기를 풍기는 단단한 느낌을 제각각 갖고 있었다. 거리에 갖춰야 할 것들만 들어서 있다고 할까? 길 건너엔 작은 서점이 두 개 나란히 붙어 있고, 그밖에는 옷가게 몇 개, 유일한 화장품 가게와 작은 빵집, 그리고는 별 특징이 없는 잡화점들. 지하에 몇 개의 생맥줏집과 카페들도 위로 올라가면서 제법 들어서 있다.

아래쪽으로는 큰길이 나오는 사거리였고, 그쪽에 약국이니 편의점 등이 점점 큰 형태로 들어서 있다. 물론 병원과 은행 등 대로변을 따라서 가면 다른 대로변과 다를 것 없이 죽 늘어서 있었다.

윤수는 금세 돌아왔다.

서른네 살의 시간강사, 여섯 살 아이의 엄마. 윤수는 그러니까 우주를 이 년 동안이나 돌보고 있다. 다행히 대학 근처에 아파트가 있고, 중국어 학원도 아파트 옆에 있으며, 어린이집도 아파트 단지 안에 있다. 마치 미리 예견이나 한 듯 새 아파트를 얻은 곳이 사정에 딱 맞게 되었지만, 사실은 별생각 없이 시내 가까운 곳으로 얻다보니까 그렇게 된 것이다. 묘하게 가게도 집 가까운 거리였다. 윤수가 대학 전임 자리를 따고 나도 안정이 되면 시내를 벗어난 곳으로 이사할 생각이었다.

너 휴가 얻었니?

응. 학원 방학이야. 주말 끼워서 나흘간.

강에 간다며?

응. 우리 학원 선생 아버지 별장이 춘천에 있대. 아버지는 외국여행 가시고 자기는 거기 갈 건데 나더러 오라고 해서 우주 데리고 가려고. 언니도 가자.

가게 문 닫고?

선희 있잖아?

혼자 못 봐.

그럼 문 닫지.

애는……. 그럼 나는 하루만 자고 올까?

그러든지. 갈 땐 같이 가고.

생각해보자.

낼 모래, 금요일 아침에 갈 거야.

나는 고개를 끄덕인다. 윤수는 곧 우주를 데리고 집으로 돌아갔다.

팔월 오후의 그림자가 길어지고 있다. 며칠 전 이틀간 계속 내린 비 덕분에 그다지 덥지 않았다. 두 명의 앳된 여대생들이 팥빙수 하나를 사이좋게 먹고 나갔다. 나는 바 안에 서 있는 선희에게 묻는다.

애, 선희야. 이틀 너 혼자 할 수 있겠니? 휴가철이라 손님은 별로 없다만…….

글쎄. 선생님, 일요일 문 닫으면 안 돼요? 그럼 토요일 오후에 가시면.

그럴까? 근데 윤수네 데리고 가야 하는데?

그럼 금요일 갔다 토요일 오시게요?

알아보고. 윤수가 친구랑 같이 갈 수 있는지.

걱정 마세요. 제 남자친구 부르죠. 뭐. 지금 방학이니까.

박사 논문 쓰는 사람한테?

괜찮아요. 이틀인데 뭐. 노트북 갖고 와서 여기 와서 써도 되구요. 좋아할 걸요?

그러면 좋고.

선희의 남자친구는 퇴근 무렵 늘 선희를 데리러 와 셔터도 내려주고 해서 그 애도 마치 내 제자 같은 생각이 드는 남자였다. 그러나 어린애들이 아니다. 조만간 결혼을 할 계획을 갖고 있었다. 선희가 결혼하면 가게를 떠날지 아직 나는 물어보지 못하고 있다. 남자친구가 대학에 자리 잡을 때까지는 선희도 일을 해야만 할 것이다.

2

결국 나는 선희와 선희의 남자친구에게 가게를 맡기고 윤수네를 태우고 춘천으로 갔다. 별장은 소양댐을 낀 산언저리에 있었다. 산굽이를 타고 약간 오르면 몇 채의 집이 보인다. 골짜기를 따라 작은 계곡이 있고 사슴목장과 민가가 몇 채 위쪽으로 마을을 형성하고 있었다. 산길로 들어서기 전에 도로변에 있는 주유소에 딸린 휴게소에서 우주의 과자를 샀다. 과일과 빵을 준비하면서 우주의 간식을 빠뜨렸다고 윤수가 뒤늦게 말했기 때문이다.

도로변에 서 있는 초원사슴목장이란 간판 때문에 별장은 찾기 쉬웠다. 윤수가 말한 대로 산길을 따라 오르니 이층으로 된 통나무집 앞에 웬 남자가 서 있었다.

구름 낀 하늘이 갑자기 환해졌다. 느닷없이 사방에서 매미들이 울기 시작한다. 축축하고 향기로운 숲 냄새가 코로 화악 스며들었다. 아, 숲의 느낌. 나는 핸들을 놓고 눈을 감았다가 윤수의 커다란 목소리에 눈을 뜬다.

어? 강 선생님 벌써 왔어요?

강 선생이라는 남자가 다가와서 씩 웃는다. 차 소리를 들었는지 활짝 열려진 통나무집 현관에서 우주만한 어린 여자애가 그림처럼 나와 서 있다.

내색은 하지 않았지만 나는 깜짝 놀란다. 윤수의 동료가 여자라고만 생각했기 때문이다. 남자라는 생각은 아예 해보지도 않았다. 윤수는 거기에 대해서 언급한 적도 없고. 사실은 놀랄 것도 없는데, 하면서도 남자라는 것에 거부감이 온다는 느낌이 내게 있다는 것을 순간적으로 느끼고 나는 당황한다. 이런.

집으로 오르는 길에 돌을 깔아놓고 주변엔 나무들이 질서 없이 심어져 있고, 그 아래는 채송화와 노란 들꽃들이 탐스럽게 깔려 있다. 집은 오르막길 위에 예쁘게 놓여있고, 중간쯤부터는 돌계단이 현관까지 이어져 있다. 집 왼쪽으로 계곡이 흘러내리는지 물소리가 난다. 그쪽에 나무들과 사이사이 커다란 바위들이 계곡임을 말해주고 있다. 계곡을 경계로 해서 집 뒤를 돌아 바로 산이다.

나는 목례를 하고 차에서 내린다. 올라온 쪽을 돌아보니 산을 따라 오르는 작은 도로에서 500미터 정도나 샛길로 들어선 것 같다. 옆에 다른 집들은 보이지 않는다.

어서 오십시오.

집에서 내려오는 아이의 손을 잡고 다가온 강 선생이 꾸벅 인사를 한다. 나는 놀라움을 감추고 다시 한번 목례를 했다.

내가 말한 우리 언니. 언니, 내 동료 강 선생님.

안녕하세요. 좋은 집이군요.

괜찮죠? 한 선생님보다 훨씬 미인이시네요.

그렇지? 우리 언니 미인이지? 그리고 얘가 내 아들 우주.

윤수의 스스럼없음에 나는 매번 놀란다. 내가 아이를 바라보자 강 선생이 딸을 소개한다.

아, 제 딸이에요. 유리야 인사해, 우주 안녕.

모두는 금세 평화롭고 신선하고 적요한 별장의 분위기에 빠져든다. 한낮의 뜨거움과 매미 그리고 계곡 물소리가 별장을 섬처럼 감싸고 있다. 그러나 숲의 축축하고 신선한 공기가 약한 바람결을 타고 내려와 더위를 먹어치운다.

나는 윤수와 숲의 축축한 공기를 마시며 이층의 너른 마루에 누워서 뒹군다.

애, 남선생이라고 왜 얘기 안했니. 결혼한 남자야? 아이도 있고.

이혼했어. 난 생각도 못했는데, 언니 부담스러워?

아니. 그럴 것까지는 없지만.

제일 편한 동료야. 나이도 비슷하고.

서로 좋아하는 건 아니고? 별장까지 초대할 정도면 .

아이, 아냐.

남자는 점심으로 칼국수를 만들었다. 칼국수는 아주 맛있었다. 나는 여전히 남자 쪽은 쳐다보지 않는다. 윤수는 그걸 보고 남자 콤플렉스라고 말하면서 서양에는 아이 갖지 못하는 여자가 무척 많다고 면박한다. 그게 흠이 되는 나라는 우리나라밖에 없다면서.

동생처럼 편하게 대해.

귀띔을 한 걸까. 남자가 대뜸 말한다.

저, 누님이라고 부르겠습니다.

나는 얼굴을 붉힌다.

윤수는 설거지를 하고 긴 오후의 낮잠에 들어갔고 아이들은 물이 흐르는 개울 쪽에서 놀고 있다. 나는 아이들이 놀고 있는 개울가의 위쪽에 있는 바위에 앉아 가져간 책을 펴든다. 매미들이 울다가 그쳤다가 다시 운다.

책을 읽어본 지 얼마만일까. 가게를 차린 뒤론 바빠져서 책을 손에 잡지 못했다. 원래 책을 많이 읽던 사람이었다. 스포츠를 즐기던 남편은 나가기를 싫어하는 나를 보고 늘 퉁을 주었다. 팔이 우람하고 등치가 크고 피부가 까무잡잡한 남편은 운동이라면 못하는 게 없었다. 운동이라면 싫어했던 나와 어떻게 결혼한 걸까.

어떤 토요일, 퇴근하고 집에 들어가던 길이었다. 엘리베이터를 타고 막 문이 닫힐 찰나, 어떤 사람의 목소리가 가냘프게 들렸다. 밖을 내다보니 아파트의 앞 계단 아래에서 붕대로 가슴을 온통 감고 팔에 깁스를 한 중환자가 기를 쓰고 올라오고 있었다. 무척 큰 사람이었는데 겨우 기다시피 걸어오고 있었다.

모르는 사람이었다. 나는 그 사람이 오래 걸려 엘리베이터 안까지 걸어오는 동안 기다렸다가 몇 층이냐고 물었고, 그 사람은 다 기어들어 가는 소리로 고맙다고 말하며 칠층이라고 대답했다.

어쩌다가?…….

예, 오토바이를 타다가 갈비뼈를 다쳤어요. 보기 흉하죠?

힘들어 보이세요. 이사 오셨나 봐요?

네. 4주 됐는데요. 여기 사세요?

네. 구층이에요.

네. 정말 고맙습니다. 친구 녀석하고 둘이 사는데 오늘 지방에 내려갔어요. 그래서 혼자 병원에 갔다 오느라고.

엘리베이터가 칠층에 멎었다. 그는 계속 얘기를 하고 있었으므로 나는 열림을 계속 누르고 있었다.

입원해 있어야 할 상황인 것 같은데요?

이틀 전에 퇴원했습니다. 이사해놓고 다쳐서 더 못 있겠어서…….

그럼 혼자 어떻게……?

아, 어머니가 와 계십니다. 고맙습니다.

그렇게 만난 남자였다. 그는 왜 내게 호감을 가진 것일까. 그 후론 종종 엘리베이터 안에서 만났다. 그는 늘 친구하고 같이 있었다. 그는 돈 많은 어머니의 맏아들이었다. 그의 친구와 함께 자동차 대리점을 하는 사람이었고, 아마추어 골퍼에 승마, 레프팅에 요트까지 못하는 게 없는 사람이었다. 겨울이면 스키를 타고, 오토바이 묘기까지.

그때 첫 대면에서 나의 따뜻한 모습이 남편의 마음을 끌어들였다. 그 이상도 그 이하도 없었다. 그는 다혈질에 자신이 하고자 하면 꼭하고 마는 사람이었다. 나는 그 당시 그가 얻고자 하는 것 중의 하나였을 뿐이다. 그리고는 나를 버렸다. 애 못 낳는 여자라고 여자 취급도 안 하던 시어머니의 압력에 못 이겨서라고 해도 그는 너무나 비굴했다. 늙은 시어머니에게 모든 걸 다 맡기고 일이 다 끝난 다음에야 돌아왔다. 그리고는 마지막이었다.

나는 그를 원망하지 않는다. 나는 나를 알 수가 없었다. 왜 그와 결혼하게 됐는지. 그리고는 그와 누릴 수 있는 많은 것들을 포기했고, 혼자 그냥 집에 있기를 원했다. 딱 이 년 동안 그와 살았다. 나는 일 년 동안은 직장에 계속 나가다가 시어머니의 거의 압력적인 부탁으로 직장을 놓고 아이 만드는 일에 정성을 쏟았다. 그게 일 년이었다.

칠월의 어떤 날이었다. 초저녁 밤 산책을 하고 돌아오다가 그때 귀가하는 그를 아파트 주차장에서 만난 것은. 그는 손에 화려한 열대과일 바구니를 들고 있었다.

아, 마침 잘 만났네요. 제가 화채를 잘 만드는데 잠깐 오셔서 드실래요? 어때요?

방학이 막 시작되던 때였다. 나는 잠시 망설였지만 고개를 끄덕였다. 남자들만 둘이 산다는데 한번 가보고 싶기도 했고, 맛있는 화채가 궁금하기도 했다. 며칠 전 어머니가 잡채를 만들어 얘, 그 총각들 둘이 사는 집에 좀 갖다 줄래? 해서 느닷없이 갖다 준 적이 있긴 했다. 그러나 그때는 문 앞에서 접시만 내밀었고 그는 있지도 않았다. 다음날 엘리베이터에서 만났을 때 아, 잡채 정말 맛있게 먹었어요. 라고 큰 소리로 말해 나는 얼굴을 붉혔다.

그는 때때로 시간을 맞춰 타는 게 아닐까 싶을 정도로 내 출퇴근 시간에 맞춰 종종 엘리베이터에 뛰어들었다. 그는 늘 혈기왕성했고 그 점이 너무 정적인 나의 마음을 잠깐 끌어당겼다. 그날 밤의 화채는 정말 맛있었다. 그러나 결혼 후 그의 화채를 먹어보지 못하고 나는 그와 이혼했다.

그날 밤 화채를 먹고 그가 권한 건 질 좋은 이탈리아산 와인이었다. 그의 친구는 없었고, 나는 그와 키스했고 그리고 그는 나를 탐했다. 그것이 그가 계획적으로 만든 의식이었는지 나는 알지 못한다. 그의 친구와 내기를 한 건지도 모르고 자신의 패기로 나를 기어이 먹어야겠다고 장담했던 호기의 결과인지도.

나는 상관없었다. 그때 나는 생전 처음 보는 모터쇼며, 요트

대회, 경마장 그리고 오토바이 경기에 신이 났다. 그러나 그것으로 끝이었다. 결혼 후 몇 달간은 계속 따라다녔지만 그 후로는 나 스스로 포기했다. 그도 더 이상 권하지 않았고 자기 놀이를 위해 친구와 떠다녔다.

덥죠? 화채 드세요. 애들아 이리와.

강 선생이 커다란 쟁반에 화채 그릇을 들고 다가온다.

식탁처럼 넙죽한 그늘의 바위 위에 그릇을 놓고 작은 유리그릇 세 개에 수박화채를 담는다. 아이들이 쪼르르 달려와 화채를 맛있게 먹는다. 매미들이 울음을 그치자 정적이 물소리 사이로 파고든다. 산그늘이 점차 마당을 벗어나 위쪽으로 올라간다. 햇빛은 간간이 구름 속에 숨었다가 마당을 하얗게 비추곤 했다. 약한 미풍이 물범벅 된 아이들 젖은 머리카락을 살짝살짝 스쳐간다. 개울 아래쪽은 구름에서 나온 햇살이 강렬하게 비치고 있지만 내가 앉아있는 바위틈들엔 그늘이 졌다. 햇빛 속에서 놀다 온 아이들이 화채를 맛있게 먹으며 아, 시원하다, 맛있다, 이거 누가 한 거야, 아빠? 이거 누가 만들었어, 이모? 하고 묻고 있다.

아이들은 다시 햇빛이 보석처럼 반짝이는 물가에 가 있다. 나는 물과 햇빛 그리고 아이들이 보석 같다고 생각한다.

커피전문점 하신다고 들었는데요.

강 선생이 옆에 엉덩이만 걸치고 앉아 묻는다. 마당에 풀들이 깔린 잔디 사이로 뾰족뾰족 올라온 게 보인다. 강 선생은 그 풀들을 샌들을 신은 발로 밟고 서서 엉덩이를 내가 앉은 바위 끝에 살짝 기대고 서 있다. 다정한 남자다. 요리를 잘하고 아이들을 잘 챙기고……. 음성도 부드럽고 얼굴 생김도 너무 남자스럽지 않고.

나는 잠시 전의 남편이었던 남자의 패기만만만하고 까무잡잡한 얼굴이 떠오르는 것에 짜증이 나서 바위틈에 하나 끼어 있던 작은 돌을 억지로 빼서 물에 던진다.

네. 테이크아웃점이에요. 직원 하나 있고. 셰이크랑 팥빙수도 있어요. 아이 데리고 한번 나오시면 맛있게 해드릴게요.

아!

강 선생이 감탄사 같은 어조를 뱉어내며 고개를 끄덕인다.

여기서 나가면서 그리로 가죠. 저도 아이와 놀 시간이 별로 없어서요. 한 선생이랑 같이 나가실 거죠?

아니, 난 내일 점심 후에 나가야 돼요. 가게 오래 비울 수 없어서.

그래요? 같이 계시면 좋을 텐데. 이따 저녁에 저 아래 강 옆에 있는 노래방도 가고, 저녁바람 쐬러 가요. 아, 참 해 질 무렵 강을 가로지르는 다리를 산책하면 좋은데.

그러죠. 해지는 강을 보고 싶어요. 저녁도 강에서 먹고. 내가 살게요.

시간 봐서요. 제가 요리솜씨를 뽐내려고 재료를 많이 사다 놨는데.

강 선생이 아쉽다는 표정을 지었다.

내일 점심까지 많이 먹고 갈게요. 그럼 저녁에도 놀고 들어와서 늦게 먹던가. 아이들만 뭐 좀 먹이고.

그래도 되겠네요. 아무튼 저는 들어가서 생선과 야채를 좀 다듬어 놓고…… 쉬고 계세요.

요리를 잘하시나 봐요. 내가 해도 되는데.

네. 요리가 제 특기거든요. 아무 걱정 마세요. 요리하는 게 무척 즐거운 사람이니까.

강 선생은 엄지를 살짝 들어 보이고 쟁반을 챙겨 등을 보이고 계단을 올라간다.

미소가 아름답다고 생각한다. 윤수가 먹을 거 걱정은 안 해도 된다는 말은 했었다. 친구가 다 준비해 가기로 했다고. 그게 남자였다니 아직도 웃음이 나온다.

3

나는 하룻밤을 별장에서 지내고 돌아왔다. 그들은 이틀 후 내 가게로 애들을 몰고 찾아왔다. 아이들 얼굴이 까맣게 그을려 있다. 나는 그들에게 팥빙수를 탐스럽게 만들어 주었다.

우리 이모네 가게야.

우주가 자랑스럽게 말한다. 나는 그런 우주를 보며 마음이 찡했다. 순간적으로 저 애가 내 아이였으면 좋겠다, 라는 생각이 머릿속에 스쳐갔기 때문이다.

윤수는 점점 더 바빠지는 모양이었고, 이제 우주는 주로 나와 함께 지낸다. 틈틈이 나는 우주의 손을 잡고 윤수가 돌아올 때까지 근처의 책방이며 빵 가게 등을 돌아다녔다. 내가 꼭 우주의 엄마 같다.

수요일 저녁이면 강 선생이 아이를 데리고 가게를 찾아와서 팥빙수를 먹는다. 그래서 수요일 저녁엔 우주와 나 강 선생과 강 선생의 아이 그렇게 넷이서 백화점 식당에 가서 아이들을 위해 돈가스를 먹었다.

어느 날 윤수가 말했다. 여름이 익어 갈 무렵.

언니, 나 중국으로 다시 돌아갈 생각이야.

나는 놀라서 윤수를 쳐다보았다.

이 학기도 힘들게 생겼어. 학원도 싫고. 중국에서 오라는데 그만 가버릴까 해.

조금만 버티면 전임 딸 텐데 그러니. 그땐 학원 그만두면 되고.

여간 힘들지 않아. 북경에선 오기만 하라고 하는데. 나 성적 좋았잖아. 우주 땜에 좀 그러는데…….

우주? 왜?

이제 막 적응했는데 또 중국으로 데리고 가면…… 나도 힘들고. 나 혼자 가면 숙소가 있거든.

윤수는 언니가 우주 좀 키워줄래? 하지 않는다. 내가 아이 콤플렉스에 빠져있다고 생각하기 때문에. 하지만 나는 많이 극복했다고 생각한다. 우주도 좋아하고 있고. 강 선생이 일주일에 한 번씩 아이와 와서 넷이 저녁을 먹는 것에도 익숙해졌다. 하지만 나는 윤수가 우주를 맡길까봐 은근히 걱정하고 있는 나를 발견한다.

언니 어떻게 생각해?

글쎄. 그쪽에서 언제든지 환영이라면 뭐 하러 나왔니. 그냥 거기 남지. 다시 가려고 하니까 새로 시작하는 거나 똑같잖아.

변덕이 심한가봐. 나, 사실은 이렇게 생각했거든. 우주를 한국으로 데려가서 키워야겠다. 나보다는 우주를 더 생각했어. 그런데 이게 아니라는 생각이 드는 거야. 여기선 너무 정상에 서기가 어려워.

이 학기부터 갈 수도 있는 거니?

아냐. 내년 봄 학기에나 가능해. 방학 때 가서 교수를 만나야 해.

내년에 여기선 전임 힘들고?

응. 불투명해. 또 내가 퍼스트도 아냐.

그럼 우선 중국 갔다 오고 결정해. 거기가 확실하면 그때 다른 거 결정해라. 내가 도와줄게.

나는 우주를 맡겠다는 말은 하지 못한다. 여전히 나는 어쩔 줄 모른다. 윤수는 그런대로 내 말을 알아듣는다. 중국에서 아이를 키우는 일은 어떨까. 나처럼 시간을 마음대로 할 수 있는 사람이라면 어디서든 괜찮겠지만 직장인이라면 방방 뛰어야겠지. 지금도 윤수는 거의 밤 시간까지 뛰고 있기 때문에 사실상 우주는 거의 늘 내 옆에 있다. 일주일에 두어 번은 늘 내 가게에서 윤수가 올 때까지 기다리고, 두 번은 윤수가 일찍 퇴근해서 아이를 데리고 간다. 하루는 쉬는 날로 되어 있지만 윤수는 그날 왠지 더 바빠 보인다.

나는 우주와 둘이 있는 것을 상상해본다. 모르겠다. 나는 고개를 젓는다. 가슴이 뛰기도 하고 걱정스럽기도 한 게 묘하다. 문득 이런 생각을 한다. 차라리 언니, 언니가 우주 아들로 삼아. 한다면……. 그러나 윤수는 그런 말을 할 낌새가 없다. 우주를 제 아이로 끔찍이 여기고 있는 게 틀림없었다. 나는 내가 무슨 생각을 하고 있는지 모르겠어서 에라 모르겠다, 하는 심정이 되어 있다.

방학이 반쯤 지나갈 무렵이었다.

윤수는 학원을 잠깐 쉬고 중국으로 갔다. 강 선생은 수요일날 윤수 대신 뛰느라 가게에 오지 못한다. 그 대신 끝나고 밤에 들렀다. 선희가 일이 있어 일찍 들어갔기 때문에 나 혼자 남아 있었다. 나는 우주를 저녁을 먹여 집에 데려다 놓고 옆집에서 혼자 사시는 할머니를 모셔다 놨다. 할머니는 밤새도록 텔레비전을 보시는 분이었다. 우주를 끔찍이 귀여워하시는 분이어서 몇 번 맡긴 적이 있다.

힘드시겠어요.

괜찮습니다. 한 번인데요. 뭘.

다른 시간은 어떡하죠?

아, 보강 잡아놨을 거예요. 한 선생은 철저한 사람으로 알려져 있어요. 우리 학원에서 최고일 겁니다. 오늘은 제가 쉬니까 대신 뛰겠다고 했구요.

강 선생은 카푸치노를 마신다. 왜 이혼을 했을까. 마누라가 그림쟁이었는데 파리에 가서 돌아오지 않겠다고 했대. 바람이 났겠지 뭐. 워낙 차분한 사람이라 별로 화를 내는 것 같지도 않아. 내가 보니까 그런 점이 마누라를 도망가게 했나봐. 약간 수동적이고 사람 좋고 마누라 하는 대로 내버려 두고.

한 선생이 중국 갈 것 같던데요?

그런 것 같아요. 여기가 맘에 안 든답니다. 저하곤 성격이 달라서 아주 적극적으로 사는 앤데 대학 일이 잘 안 풀리나 봐요.

그렇군요. 그동안 잘 지냈는데. 여자지만 정말 동성 친구처럼 지낼 수 있는 드문 사람이에요. 실례지만 결혼 안하세요?

아, 그거……. 강 선생님은요?

저는…… 아직 여자가 없어서요. 아이도 있고. 선불리 결정하고 싶지도 않고.

저는 결혼 공포증인가 봐요. 다시는 결혼하고 싶은 맘 없거든요.

나는 아이를 못 갖는 여자거든요, 하고 속으로 말한다. 혹 강 선생이 알고 있을지도 모르겠지만.

그러시면 안 되는데. 좋은 분 만나서 행복하게 사셔야죠. 그렇게 될 겁니다. 실례되는 말인지 모르겠는데 우주 이모님은 정말 아까워요. 혼자 외롭게 사시면 안 되는데.

강 선생의 말이 웃음을 자아낸다. 나는 강 선생 앞에 앉아 물을 마시다가 크게 웃었다. 강 선생도 따라 웃는다.

제 말이 맞아요. 아까운 분이세요.

아이, 그만 하세요.

문 닫을 시간까지 강 선생은 나와 앉아 있었다. 열 시를 넘기면 그다지 사람이 없다. 간혹 은밀해 보이는 커플들이 와서 소근대곤 어디론가 가버리고 다시 조용하다. 강 선생은 셔터를 내리고 서 있다. 강 선생의 뒤로 에밀의 노란 네온이 눈을 잡아끌었다.

어디 가서 술 한 잔 하시겠어요? 제가 한 잔 살게요. 제 벗 해주셨으니.

아, 그럴까요?

나는 에밀로 강 선생을 데리고 간다. 어둡고 침침한 지하 계단과는 달리 에밀의 실내는 바다처럼 시원하다. 사람들이 꽤 있었다. 여름날 밤 모이는 데가 이런 곳이구나, 나는 속으로 감탄을 한다.

강 선생은 맥주를 마시면서 뜻밖의 이야기를 했다. 아이 엄마가 프랑스로 아이를 데려가겠다고 한다고. 그래서 지금 어떻게 해야 할지 모르겠다고. 아이가 커서 스스로 간다고 하면 모르겠지만 아직 그럴 나이도 아니고.

보내기 싫으세요?

네. 그 사람 갈 때는 아이 전혀 생각하지 않고 간 사람이에요. 이제 와서 아이를 데려가고 싶다고 하는 것은 이기적이죠. 그 사람 성격이 막무가내예요. 아이를 버리고 갈 때는 언제고. 가장 힘들 때 아이를 제가 키웠는데 그런 건 아랑곳하지 않아요. 아주 나쁜 여자죠. 용서하기 힘들어요. 어떻게 해야 할지 막막해요.

아이는 알아요?

아직. 어머니한테만 얘기했는데 펄쩍 뛰세요. 못된 계집이라고. 이제 아이에게서 아빠를 떼어놓으려 한다고. 절대 안 된다고 호령호령하세요. 하지만 막무가내라서. 기다렸다가 안 되면 법적 대응을 하겠다는군요.

무서운 여자네요. 혼자 살고 있어요?

아뇨. 재혼했어요.

그럼 선생님이 이기실거예요.

모르는 문제예요. 아이 엄마에게 우선권이 있거든요.

힘드시겠군요.

강 선생이 갑자기 가여워 보인다. 나보다도 더. 나는 말없이 가여운 강 선생과 함께 술을 마셨다. 그리고 취해서 차라리 아이를 엄마에게 보내버릴까요? 아이는 잘 키우겠죠. 뭐. 파리지앤느로 말예요. 무덤덤하고 끼가 없어서 싫다고 늘 그랬었거든요. 그래서 도망갔어요. 오히려 아이한테는 나을지도 모르겠어요. 파리에 가서 크는 것이. 지 엄마 식으로. 하는 강 선생에게 고개를 열심히 끄덕여 주었다. 맞아요. 오히려 나을 수도 있겠네요. 하지만 방법이 틀렸어요. 와서 사정해야죠. 그렇게 아이를 키우면 어떻겠느냐고. 막무가내로 아이를 보내라고 하지 말고. 정말 나쁜 여자네요.

4

윤수는 일주일 만에 돌아왔다.

거의 결정됐어. 학과장과 면담도 하고 왔고. 내 서류 넣고 기다리면 돼.

일사천리였다. 윤수답게.

나는 강 선생 이야기를 들려주었다.

망할 여자로군. 강 선생이 가여워. 아이는 괜찮겠지만.

너 강 선생 어떠니? 좋은 사람 같던데.

언니. 나는 그런 성격 안 맞아. 동료로서는 괜찮지만. 내가 더 기가 센데 강 선생 고생하지. 그리고 남자로서 생각해 본 적 없어. 그냥 좋은 동료지. 언니는 어때?

나? 내 상대가 아니잖니.

나는 얼버무린다. 하지만 그 소리에 찔끔하는 나를 보고 나는 고소한다.

왜? 두 살 연한데. 오히려 언니 같은 성격에 맞는 사람인데.

그럴지도 모른다고 나는 생각한다. 하지만 우선 해결해야 할 일들이 많이 있다. 우주 문제도 있고. 그리고 사랑이라는 큰 문제가 있다. 사랑은 감정적인 것이고 가슴에서 싹트게 되어 있는데 아직 흔적이 없다. 내 가슴이 불모지여서인지는 몰라도. 나는 내가 이혼 후 얼마나 황량해졌는지를 깨닫는다. 가슴속에 아무것도 남아있지 않았다는 것을.

어느 날 강 선생과 나는 또 술을 마셨다. 이번에는 제가 사겠습니다, 하는 강 선생과 둘이서 에밀에 갔다. 그 여자가 온다는군요. 아이를 데려갈 수 있게 될 때까지 국내에 머물겠대요. 요즘 잠을 잘 수가 없어요. 죽여 버리고 싶어요. 그 여자를.

나는 강 선생에게 대꾸할 수 없었다. 그 여자를 죽여 버리세요, 라고 할 수도 없고, 나도 심하게 당했어요. 남편이 나를 쫓아냈죠. 몰래 지 엄마 시켜서. 그래서 어떻게 살았는지 모르겠어요. 아직 그걸 극복하지도 못했어요. 그렇게 나는 속으로만 중얼거렸다.

나는 남자가 우는 걸 처음 보았다. 강 선생은 내 어깨에 기대고 잠시 울었다. 한쪽이 너무 강하면 대응할 수 없는 법이다. 나는 차라리 강 선생이 아이를 보내는 게 낫겠다는 생각을 한다. 그 여자가 끝까지 아이를 데려가려 할 테니까. 아무튼 나는 강 선생의 어깨를 가만히 안고 있었다. 그래야만 할 것 같아서.

나는 윤수에게 강 선생이 운 것에 대해 얘기하지 않았다. 어제 강 선생과 술 마셨다, 라고만 애기했고 윤수는 그저 고개를 끄덕였을 뿐이다. 윤수는 중국에 보낼 자료를 만드느라고 바쁘다. 그렇게 일은 돌아가고 있었다. 나처럼 그저 가만히 있는 사람에겐 별 상관도 없이, 그러나 무언가를 남길 게 틀림없이. 나는 일을 주재하는 사람이 아니었고 방관자였다. 나는 윤수를 보면서 그걸 느꼈고 질투심을 느꼈다. 윤수는 제 하고 싶은 대로 할 게 틀림없고 나는 도와주지 않으면 안 될 게 뻔했다. 그러나 우주는 사랑스러운 존재다.

결국 강 선생은 아이를 포기한 게 아니라 학업을 마칠 때까지 엄마가 돌보기로 합의하기로 결정했다고 털어놓는다. 한결 편안한 얼굴로 강 선생은 담담히 얘기했고 윤수와 나 아이들까지 모여 저녁을 먹는 자리는 편안했다.

윤수는 십이월에 중국으로 들어가기로 결정했고 학원엔 그때까지만 나갈 예정이었다. 나는 아직 대답을 피하고 있지만 윤수는 알고 있다. 내가 우주와 같이 살 거라는 걸. 어쩌면 윤수가 나를 사람 만들고 있는지도 모르겠다는 생각을 한다. 결혼이 던져 준 충격으로 비틀린 나의 영혼을 우주를 통해 회복시켜주려 하고 있다고.

나는 스파게티를 돌돌 말아서 우주 입에 넣어주며 윤수를 향해 싱긋 웃어주었다. 내가 언니가 아니라 니가 언니로구나. 그 생각을 알기라도 하는 듯 윤수가 한쪽 눈을 찔끔하며 윙크를 보낸다.

오빠는 지금

오빠는 죽었는지도 모른다.

방에서 나온 지 오래되었다. 그러나 어머니는 사흘째 내버려두라는 표시였다. 입에다 손가락을 갖다 대고 쉬이- 하는 표정으로 눈을 꾹 감는다. 나는 애달복달할 것도 없어서 그냥 퇴근하면 내 방으로 들어와 버렸다.

우리 식구는 모두 각자 돈을 벌어 산다. 엄마는 옆집에 가서 오 개월 된 어린아이를 돌보고 그 집 여자가 퇴근하는 시간에 돌아왔다. 오빠는 원래 나이트클럽에서 회계를 봐주던 올빼미였다. 저녁에 출근해서 새벽 다섯 시에 돌아왔다. 말이 없고 착해서 꽤 오랫동안 밤일을 계속했다. 그러나 문제는 꼭 여자 때문에 일어났다. 오빠는 벌써 두 번이나 여자와 산 경험을 한 남자였다. 나이 서른에.

생각해 보니 오빠도 꽤 늙었다. 첫 여자를 만난 건 아마 그

나이트클럽에 들어간 지 일 년쯤 되었을 때일 것이다. 스물여섯의 나이. 나는 그때도 지금처럼 화장품 가게 종업원이었다. 종업원이었지만 주인의 신뢰가 대단해서 거의 내가 맡아하다시피하고 있었다. 어느 날 갑자기 오빠가 말했다. 그날은 웬일인지 오빠가 내 가게로 찾아와서 같이 퇴근하자, 고 말해서 부랴부랴 셔터를 내리고 오빠의 낡은 경차에 올라탔다.

뭔 일이야? 이 시간에 퇴근을 다 하고?

하품을 하면서 묻자 오빠는 입을 다물었다가 한참 지나서 말했다.

야, 나 집 나간다.

뭐? 왜?

여자를 만났어.

근데? 왜 집을 나가?

여자랑 동거할 거야.

뭐? 결혼도 안 하고?

결혼할 형편이 아니야. 그 여자가 집을 나왔어.

그래서 집을 나가? 엄마에겐 뭐라 말하려고?

오늘 말해야지. 우선 여자가 살고 있는 방으로 들어갔다가 방 구해서 나가려고.

어떤 여잔데?

초등학교 동창이야. 우연히 만났는데 집을 나왔다고 고백을 하더라고. 며칠 동안 내 직장으로 찾아왔어.

서로 좋아하기는 하는 거야?

몰라. 자꾸 찾아오는 거 보니까 날 좋아하는 눈치야.

오빠는?

나? 어렸을 때 그냥 좋아했지.

지금이 문제지. 좋아해야 같이 사는 거지.

좋아해. 사실은 처음 본 날 걔 방으로 갔어. 데려다 준다고 갔는데 방으로 들어오라고 해서.

그래서 일 저질렀구나? 그래서 그렇게 결정한 거야? 그러면 그렇지.

아니야. 그래서 그런 건 아니고.

아무튼 오빠는 우리를 기다리고 있던 어머니 앞에 앉자마자 그 여자 이야기를 꺼냈다. 놀랄 줄 알았던 어머니는 의외로 담담했고 오빠는 쉽게 허락을 받아냈다. 나는 놀라서 어머니와 오빠를 번갈아 바라보다가 입을 다물었다. 어머니에게 배반감마저 드는 기분이었다.

얘, 니 오빠가 바본 줄 알았다. 그나마 뭔 여자가 생겨서 집을 얻겠다니 그냥 허락해주고 싶구나. 여자 얼굴이나 한번 보고.

나는 어머니가 참으로 이상해서 자꾸 눈치를 봤지만 어머니는 평소의 조용한 모습을 잃지 않았다. 이 년 전 아버지가 교통사고로 돌아가신 후 잠깐 휘청거리던 어머니가 찾은 모습 그대로 잠잠했다. 아버지가 계실 때나 돌아가신 후에나 우리 집은 너무나 가난해서 우리는 모두 고등학교를 졸업하자마자 직장을 찾아야 했고, 우리는 그것을 당연하게 여겼다. 나는 그 사이 방송통신대학으로 간신히 대학을 졸업했고 오빠는 그저 밤일하는 똘마니로 남았다.

그래서일까. 나는 어머니를 그런 식으로 이해하려고 노력했다. 어머니는 대학문에도 못 가본 아들이 그저 하고 싶은 대로 내버려두고 싶은지도 모른다. 어쩌다 나이트클럽에서 일하지만 착하기 이를 데 없고 싸움 같은 것도 해본 적이 없는 아들이었으니까. 나이트클럽 사장이 친구의 삼촌이라던가 뭐 그랬는데, 요새같이 눈속임하고 돈 빼내고 하는 세상에 법 없이도 사는 친구라고 소개해 가게 된 자리였다. 오빠는 천성대로 그 일을 정말 천직으로 알고 나가고 있던 사람이었다.

아무튼 어머니의 묵인하에 처녀는 우리집에 잠깐 들러서 인사하고 오빠와 살림을 차렸다. 우리 식구는 각자 벌어서 어머니에게 생활비 건네고 저축해 놓은 돈이 조금씩은 있었다. 어머니도 돈을 버시니까 조금이나마 어머니 돈이 있었다. 오빠는 그 돈으로 열다섯 평짜리 임대아파트를 빌렸다.

나는 주말이면 가끔 찾아오는 오빠와 오빠의 여자와 함께 영화도 보고 시장도 봤다. 그러나 썩 맘에 드는 여자는 아니었다. 여자는 웃음이 헤프고 뭔가 모자라 보였다. 내 눈에. 가끔 일요일 낮에 와서 요리를 해서 먹어보면 맛이 없었고, 행동거지도 분명하지 않아 보였다. 어쩌다 낮에 외출할 일이 있어 오빠의 아파트에 가보면 여자는 낮잠에 빠져있었다. 세수나 했는지……. 나는 혀를 차며 못마땅해서 그냥 나와 버리곤 했다.

한 번도 놀아본 적이 없는 나는 그 여자의 풀어진 모습을 이해할 수 없었다. 나는 점점 그 여자가 싫었다. 어머니도 별로 그 여자가 집에 오는 걸 탐탁치 않게 여기는 눈치였다. 젊은 여자가 집에서 빈둥거리고 있으니…….

오빠, 왜 언니 일 안 해?

일? 원래 시골 출신이라 할 줄 아는 게 없어.

시골 출신이라도 그렇지. 미용기술이라도 배우라 그래.

싫대. 몸이 아프단다. 허리가 안 좋대.

맨날 누워있으니까 그렇지.

오빠는 말이 없었다. 나는 그저 오빠가 잘 살기만을 빌었다. 어디서 달라붙은 여자와 빨리 헤어졌으면 하는 바람이었지만, 그 이상 오빠에게 뭐라 할 순 없었다. 그리고 나도 바빠졌다. 남자가 생겼기 때문이다.

그는 화장품 가게의 오랜 단골이었는데, 대학 전산실의 컴퓨터 기술자였다. 대학 앞에 있는 내 가게에 처음 찾아오던 날, 그는 어떤 여자와 함께 있었다. 두어 번 그는 그 여자가 화장품을 고르면 계산을 하고 나갔고, 그 후로는 혼자서 여자의 화장품을 골랐다.

그는 나중에 고백했다. 사실은 그 후로 화장품을 사러 간 건 너 때문이었노라고. 이미 그때 여자와 헤어졌노라고. 나는 그 남자의 말을 믿었다. 그는 퇴근하면서 내 가게에 들러 같이 저녁을 먹었다. 어떤 날은 잠깐 문을 잠그고 나가 만두전골을 먹고, 어떤 날은 중국음식을 시켜 가게 뒤에 있는 작은 테이블에 앉아서 딱 붙어 앉아 자장면을 먹었다. 그는 나보다 나이가 다섯 살이나 많았다.

나는 어머니에게 그 남자에 대해 말했고, 그 나이가 다섯 살이나 더 많다는 것에 대해서도 말했다. 그러나 어머니는 뭐 나이가 대수냐, 직장 확실하고, 사람 확실하면 되지, 하고 흡족해했다. 어머니는 정말 우리들에게 알아서 하라는 눈치였다.

아버지 돌아가신 후론 그저 순리대로 살아가련다, 하던 그 말씀을 따르고 있는 것처럼 보이는. 나는 어머니가 고맙기도 했지만 인생을 이미 포기한 것이 아닌가 하는 우려심 때문에 가끔 걱정되기도 했다. 가끔 초점 없이 창밖을 바라보고 있을 때는 가슴이 철렁, 할 때도 있었다. 곧 아버지를 따라갈 것 같은 망상 때문에. 친척 중에 그런 분이 있었다. 아저씨가 돌아가셨는데 곧이어 육 개월여 만에 아주머니도 돌아가셨다.

나는 뜬금없이 어머니에게도 남자친구가 있으면 좋겠다는 생각을 했다. 어머니는 친구들과 계모임도 별로 없었고, 낮에 놀 시간도 없다. 주말에 집에서 집안일을 하고는 그저 텔레비전을 보고, 옷장에서 옷을 꺼내 옷 정리를 하는 게 전부였다. 어쩌다 옛 동네에 살던 친구가 전화를 하면 장시간 통화하는 일은 있었다. 가끔 이웃분이 찾아오는 경우도 있다. 그러나 어머니가 나가는 일은 없었다. 드물게 아파트 근처 대형 할인마트의 운동복 코너를 운영하는 어머니 친구분을 만나러 외출복을 차려입고 나설 때도 있긴 하다. 그런 때는 그 친구분과 점심을 먹고 마트에서 몇 가지 식품을 사들고 돌아왔다.

나는 어쩌다 쉬는 날 백화점에 끌듯이 어머니를 데리고 나가 세일하는 옷을 골라서 어머니 옷을 사고, 내가 엄마 옷 사줬으니 엄마가 점심 사, 하고 일부러 호기를 부리기도 한다. 쇼핑을 싫어하거나 하는 것 같진 않았지만 어머니 스스로 내켜서 하는 일은 없었다. 어머니는 그저 살고 계신지도 모른다. 아버지 살아계실 때도 사는 재미라곤 모르고 살았으니, 어디 놀러가는 일도, 쇼핑을 하는 일도 남들 다 가는 노래방 가는 일도 모르고 그저 사는 것.

나는 때때로 겁이 났다. 어머니의 삶이 느껴지지 않아서. 그 남자를 만나면서부터는 내 휴일도 그와 보내게 되었기 때문에 더욱 그랬다. 아, 참 어머니는 지금 뭐하고 계실까, 나는 가끔 그런 생각을 했다. 그래서 나는 그 남자에게 양해를 구해 한 달에 두 번 쉬는 휴일에 한 번은 어머니를 모시고 사찰 같은 델 가기로 했다. 그러나 매번 어머니가 사양을 해서 어쩌다 한 번 가까운 산사까지 드라이브하곤 끝이었다.

내 남자는 오빠처럼 착했고, 따뜻한 사람이었다. 키가 작아서 좀 그렇기는 했지만 나는 그 남자의 서글서글한 눈이 좋았다. 어쩌면 전의 그의 여자는 그가 키가 작아서 차버렸는지도 모른다. 그에게 어떤 문제가 있으리라곤 전혀 알지 못했다. 나는 그때 스물넷이었고, 남자 경험이 별로 없었으니까. 사실상 남자를 사귈만한 시간도 없는 고달픈 신세이기도 했다. 그러나 곧 나는 알게 되었다. 왜 내 남자의 전 여자가 그를 차버렸는지를. 한없이 마음이 넓고 포근하기만 한 그에게 무엇이 약점이었는지를.

어느 날 그 남자가 말했다.

우리집에 한번 갈까? 나는 자기 집에 가봤는데 자기는 우리 집에 가보고 싶지 않아?

사실 나는 그때까지 한 번도 그 생각을 해본 적이 없었다. 바쁘기도 했지만 아직 시집가고 싶은 맘은 없었다. 남자 집에 가는 것은 결혼하기로 결정한 뒤에나 가는 걸로 알고 있었으므로. 하지만 생각해보니 그냥 한번 놀러가 보는 것도 괜찮을 거란 생각이 들었다. 그의 집은 시내에서 약간 떨어져 있었지만 행정구역상으론 시내 권이었다. 그는 가끔씩 늦는 날은 혼자 사는 친구 집에서 신세를 진다고 말한 적이 있었다.

드라이브 삼아서 한번 가지 뭐.

그는 왜 나를 데리고 가고 싶어 했을까. 아무튼 나는 일요일 날 그의 차를 타고 그의 집으로 갔다. 그리고는 단박에 그의 약점을 발견하고 말았다. 집은 그런대로 괜찮은 단층 벽돌집이었다. 요 근래 새로 지은 듯한 새집이었는데 아무런 특징이 없는 그런 네모난 집이었다. 우리들이 현관문을 열고 들어가자 각 방에서 얼굴들이 나왔는데, 남자는 없고 모두 여자들이었다. 늙은 여자, 내 또래 여자, 더 어린 여자 합해서 모두 세 명. 그중에 어린 여자애는 심하게 다리를 절고 있었다. 스물이나 됐을까. 거실의자에 부축을 받고 앉은 그 중증 장애인을 나는 놀라서 바라봤다. 그런데 어디선가 어린애가 나타났다.

어쨌든 나는 어둑한 거실에서 차를 대접받고 그의 어머니와 누이가 차려주는 맛없는 점심을 먹으면서 그 어린애가 그 다리 저는 여자애의 아이라는 걸 알고는 깜짝 놀랐다. 스무 살이나 되어 보이는데. 더구나 병신…….

나는 그의 방이란 델 가봤다. 그의 방은 뒷마당 쪽으로 불쑥 튀어나온 조잡한 뒷방이었다. 베란다처럼 쪽마루를 붙이고 새시를 해 놨지만 엉성하기 짝이 없었는데, 아마도 나중에 방 하나를 더 만들었던 모양이었다. 어둑한 거실보다는 훤해서 그나마 나았다.

그가 권하는 아랫목에 앉자마자 갑자기 나는 집에 가고 싶어졌다.

내 바로 밑 여동생은 회사 다니고, 다리 저는 애는 사고를 당했어. 열아홉에 또 한번 사고를 당했지. 그래서 어린애를 낳았어. 나는 그 애 모녀를 다 보살피고 있어. 아버지가 안 계신 건 자기와 똑 같고. 라는 그의 말에. 그 모녀만 보살피겠는가. 어머니는 어떻고. 월급 주머니가 찢어지겠는 걸. 아마도 이 집에 들어와서 살아야 한다고 할 거야. 왜 나를 이리 데려온 거야. 바보같이. 나는 가난해서 일찍이 화장품 가게 종업원이 된 사람이었다. 지금도 울 어머니는 옆집 애를 봐주고 돈을 벌어야 한다. 나는 구질하고 가난하고 약한 건 싫다.

갑자기 나는 그 남자가 싫었다. 아무리 마음이 착하고 넓어도 이 구질한 집은 싫다. 나는 그 집을 나오면서 그 남자와 헤어지기로 결심해버렸다. 그에게 무슨 말을 해서 헤어지게 됐는지는 말하고 싶지 않다. 그것 또한 구질할 것이므로.

한동안 나는 우울병에 걸렸다. 그런 와중에 여자가 집을 나갔다고 꼬마차를 몰고 달려온 오빠를 보고 나는 기가 막혔다. 솔직히 그럴 줄 알았다는 심사였다.

우리 식구는 다시 각자 혼자가 되어 자기 할 일만 하고 살았다. 그 남자 이후로 혼자서 내 가게에 찾아오는 남자는 없었다. 나는 가끔 그 남자의 서글서글한 눈을 떠올리면서 한숨을 쉬었다.

오빠가 풀이 죽은 채 그 여자와 살던 집을 내놓고 집으로 들어온 건 두 주 후, 그리고 새 여자를 만난 건 여섯 달 후였다. 이번엔 아이가 있는 이혼녀였다. 오빠는 이번에도 그 여자의 집에 들어가 잠시 살다가 임대아파트를 얻어 두 모녀를 데리고 들어갔다. 어머니는 이번에도 별 나무라는 기색이 없었다. 세상에, 어쩌면 정상적인 여자들은 다 어디로 간 거야? 오빠 머리가 이상해졌나봐. 엄마. 그래도 어머니는 말이 없었다.

오빠는 새 여자를 데리고 일주일에 한 번씩 일요일 낮에 찾아왔다. 여섯 살짜리 아이가 있는 연상의 여자를 꼬마차에 태우고. 그러나 오빠는 행복해 보였다. 여자는 음식솜씨도 좋았고 얼굴도 예뻤다. 오빠에 비해 좀 늙은 것만 빼면.

나는 쉬는 날 갈 데가 없어서 어머니와 둘이서 목욕탕에 가서 많은 시간을 보냈다. 그나마 산사에라도 갔던 지난날이 그리웠다. 그냥 그 남자를 더 만나는 건데 그랬어, 하는 심정이었다. 지레 겁을 먹고 딱 끊어버린 게 후회되기도 했다. 하지만 그 어둑한 거실과 다리를 심하게 저는, 성폭력을 당하고 아이까지 낳은 여동생과, 아들만 바라보고 사는 노인네를 생각하면 끔찍했다. 우리 어머니처럼 일을 하는 것도 아니고.

오빠는 한동안 그 여자와 잘 살았다. 다행히 여자는 오빠처럼 마음이 착한 듯싶었다. 전의 여자처럼 게으르고 교양 없는 여자는 아닌 듯싶었다. 전에 하던 일인 김밥 마는 일을 아직 계속하고 있었다. 오전에 아이를 어린이집에 보내고 오후 세 시까지 일한다고 했는데 종종 김밥 만 것을 우리집에 들러 놓고 가곤 했다. 때로는 집에서 멀지 않은 내 가게에도 들러 김밥을 놓고 갔다. 오후 네 시쯤 나는 점심 겸 오후 간식으로 그 김밥을 먹었다. 혼자 일하다 보면 제대로 점심을 못 먹고 쫄쫄 굶어야 한다. 그런 날은 나는 새삼 그 유부녀를 언니라고 다정하게 불러주었다.

그렇게 삼 년이나 오빠는 그 마음 착한 유부녀와 잘 살았다. 삶이란 무엇일까. 나는 때때로 그렇게 혼자 묻곤 한다. 왜 자꾸 예상 못할 일들이 벌어지는 걸까. 우리 식구는 변함없이 자기 할 일들을 하면서 그대로 살고 있는데 느닷없이 나타난 여자들이 우리 식구를 그냥 놔주지 않는다. 우리 둘, 어머니와 나는 그렇다 치고 오빠는 무슨 생에 액땜할 일이 있는 걸까. 아니면 전생에 빚진 것이 많은 걸까. 나는 오빠가 그 여자와 아이도 낳고 잘 살기를 정말 바랬다. 어머니도 삼 년이나 지나니까 며느리로 인정하고 결혼식까지 생각하고 있는 눈치였다. 그러나 운명이 그냥 오빠를 놔두고 싶은 맘이 없는 듯 보였다.

그 여자는 교통사고를 당했다. 봄 햇살이 나른하게 퍼지던 오월 오후였다. 그때쯤 어떤 남자가 화장품 가게에 나타나서

막 새로운 기대를 갖기 시작했을 때였다. 이번엔 옆에 가게를 오픈한 자그마한 모자와 패션소품 가게의 젊은 사장이었다. 그는 인사차 들렀다가 향수 두 개를 사갔다. 그리곤 매일 내 가게에 들러 몇 마디씩, 때로는 그 여자가 가져다 준 김밥을 나눠먹게 되었다. 모자나 깜찍한 스카프 같은 것이 잘 팔리는지는 모르겠지만 아무튼 그 남자의 가게엔 늘 아이들이 들락거렸다.

별 기대 없이 나는 그 남자와 친해지고 있던 참이었다. 여자가 교통사고를 당했다고 전화가 온 건 오후 다섯 시쯤이었다. 어머니도 나도 일이 있어서 저녁에나 그 여자가 입원한 병원으로 달려갔다. 여자는 중상이었고 중환자실에 있었다. 어머니와 나는 병원에 오빠를 남겨두고 그 여자의 아이를 데리고 집으로 돌아왔다. 다행히 그 아이에겐 외할머니가 있었다. 아이는 그날 병원으로 찾아온 외할머니가 데리고 갔다. 어머니는 한숨을 푹 내쉬었다.

오빠는 사흘간 휴가를 냈다가 간병인을 사고는 다시 클럽에 나가기 시작했다. 여자는 척추를 크게 다쳐서, 수술을 했지만 석 달 이상 병원에 있었다. 그리고 퇴원을 했지만 일어설 수 없었다. 여자는 휠체어를 타고 집안일을 했다. 이제 김밥 마는 일은 할 수 없게 되었고, 오빠와 성관계도 제대로 될 리 없었다. 그럼에도 문제가 발생한 건 그런 문제가 아니었다. 석 달 정도 집에서 쉬고 난 후 오빠는 여자를 재활센터에 실어 날랐다. 그러다가 갈 때만 태워다 주고 돌아올 때는 장애인이었지만 차를 갖고 다니는 동료 장애인의 차를 얻어 타고 다니게 되었다.

인생이란 알 수 없는 법이다. 나는 오빠가 불쌍했다. 하지만 어쩔 수 없는 일이었다. 또한 그 불쌍한 여자가 우연히 재활센터에서 만난 남자와 눈이 맞아버린 것도 어쩔 수 없는 일이었다.

이쁜 얼굴 때문이었을까. 비교적 경한 장애를 갖고 있던 그 남자가 휠체어에 의지하고 사는 하반신 마비 여자를 사랑하게 된 것은. 하루아침에 병신이 되어버린 여자를 갖은 애를 쓰며 보살피던 오빠에게 운명은 너무 잔인했다. 그 여자가 오빠를 버릴 줄은 아무도 몰랐다. 하지만 병신이 된 여자는 아무런 내색도 없이 자기를 보살펴 주는 오빠를 버렸다.

여자는 올 때처럼 아이를 데리고 오빠 곁을 그냥 떠났다. 그 차를 가진 장애인을 따라서. 졸지에 오빠는 다시 혼자가 되었고, 이번엔 집으로 들어오지 않았다. 어머니는 이제 걱정이 되는 모양이었다. 시간이 날 때마다 전화해 봤지만 오빠에게서는 바보처럼 그저 네, 네, 하는 대답만 나온다고 한숨을 푹푹 내쉬었다. 나는 참 세상이 불공평하다고 생각했다. 불쌍한 오빠가 갑자기 보기 싫을 때도 있었다. 정에 약해가지고 오갈 데 없는 여자들을 먹여 살리다가 버림받는 꼴이라니.

맘 약한 오빠가 측은하다가도 문득 화가 치밀면 나는 내가 먹었던 그 여자의 김밥이 생각났고 욕지기가 올라왔다. 나는 그 후로는 도저히 김밥을 먹을 수 없었다. 속도 모르고 내 친구가 된 옆집 남자는 출출하면 와서 김밥을 찾았다. 대신 나는 그 남자에게 호떡이나 어묵 같은 걸 사오라고 시켜서 같이 먹었다. 나는 가게를 비울 수 없기 때문에.

오빠가 다시 우리집으로 들어온 건 그 후 육 개월이나 지나서였다. 이젠 어떤 여자가 나타나 오빠 곁을 얼쩡거린다면 내가 나서서 말릴 생각이었는데, 다행히 그때까지 오빠에게 얼쩡대는 여자는 나타나지 않았다. 그러나 문제는 또 엉뚱한데서 나타났다. 어디가 아픈지 오빠가 아프기 시작한 것이다.

오빠는 할 수 없이 집으로 다시 들어왔고, 직장을 몇 주간 쉬어야 했다. 어머니는 그런 아들을 보고 한숨을 푹푹 내쉬었지만 오히려 안도하는 눈치였다. 그래. 그동안 우리 아들을 모른 체했구나. 이렇게 약해진 줄도 모르고. 그러게 여자 거느리고 산다는 게 쉬운 일이 아니야. 앞으로는 반듯한 여자 만나기 전에는 쳐다도 보지 말아라.

어머니가 처음으로 여자에 대해 언급한 말이었다. 오빠는 힘없이 그저 고개를 주억거릴 뿐, 대답이 없었다. 그러다가 한마디 내 뱉었다. 엄마, 이제 일 그만 하세요. 우리 둘이 충분히 버니까 그냥 집에서 쉬세요. 놀면 뭐해. 아직 건강한데. 심심해서 그냥 못 있어. 친구 분들도 만나고 여행도 가고 그러세요. 아이 보는 거 힘들잖아요. 괜찮아. 너 빨리 결혼해서 손주 낳으면 그때 그만두마. 집에서 니 애기 봐 줄게.

나는 오빠보다 먼저 결혼해버릴까 생각했다. 그 남자는 오빠와 비슷한 또래였다. 그러나 아직 결혼 애기할 정도로 깊어진 건 아니다. 나도 물론 이제 결혼해야 할 때가 다 된 스물일곱이었다. 어머니의 걱정이 깊어질 때가 된 것이다. 한번도 거론하지 않던 손주 이야길 하는 걸 보면 어머니 생각을 알 수 있다. 어머니는 늙어가는 자신을 보고 계신 것이다.

세상은 항상 엉뚱하게 돌아가는지도 모르겠다. 아니면 공평한 것일까. 나는 은근히 옆 가게 남자와 결혼하는 꿈을 꾸기 시작했다. 또 하나 변화는 내 밑에 부하를 하나 두게 되었다는 사실이다. 주인에게 혼자서는 더 이상 힘들다고 얘기를 던져봤더니 그럼 아르바이트생을 구하자고 해서 오후 다섯 시까지 일할 수 있는 휴학생을 구했다.

그 후로는 오후에 종종 가게 밖을 나갈 수도 있게 되었다. 나는 옆집 가게에도 들르고, 나가서 그 남자와 같이 밥도 먹었다. 퇴근할 때는 그 남자의 차를 타는 날이 많아졌다. 나는 오빠가 아파 누웠어도 편안했다. 가게 주인은 결혼하고 나서도 내가 가게를 맡아주길 원하는 눈치였고, 나 또한 그러고 싶었다. 그러다가 내 가게를 차릴 수 있다면 가게를 차릴 생각이었다. 아니면 주인을 설득해서 지금 이 가게를 인수하거나.

그런 어느 날이었다. 내가 그 남자, 즉 옆집 남자의 다른 모습을 보게 된 것은. 그날은 오후에 모 화장품회사의 세미나가 있던 날이어서 그 회사 사무실에 다녀오던 길이었다. 택시에서 내려 그 남자 가게 옆을 지나면서 나는 살짝 가게 안을 들여다봤다. 손님이 없으면 들어가 좀 노닥거릴 생각으로. 헌데 그 남자가 웬 여자의 뒤에서 그녀를 잔뜩 껴안고 있었다. 가까이 보지 않으면 잘 알 수 없는 풍경이었다. 나는 기겁을 하고 뒤로 물러섰다. 그녀는 그 가게 아르바이트생이었고 나도 잘 아는 여자애였다. 살짝 고개만 디밀고 다시 훔쳐봐도 그는 한참 동안이나 그러고 있었다. 얼굴을 그 여자애의 어깨에 묻고.

나는 기가 막혀서 고개를 외로 꼬고 그 가게 앞을 얼른 지나쳤다. 그 전에도 그 비슷한 풍경을 본 적은 있다. 아르바이트생이 사정이 있어서 늦는다고 전화가 온 날이었는데, 점심을 혼자 먹기 싫어서 그에게 전화를 했더니 약속이 있다는 것이다. 나는 알았다고 아르바이트생이 올 때까지 쫄쫄 굶어버렸다. 오후 세 시쯤에야 나는 나가서 초밥 몇 개를 먹고 있는데 그 남자가 어떤 여자와 지나가고 있었다. 나는 벌떡 일어났다가 주저앉았다. 그저 아는 여자겠지.

그러나 그 쇼윈도우로 환하게 보이던 그 에로틱한 장면은 그렇게 간단하게 내 머릿속에서 떠나지 않았다. 내가 알고 있던 그저 편하고 서글서글하고 다정하던 남자는 어디론가 사라져 버렸고 대신 의혹이 자리 잡았다.

그리고 결론은 그는 '바람둥이'였다. 나한테만 잘하는 게 아니라 모든 여자에게 잘한다. 그저 가게에 있다가 그가 놀러오면 노닥거리고 그러다가 밖에서 마주친 그의 모습은 전혀 다른 사람이었다. 가슴이 철렁철렁했다. 그날 그 남자는 내 가게에 나타나지 않았다. 퇴근할 때 쓸쓸히 버스정류장을 서성이며 나는 눈물을 흘렸다.

그래 오빠, 공평하네. 오빠나 나나 똑같은 신세야.

다시는 남자가 가까이와도 정을 주지 않겠다는 오기가 생겨났다. 그 남자는 다음날 내 가게에 왔다가 느닷없이 차가워진 내 태도에 기가 죽어서 몇 마디 말을 하다가 나가버렸다. 나는 다시 혼자가 되었다. 그동안 나는 어머니에게 그 남자에 대해서 한마디도 하지 않았다. 지난번 남자처럼 미리 말해 이로울게 없다는 생각에서였는데 잘한 일인 듯싶었다.

오빠는 몸을 회복해 다시 일하러 나이트클럽엘 다니기 시작했고, 모든 것이 정상으로 되돌아간 듯싶었다. 한동안 우리집은 평화가 감돌았다. 오빠는 아파트 임대료로 썼던 돈을 찾아다가 통장째 어머니에게 주었다. 어머니는 안 받으려 했지만 그래, 반듯한 여자 만나 결혼식 올리면 그때 주마, 하고 집어넣었다.

사람이란 왜 변덕스러운 건지 모르겠다. 한번 정을 떼버리니까 옆집 가게의 그 남자가 그렇게 싫을 수가 없었다. 가게 밖을 나갈 때도 행여 부딪힐까 조심스레 나가는 나를 보고 속으로 웃음이 나왔다.

오빠는 한동안 정상적인 생활을 계속했다. 나하고는 정반대인 그런. 어머니는 일을 그만뒀으면 어쩔 뻔했냐는 말을 했지만 오빠의 시원찮은 여자 관계를 탓하는 말 같은 건 없었다. 오빠나 나나 사실 생각해보면 같은 처지였다. 같이 살았다는 것만 다를 뿐 실패한 것은 오빠나 나나 똑같은 것이다.

나는 앞으로 절대 남자 생각은 안하리라 결심했다. 사실 내가 먼저 옆으로 가 본 적은 없다. 그들이 와서 그저 가까워졌을 뿐. 그러니 실패랄 것도 없다. 그러나 왠지 씁쓸했다. 대학 앞의 화장품 가게 종업원이란 처지가 요즘처럼 쓸쓸하게 느껴질 때가 없었다. 그냥 스쳐 지나갔지만 그들이 뭔가를 남긴 게 틀림없다. 만남이란 그런 것일까. 여직 한번도 화장품 가게 종업원이란 걸 부끄럽게 생각해본 적은 없었는데…….

나는 가끔 생각에 잠기는 버릇이 생겼다. 내 가게의 단골들인 여대생들을 나는 새삼스럽게 자세히 보고 있었다. 아르바이트하는 애마저도 나하고는 다르다는 생각이 들었다. 그 애도 대학생이니까. 언니 요즘 통 말이 없어졌어요. 무슨 일 있으세요? 그렇게 물어볼 정도로 나는 말이 줄었다.

그렇게 여름이 지나고 가을이 성큼 다가왔다. 언제부터였을까. 갑자기 오빠가 직장을 그만두어버리고 집안에 틀어박히기 시작한 것은. 무슨 일인지 통 입을 열지 않아서 어머니나 나나 애가 탔지만 이번엔 또 뭐냐고 물을 수는 없었다.

나는 도저히 견딜 수가 없어서 어느 날 퇴근하고 오빠의 직장으로 달려갔다. 한두 번 본 적이 있는 지배인에게 오빠의 근황에 대해 물었더니 오빠의 두 번째 여자가 죽었다는 것이다. 오빠를 버리고 간 여잔데 그 여자 죽었다고 오빠가 직장까지 그만두어버릴 정도로 충격을 받겠느냐, 무슨 다른 일 없었느냐고 묻자 지배인은 입을 다물어버렸다.

그러더니 사실은 그 여자 남편이 몇 번 왔다, 와서 다시 여자를 데려가라, 해서 고민하는 걸 봤다. 그리고 여자를 만나고 온 모양이었는데, 여자는 안 오려고 하고 그 남편은 보내려고 했던 모양이라. 내가 옆에서 지켜보다가 그 남편을 보고 좀 혼을 냈지. 남의 여자 뺏어다가 결혼까지 하고선 이제 와서 데려가라니 말이 되냐. 얘가 무슨 바보냐, 남의 여자 된 사람을 데려오게. 헌데 오빠는 그게 아니었던 모양이야. 불구자 된 여자를 정말 데려오려 했던 모양이야. 속없지. 아니 정이란 그런 걸 거야. 내가 아무리 말려도 생각하는 눈치더라고. 근데 어느 날 죽었다고 연락이 온 거야. 그 소식을 듣고는 직장을 당분간 쉬겠다고 하는 거야. 그리곤 안 나왔어. 잘 있는 거지? 하는 것이었다.

나는 기가 막혔다. 어머니에게는 말할 수 없는 내용이었다. 어쩌랴. 사람 맘은 맘대로 할 수 없다는데, 오빠가 그랬다. 나는 참으로 기분이 좋지 않았다. 오빠가 불쌍할 뿐. 그래도 처음엔 차를 몰고 어디라도 나갔다 오는 눈치라고 어머니가 말했다. 혹 그 여자 무덤에라도 가는 것일까. 어느 날은 눈이 부어 있는 날도 있었다. 울었을까. 어머니와 나는 일부러 오빠를 방에서 끄집어내어 과일을 깎으며 서로 눈짓을 교환했다.

그러다 오빠가 미워지기 시작했다. 어쩌면 남자가 저럴까 싶어서. 이제 서른인데 자신을 버리고 간 두 여자 때문에 완전히 바보가 되어버리다니. 그래서 한동안 나는 오빠 방을 기웃거리지 않았다. 사실 나도 무척 피곤하게 살고 있지 않은가? 하루 종일 서 있다가 그저 집으로 돌아오는 내 처지는 얼마나 쓸쓸한지 하느님만이 알 것이다. 꽉 찬 스물일곱이 되어버린

나.

그런 어느 날부터 오빠는 정말 방안에 틀어박혀 버렸다. 나는 어찌해야 할지 모르겠다. 어머니도 어쩌지 못하는 눈치였다. 그저 얘, 들어가지 마라. 그냥 한번 두고 보자, 하고 눈짓만 하는 어머니 입에서는 한숨만 새어 나왔다.

나는 갑자기 가을을 느꼈다. 쓸쓸함이 온몸을 바람처럼 휘돌아서 휘청거릴 지경이었다. 나는 내가 스물일곱이라는 것, 곧 스물여덟이 되리라는 것, 그리고 혼자라는 것을 두려워하고 있다는 걸 깨달았다. 오빠가 가진 서른이라는 나이가 저 앞에 있었다. 나는 오빠가 더 미워졌다. 그래, 나에게 삶에 대한 두려움을 주고 있어. 왜 잘 살지 못하고 매번 실패하는 거야.

나는 어머니의 말을 듣지 않고 오빠 방 앞으로 가서 주먹으로 쾅쾅 방문을 두드리기 시작했다. 일어나. 일어나. 일어나서 나오란 말이야.

카페 아를르

1

기다린다.

샤워를 하고 옷도 입지 않은 채 거실을 서성대는 동안 다시 땀이 솟았다. 전화벨이 울렸다. 시계가 열한 시 사십오 분을 가리키고 있었다.

흰 레이스 커튼 뒤로 알몸의 여자가 전화를 받고 있다. 여자는 긴 머리를 한 손으로 목 뒤로 끌어올려 잡고 전화기에 무어라 얘기를 한 다음- 매우 짧게- 전화를 끊는다.

정적이 흘렀다. 거실은 고즈넉하고 커튼 뒤의 풍경은 에로틱한 그림 같다. 여자가 한참 동안을 끄떡도 없이 알몸 그대로 서 있었기 때문이다. 여자는 울고 있었다. 그러나 여자의 눈가에 맺힌 눈물과, 눈물방울이 떨어진 뒤 눈에 서린 분노의 흔적은 아무도 알아챌 수 없을 만큼 빠르게 감은 눈속으로 움츠러

들었다. 그녀 자신도 그것이 분노인지 아직 몰랐다. 여자는 그저 답답했다.

그 답답함을 벗어버리고 싶어 여자는 다시 샤워꼭지를 틀고 찬물로 몸을 혹사했다. 아직 사월이라 찬물은 얼음 같았다. 그러나 무엇인가가 그 얼음 같은 찬물 속에서 발발 떠는 그녀의 몸을 찌를 듯한 쾌감에 젖게 했다.

란은 재채기를 하면서 청바지에 녹색 탑을 입고 카디건을 걸쳤다. 가뿐한 차림이었으나 속은 계속 울렁대었다. 아침에 석운을 위해 만든 샐러드가 식탁 위에 그대로 있었다. 란은 그것을 쓰레기통에 던져버리고 레인지에 껍질 벗긴 알감자 두 개를 넣고 돌리면서 얼굴에 엷은 화장을 했다. 시간은 충분했다.

가게는 일종의 피난처가 되어버렸다. 딱이 가게를 해서 어떤 보탬이 되는 것이 없다는 것은 석운까지도 알고 있었다. 단지 가게는 란의 영역이며, 가세가 열리는 시간으로부터 닫는 시간까지 얻을 수 있는 몇 시간의 자유, 그것이 중요한 이유였다. 그 콩알만 한 가게에 한 시에 나가는 것은.

석운의 끈은 그 부분에 있어서는 느슨했다. 적어도. 그러나 그것은 한낱 그가 쥐고 있는 패를 더욱 거머쥐기 위한 트릭에 불과한 것이다. 란은 비열한 인간! 하고 내뱉었다.

감자는 다이얼을 삶기에 놓고 두 번 돌려야 한다. 란은 오래전 결혼 때 자신의 돈으로 산 레인지를 바꾸고 싶지 않았다. 오래된 레인지였다. 레인지에 삶은 감자를 호일 위에 놓고, 버터를 바르고 가는 소금을 살짝 뿌려 브로일러에 넣었다. 버터 발린 감자가 노릇노릇 구워지는 냄새를 맡으며 커피를 만든다. 오이 한 개를 꺼내 껍질을 벗기고 동동 썰어 접시에 담고 고추장 겨자소스를 뿌렸다.

란은 구운 감자와 오이를 먹고 커피를 마신 다음 집을 나섰다. 최근에 입주한 아파트는 비교적 여유 있는 휴식공간을 갖고 있었다. 사월의 햇살이 보석처럼 여린 나뭇잎들에 쏟아진다. 어디든지 살랑살랑 떠날 수 있다면 그냥 가버리고 말 것 같은 날씨였다.

전라도 여수 어디엔가 산다고, 남쪽 바다에 한 번 오라고 몇 번이나 전화한 친구가 있었으나 란은 여태까지 한 번도 여수에 가보지 못했다. 대학 때 클래식을 같이 듣던 동아리 멤버 중에서 가장 친한 애였던 윤애라는 친구였다. 노라가 왔을 때 한 번 가려했으나 갑작스런 일들이 매번 발생해서 갈 수 없었고, 노라가 가버리고 나면 혼자서는 이 도시를 벗어날 길이 없었다. 그렇다고 석운과 함께 가고 싶은 맘은 손톱만큼도 없다.

갑자기 사월 햇살이 바다를 은비늘처럼 반짝이게 하고 있을 여수에 가고 싶었다. 란은 우울하게 노래를 흥얼거렸다. "spring summer fall and winter……."

란은 주차장에서 은빛 햇살을 받으며 우아하게 서 있는 작고 날렵한 비스토에 올라타면서 사실은 얼마든지 여수에 갈 수는 있지만 석운에게 말을 하기가 싫어서,(마치 자신의 손가락을 쓰다듬듯이 란의 머리를 쓰다듬으며 무슨 일로? 언제? 혼자? 어떻게? 등

등을 자상한 듯이, 그러나 사실은 꼬치꼬치 날카롭고 의심을 담은 눈초리로 물을) 석운의 끈적한 혹은 섬칫한 촉수가 싫어서 말을 안 꺼내는 거라는 걸 깨달았다.

'언젠간 그 촉수를 잘라버리겠어.'

그러나 생각과 달리 가슴이 더욱 답답해졌다. 그냥 자동차를 달려 제법 둥치가 큰 아파트 담벼락을 따라 심어진 홍단풍나무를 받아 쓰러뜨리고 싶었다. 그러나 란은 담장을 지나 거리로 천천히 차를 몰고 나갔다.

2

카페라고 했지만 술은 팔지 않는다. 모든 것은 셀프서비스고 커피라는 검은 영문 글자만 노란 간판에 가늘게 써 있었다. 카페가 있는 곳은 주변에 작은 화랑들이 대여섯 개 죽 들어서 있는 골목이고 골목은 무척 좁았다.

카페는 자연스럽게 주변 화랑들처럼 작고 조용하다. 간간이 전시나 공예품 갤러리를 찾는 중년 부인들과 처녀들이 소리 없이 들어와 소곤거리거나 깔깔거리고 웃으며 커피를 마신다.

란은 결혼하면서 직장을 그만두었다. 석운은 그때 구태여 당신 직장 다닐 필요 뭐 있어? 하면서 은근히 집에 있기를 요구했다. 석운이 대학을 졸업하고 대학원을 다니는 동안 란은 화장품회사의 연구실에 근무하면서 대학원을 졸업했다. 석운이 무슨 정부 관할 연구소에 취업하면서 결혼한 것은 대학을 졸업한 지 삼 년만이었다.

란은 석운이 어디서 무엇을 하는지 알지 못했다. 몇 번 묻기도 했지만 연구소라고만 할 뿐 당신은 알 필요 없다는 뜻을 강하게 비쳤고, 더 이상 물을 여지를 주지 않았다. 돈도 넉넉했고, 란을 괴롭히는 일도 없고 사는데 문제도 없었기 때문에 그 문제는 그냥 자연스럽게 란의 머릿속에 묻혀졌다.

무엇보다 란은 석운을 이기지 못하는 여자였다. 옆에 있는 존재로 하여금 피동적으로 되게 하는 것. 그것이 석운이었으므로. 그렇게 만남이 시작된 대학 때부터 란은 석운의 손 안에서만 존재했다. 란은 그것이 불편하지 않았었다. 몇 년 동안은.

인생이 참 순조롭구나, 라는 생각을 할 때 아이가 유산되었고, 그것은 두 번씩이나 계속되었다. 그 순간에 인생은 그렇게 쉬운 일이 아니로구나, 라는 상반된 깨달음을 얻었다. 란은 더 이상 임신하고 싶지 않았다. 석운은 처음엔 아이에 대한 강한 욕심을 나타냈지만 란의 상태를 보고는 고개를 끄덕였다. 조금 지난 후에 당신 몸이 좋아지면 다시 시도해보자, 하는 걸로 결론이 났다.

노라가 영국으로 유학을 갔다가 어머니가 돌아가셔서 잠시 나왔던 때였다. 노라와 란은 무척 상심해서 어머니의 빈집을 정리하고 어딘가를 싸돌아다녔다. 상실감이 너무 커서 가만히 있질 못했던 것이다.

노라는 두 달째 머물던 중이었는데 마침 여름휴가 기간이었다. 더운 오후 갤러리를 돌다가 '세잔느'라는 작은 커피숍을 발견했다. 카페는 무척 앙증맞고 사방이 온통 흰색이었다. 벽 하나에 세잔느 복제 그림 한 폭이 걸려 있을 뿐 그저 흰 공간이었다.

카운터에서 주인 여자가 전화 통화하는 소리가 들려왔다.

"글쎄, 가을되기 전에 가게가 나가야 하는데 팔리질 않아. 지금 그 사람 혼자 중국에 가 있잖아. 아이도 보냈어. 나만 남아있는데 가게가 나가야 말이지. 이런 더운 여름날 누가 가게를 보러오겠어. 가을이나 되어야지. 나는 지금 그만둬야 하는데."

노라가 갑자기 눈을 반짝였다. 그렇게 시작된 거였다. 가게는 힘들만큼 크지도 않고 그다지 사람이 많지도 않을 듯싶었다.

"내가 얘기할게. 이건 정말 장사라고 하지만 그다지 신경 쓸 것도 없고 아르바이트생 잠깐 쓰면서 그림도 배우고 도예도 하면 되잖아. 옆에 다 있으니까. 그것도 내가 아는 선배들이 이 부근에 다 있다고. 형부가 완고하지만 의외로 단순한데가 있잖아. 언닌 가만있어. 내가 가게 매매해놓고 나갈 테니까. 이름이나 잘 생각해봐. 찻집 이름."

세잔느 그림을 좋아하긴 하지만 분위기가 맞지 않는다는 말이었다. 란은 노라의 설득에 못 이겨, 그럼 아이에 대한 아픔이나 어머니에 대한 상실감을 나눠보기 위해 한번 해보겠다는 의지를 석운에게 나타냈다. 의외로 석운은 가게를 가서 보더니 말했다.

"정말 앙증맞군. 당신 힘들지 않게 생겼으니 그럼 한번 해봐. 그 대신 클래식 음악을 틀어."

그렇잖아도 갤러리들 속에 있으니 장르는 당연히 클래식이지. 란은 속으로 그렇게 중얼거리며 석운이 그래도 자신을 사랑하긴 하나보다고 생각했다. 그 사랑이라는 것이 머지않아 끔찍한 모습으로 변신할 줄도 모르고 그렇게 생각했다.

커피점 아를르엔 언덕 위에서 양산을 든 모네의 여인이 바람에 날리며 서 있다. 흰 벽은 그대로 두었으나 노란 조명등을 설치하고 세잔느 그림을 떼었다. 그 대신 그 자리에 양산을 든 여인이 서 있었다.

콩알만 한 카페에 역시 한 평이나 될까한 쪽방이 있는 것은 정말 다행스러웠다. 주인은 장난감 같은 둥근 탁자와 의자를 그대로 두고 갔다. 란은 그곳에 집에선 별로 필요 없는 일인용 소파 하나를 실어다 놓았다.

두어 달 혼자 가게를 보는 일에 신경을 쓰다가 어느 시점에서 정오가 되기 한 시간 전부터 문 닫기 한 시간 전까지 일할 처녀를 구했다. 갤러리가 닫는 시간이면 골목도 한산해졌으므로 늦게까지 열 필요는 없었다. 대개 아홉 시면 란은 문을 닫는다. 그것은 어느새 규칙이 되었고, 석운은 그 시간에 란을 문간에서 맞이하지 않으면 안절부절못했다. 언제부턴가.

란은 오전에 동네에서 요가를 하고 집에 돌아와 샤워를 하고 쉬다가 오후 한 시쯤 아를르에 나간다. 석운이 열한 시 사십 분쯤엔 언제나 전화를 한다고 깨달은 것은 카페를 열고 얼마 되지 않아서였다. 그 시간이면 운동을 끝내고 돌아와 잠시 쉬거나 집안일을 할 때였다.

이제 겨우 가게문을 여는 것에 익숙해지기 시작해서 느긋하게 누워 있다가 요가 시간을 놓친 적도 있었다. 어느 날은 요가를 하고 원장과 커피 한 잔을 하는 통에 허겁지겁 집에 돌아왔는데 전화벨이 울렸다. 아까부터 계속 울리고 있었던 듯한 느낌이 있었다. 가게에 나가려면 서둘러야 했다.

"당신 집에 없는 줄 알았어, 운동하고 왔나?"

그날따라 석운의 말투가 기분이 나빴다. 그건 일종의 예감이었다. 다른 말은 없었다. 그러나 왠지 기분이 나빴다. 언제부턴가 계속 그 시간쯤에 석운의 전화를 받았다는 생각이 머리를 스쳤다. 하루에 한두 번씩은 물론 전화를 하게 되기도 한다. 그러나 뭔가 석연찮은 낌새가 란의 머릿속을 나르기 시작했다. 그것이 뭔가의 시작이었다.

3

화실은 가게에서 십오 분쯤의 거리에 있다. 화실 주인은 노라와 인연이 있는 남자였다. 애초에 혼자 작업하는 남자에게 노라는 억지로 란을 데려갔고, 인연 때문인지 거절하지 않아서 가게를 시작한 뒤 몇 개월 후부터는 어쨌든 일주일에 두 번씩 화실에 갔다.

화실 주인 영휘는 보이지 않았다. 란은 화실 열쇠를 꺼내 문을 열고 들어간다. 화실은 어둑신했다. 란은 잠시 눈을 감고 있다가 불을 켰다. 입구의 작은 방엔 이인용 소파 두 개와 작은 테이블이 있을 뿐 화실로 들어가는 복도처럼 쓰인다.

란은 곧바로 작업실 한 귀퉁이 자신의 이젤 앞에 가서 앉았다. 지하라선지 아직 썰렁하고 추웠다. 히터를 켜야만 그림을 그릴 수 있다. 란은 빙빙 돌아가는 작은 히터를 켜고 그리다만 그림을 바라보았다.

"얘긴 들었어요. 그림은 혼자 하는 거라서 누군가에게 가르치기란 참 힘들어요. 대학에 강의는 나가지만 어른은 가르쳐본 적이 없구요."

처음 화실에 간 날 그가 말했다. 란은 기어들어 가는 것 같은 목을 간신히 가누고 그의 얼굴을 쳐다보았다. 코밑 수염과 턱밑에 수염을 기르고 꽁지머리를 한 남자였다. 목소리가 허스키하고 매우 작은 소리를 내는 것이 란으로 하여금 조심스럽게 했다. 첫날 그는 아무것도 가르쳐주지 않았고, 그 특유의 낮고 작은 목소리로 얘기만 했다.

카페를 인수하고 영국으로 돌아갔다가 몇 달 후 다시 온 노라는 란을 보고 기겁을 했다.

"언니 왜 이렇게 주눅이 들었어? 몇 달 사이에 어떻게 변한지 알아? 마치 인형 같아. 안되겠다. 도대체 형부가 어떻게 한 거야?"

노라는 축 늘어진 란을 데리고 가게 옆에 있는 화실과 좀 더 가야만 하는 도예공방으로 끌고 다녔다. 그들은 모두 노라의 대학 선배들이었는데, 가게가 있는 구역이 갤러리 구역이어선지 그 주변에 화실과 공방들이 모여 있었다. 갤러리 뒤편만 약간 벗어나면 오래된 동네와 산자락이 있었고, 조금만 가면 사찰도 나오는 곳이었다. 그 오래되고 곧 헐릴지도 모르는 지역 한쪽에 산을 뒤로 하고 지금은 쓸모가 없어진 방앗간을 개조해서 쓰고 있는 공방이 있었다.

노라에겐 문화계에 아는 인연이 무척 많았다. 노라는 그 뭇 인연들과 늘 적당한 관계를 맺고 있었고, 늘 도움을 주고받는 관계였다. 공방 주인도 그런 사람 중의 하나인 모양으로 혼자 작업을 하지만 기꺼이 오시라고 대답해 주었다. 그곳에서 돌아온 즉시 노라는 앉아서 스케줄을 짰고, 란은 노라가 하라는 대로 했다. 즉 화요일과 목요일엔 그림을 그리러 가고, 금요일엔 흙을 만지러 가고. 그제서야 안심하고 노라는 가방을 싸고 비행기에 올랐다.

란이 가게의 콩알만 한 방에 숨어 언제부터인지, 왜 그러는지도 모를 무기력과 막막한 두려움에 싸여 마치 죽어가고 있는 것 같은 모습으로 지낸 지 사 개월만이었다.

그림에 익숙해지는 데는 상당한 시간이 걸렸다. 영휘는 자신의 공간에서 그림을 그리다가 소리 없이 나와 란이 서툴게 붓질하는 걸 지켜보곤 했다. 처음엔 멈칫거리거나 얼굴을 붉히며 서툰 붓질을 하는 걸 들키는 게 불편해 바늘방석이었다. 그러거나 말거나 다시 말없이 자신의 공간으로 가는 영휘의 행동이 거듭되자 란도 편안해졌다.

영휘가 화실을 비우는 일은 드물었다. 대학의 강의일이나 워크숍 같은 걸 갈 때를 빼고 그는 늘 이 지하 화실에 틀어박혀 지낸다고 했다.

석운이 이 화실을 둘러보러 일부러 온 것은 노라와 첫 방문을 한지 삼 주가 지나서였다. 그때 마침 영휘는 제자 두 명과 화실에 있었다. 란은 작업실 한쪽에 있는 이젤 앞에서 영휘가 만들어준 그림소재를 보며 정물을 그리는 중이었다.

느닷없이 휴대폰이 울렸고, 석운은 지금 가게 앞에 와 있으니 그곳으로 가겠다고 하고 끊었다. 순간 란은 당황해서 벌떡 일어서서 영휘에게 갔다. 그는 제자 두 명과 작품 전시를 위한 팸플릿에 대해 얘기하던 중이었다. 란은 영휘를 잠깐 불러냈다.

"남편이 온대요. 여길 한번 보겠다고."

"그래요? 상관없어요. 제자들하고 얘기 중이니 더 잘됐군요. 오시면 인사나 하죠, 뭐."

란으로선 그가 제자들이랑 있어서 얼마나 다행인지 몰랐다. 만약 영휘가 혼자 있는데 란이 그림을 그리고 있다면 어떤 의심을 할 건지 뻔하다. 가슴이 철렁하다 못해 내려앉았다.

그는 차갑고 냉철한 인간이다. 화실을 당장 그만두라고 하겠지. 아니면 사람들이 많은 문화센터 같은 델 안 가고 왜 남자 혼자 있는 곳에 가느냐고 따질 것이다. 절대 잔소리는 하지 않는다.

란은 그가 온다는 소릴 듣는 순간부터 맥이 빠지고 손이 떨려 그림을 그릴 수가 없었다. 란이 손을 벌벌 떨며 붓을 들고 있는데 영휘가 뒤에 와서 섰다.

"아니 왜 그러세요? 왜 떨어요?"

다행히 영휘는 제자 하나가 불러 바로 들어갔고 란은 진정되었다. 갑자기 어느 순간 마음이 확 바뀌듯이 진정되는 느낌이 왔다. 여학생 한 명과 남학생 한 명이 있었는데 그들은 가려는지 영휘의 방에서 나왔다. 곧 이어서 영휘도 가방을 메고 나온다. 그런 다음 그들은 작업실 한쪽에 서서 다시 얘기를 시작했다.

"지금 인쇄소에 가거든요. 남편분 오시면 뵙고 갈게요. 어때요. 괜찮아요?"

란은 고개를 끄덕였다. 그들이 금방 나갈 거라고 생각했던 란은 안심이 되었다. 그가 컵에 차를 따라 갖다 주면서 말했다.

"오늘 이상해 보여요. 인쇄소에 갔다 금세 올 건데 그때까지 계실 거지요?"

란은 고개를 저었다.

"모르겠어요."

"어쨌든 금세 올 거니 좀 계세요. 가르쳐드릴 게 있어요."

그들은 문 옆에 서서 얘기를 나누었고, 란은 차를 마시며 앉아 있었다. 그때 문을 똑똑 두드리는 소리가 났고, 커다란 키의 석운이 들어섰다. 란은 벌떡 일어났다. 영휘가 란을 바라보았다. 란은 고개를 끄덕이고 남편에게 다가가 말했다.

"왔어요? 이분이 화가 선생님, 선생님, 이분은 제 남편이에요."

"아, 안녕하세요?"

"안녕하십니까?"

영휘는 남편과 악수를 나누고 바쁜 듯 시계를 보았다. 그러자 남편이 말했다.

"어디 나가시려던 참이신가 보군요. 저는 여기 집사람 그림 좀 보고 가겠습니다. 걱정 마시고 일보십시오."

"아, 그래요. 마침 나가려던 참이라서 차라도 대접해야 되는데 죄송합니다. 그럼 천천히 놀다 가십시오."

영휘는 빨리 나가고 싶은 듯 제자들을 데리고 황급히 작업실을 나가버렸다. 갑자기 남편과 둘이 남자 란은 자신도 모르게 입을 꾹 다물었다.

"화실이 크지 않군. 어, 당신 그림 재미있나? 아직은 잘 그리는지 모르겠고. 당신 혼자 그리는 거야?"

란은 순간적으로 거짓말을 했다. 두 명의 여자들이 있다고. 석운은 고개를 끄덕였고, 영휘의 작업실을 힐끗 보더니 들어가 봐도 되냐고 물었다. 란은 선생님 작업실은 잘못 들어가 봤다, 벽에 걸린 큰 그림은 다 선생님 그림이니 여기서 그냥 보라고 말했다. 그러거나 말거나 석운은 영휘의 작업실 문을 슬쩍 열어보고 닫았다.

그가 낮에 란에게 나타나는 일은 드물었다. 전화를 거는 것만으로도 충분히 란을 조절할 줄 아는 그였다. 그러나 확인하고 싶었을 것이다. 왔다 가는 게 란으로서도 편하다. 문득 그런 생각이 들었다.

"뭐 차 마실 거예요?"

란은 가져다놓은 주전자 쪽으로 손을 뻗으며 물었다.

"아냐. 됐어. 당신 가게에서 홍차 마시고 왔어. 여길 아주 잘 알더군. 선희가 말이야."

선희는 아르바이트하는 아이 이름이었다. 란은 고개를 끄덕였다.

란은 머리에 쌓인 눈을 털 듯 생각을 떨쳐버리려고 거칠게 붓질을 시작한다. 아아, 목에서 신음이 새어나왔다. 뼈마디가 툭툭 꺾이는 것 같은 아픔이 목울대를 넘어 화실 안을 벌레처럼 기어다니며 슬픈 눈을 깜박거린다. 란의 눈에서 눈물이 흘러내렸다.

'난 바보야.' 속에서 그녀가 말했다. '그러나 이제 바보의 외투를 어떻게든 벗어버릴 거야. 두고 봐.' 다른 그녀가 반발하듯 결연히 말했다. 그 소리는 화실에 메아리처럼 울려 퍼졌다.

란은 붓을 한 손에 들고 벌떡 일어나 눈물을 흘리며 소리치고 있는 자신을 놀라 바라보았다.

4

차에 기대앉아 밤하늘을 본다. 까마득히 별이 하나 보였다. 집에 들어가기 싫다. 속에서 그녀가 말했다. 집에 들어가지마. 무심하게 어둔 뒷모습을 한 사람들이 지나간다. 어딘가로 갈 데가 있다면……. 눈물이 쪼르르 흘러내렸다. 한숨을 푹 내

쉬고 핸들에 얼굴을 묻는데 휴대폰이 몸살을 한다. 전화 받기 싫다. 속에서 또 그녀가 말했다. 전화 받지 마. 그러나 손은 벌써 폰을 연다.

"당신 왜 안 들어와?"

란은 석운이란 걸 알았으면서도 목소리를 듣자마자 소스라치게 놀란다.

"다 왔어요. 주차장이에요."

"빨리 와. 물 받아 놨다구."

"알았어요."

란은 기어들어 가는 소리로 말한다. 석운은 일주일에 두 번은 꼭 집에 와서 저녁을 먹었다. 란을 위해서라고 하는데 란은 그것이 고역이었다. 오늘은 선희와 먹고 가겠다고 했기 때문에 그는 저녁을 먹고 왔을 것이다. 그러나 그는 란을 기다리고 있다. 란은 한숨을 내쉬며 눈물을 닦고 차문을 연다.

석운은 란의 몸 구석구석을 닦기 시작했다. 란은 숨죽인 채 얼굴을 숙이고 빨리 끝나기를 기다린다. 순간 다리에 힘이 쑥 빠져서 욕조 바닥에 넘어질 뻔했다. 석운은 개의치 않고 느릿느릿 란의 몸을 만진다. 그만, 그만 좀 해. 제발. 속에서 그녀가 소리쳤다. 그러나 란은 꼼짝하지 못한다.

석운의 침 삼키는 소리가 들린다. 란은 그냥 바닥에 쓰러질 지경이었다. 한숨과 흐느낌이 새어 나왔다. 그러나 석운은 아랑곳없이 입을 꾹 다문 채 마치 경전을 읊듯 두 손으로 란의 몸을 매만진다.

침실은 어두웠다. 란은 석운의 팔에 들려 침대에 뉘어졌다. 석운의 몸이 란의 위에 위협적으로 올라든다. 란은 그만 잠들고 싶었다. 그가 있다는 걸 잊고 싶었다. 그러나 그는 가만 놔두질 않는다. 란이 잠들도록 놔두지 않는다. 석운이 란의 몸을 뒤집더니 엉덩이를 탁, 하고 때렸다. 란은 소리를 지르려다가 악, 하고 입술을 깨물었다.

"당신 꽁지머리 놈하고 뭔 일 있는 거 아니지? 조심해. 그랬다간 알지?"

낮으나 강한 석운의 속삭임이 칼처럼 란을 베었다. 석운이 란의 엉덩이에 아랫도리를 부비기 시작했다.

지난봄 석운은 삼박사일의 지옥훈련을 갔다 온 다음부터 괴이해지기 시작했다. 직장에서 새로 기획된 연중행사로 간부들 훈련이 있는데 그것을 지옥훈련이라고 한다고 했다. 그는 어디서, 무엇을 하고 온 것일까.

이전엔 그의 성기가 발기하지 않은 적이 없었다. 그러나 그 후 그의 성기는 일어서지 않았고, 그때부터 그의 태도가 이상해지기 시작했다.

그는 란을 의심의 눈초리로 바라보거나 때리거나 하지 않는다. 정반대였다. 발기부전에 대해서는 석운도 란도 한마디도 하지 않았다. 란이 돌아오면 공들여 몸을 닦아주고 침대로 안고 가 끊임없이 몸을 쓰다듬고 부벼대는 것, 그것이 전부였다.

그러나 언제부턴가 숨통이 막혔다. 노라와는 정반대 성격인 란으로서는 석운의 촘촘한 그물을 찢거나 자를 엄두를 내지 못했다. 석운은 그저 란을 자신의 손바닥 위에 놓고 바라보기만 하면서도 란의 일거수일투족을 통제할 수 있었다.

란은 꼼짝할 수 없었다. 그에게서 흠잡을 만한 구체적인 횡포 같은 건 없었다. 일상의 언어조차도 단정하기 이를 데 없고 확실했다. 란의 몸을 만지는 것만 해도 누군가 엿본다면 참으로 애정 어린 손길이었다.

그러나 란은 어느 날 소스라치게 놀랐다. 자신이 박제되어 가고 있다는 생각에. 그때부터 몸의 세포가 줄어들어가고 있는 느낌이었다. 석운이 출근하고 난 뒤에도 여전히 꼼짝할 수 없었다. 열한 시 사십 분이면 여지없이 전화가 왔지만 그 전화를 안 받는다 한들 그가 집으로 쫓아올까? 그러나 란은 그런 의문조차 하지 못했다.

그러다 노라가 왔고, 노라는 어딘가 표류되어 말을 잃어버린 것 같은 모양으로 널부러져 있는 란을 건져내야만 했다. 쉽게 뭔가를 캐내거나 따질 수 있는 것은 없었다. 석운은 반듯하게 행동했을 뿐 아니라 노라가 오면 집에 들어오는 일이 드물었다. 명목은 두 자매가 자유롭게 지내라, 였다.

노라로서도 어쩔 수 없었다. 그러다가 다른 해결책을 강구한 것이다. 그것이 곧 카페 근처의 화실과 공방이었다. 노라가 모든 것을 준비했으므로 석운은 반대하지 못했다. 절대 큰소리를 내거나 비신사적인 태도를 범하지 않는 석운으로서는 속에 어떤 생각을 갖고 있다 하더라도 표시 내지 않았을 것이다. 노라는 그걸 이용했다.

"일단 언니가 다른 할 일들을 찾아야 해. 최대한. 가게 근처에 언니를 도울 선배들이 있어서 얼마나 다행이야."

란은 최대한 밖에 있는 시간을 이용해서 석운의 그물을 늘이고자 애썼다. 그러다가 그물을 찢을 힘이 생기면 그의 독재에 침을 뱉을 수도 있을 것이다. 아직은 힘이 없다. 노라도 "조금만 참아. 언니. 이혼해버리면 끝이지만 최대한 언니 반경을 넓히고 당당하게 해야 해." 그렇게 다독였다.

그렇게 일 년 가까이 지나갔다. 란은 이제 어느만큼 석운의 태도에 적응할 수 있다. 그러거나 말거나 내 시간 갖겠다는 태도도 보여주었다. 석운은 별말이 없었다. 여전히 신사적이고 자상했다. 그러나 마치 칼날 같은 날카롭고 매서운 치밀함이 그 속에 매복해 있었다. 란으로 하여금 복종하지 않을 수 없게 만드는 그 소리 없는 암시들은 폭력 이상이었다. 석운은 그것을 잘 알고 있는 것이다.

석운은 란을 때릴 필요가 없다. 그냥 압도할 수 있는 것이다. 란으로서는 역부족이었다. 노라의 말처럼 당당해지기 위해서는 시간이 필요하다. 그래서 란은 오히려 자유로워졌다. 석운이 이제 안심하도록 도울 것이다.

석운이 그런 말투를 쓴 건 처음이었다.

"꽁지머리 놈하고 뭔 일 있는 건 아니지? 그랬다간 알지?"

그런 말투. 란은 속으로 미소를 지었다. 그래. 슬슬 비열한 요구가 심장 밖으로 삐져나올 것이다. '니가 별 수 있어. 복종하겠다는데 그렇게 초연함을 언제까지 유지해? 그때 난 널 발로 찰 거야. 그때까지만 참을 거야.'

그럼에도 여전히 란은 벌벌 떤다. 석운 앞에서. 그러나 기다린다. 떨지 않고 그를 정면으로 바라볼 날을. 란은 여수에 갈 것이다. 그리고 어딘가 가고 싶은 데를 갈 것이고, 오전 열한 시 사십 분에 집에 있지 않을 것이며 밤 아홉 시 지나 욕조에 앉아있지도 않을 것이다.

무엇보다도 참을 수 없는 것은 그것이었다. 밤마다 욕조 안에 앉아서 석운의 손이 쓰다듬는 것을 견디는 것. 오래오래 몸을 쓰다듬고 타월로 꼼꼼이 닦아주고 침대에 뉘인 다음 오래오래 몸을 부비는 것.

6

느닷없이 영휘가 다가와 꽉 껴안았다가 놓았다. 란은 놀라서 그냥 그 자리에 서 있었다. 이제 꽤 친밀감이 느껴지는 남자였다.

"이 화실 가지실래요?"

그 순간 무슨 말을 하는지 란은 알지 못했다. 무뚝뚝하고 자기 자신 속에서 결코 나올 것 같지 않던 그의 첫인상이 란의 머릿속을 가득 채웠다. 갑자기 그가 아름다워 보였다. 지금 무슨 말을 하는지 모르겠지만 란은 그의 말이 가슴을 두근거리게 한다는 것을 느꼈다.

"제가 다음 학기에 스페인에 가게 됐어요. 비워두기도 그렇고, 다른 사람에게 양도하기도 그렇고, 삼 년 정도 그냥 이대로 놔두고 쓸 사람이 필요해요. 평소처럼 그냥 왔다 갔다 하시든지, 주인 노릇하셔도 되구요. 그냥 내가 왔을 때 이대로의 모습이면 돼요. 어때요?"

아, 그래서 그 새로운 시간에 대한 기쁨이 아직도 어색해하는 여자를 껴안게 했구나. 란은 그를 이해할 수 있다. 불쑥 자신에게도 어떤 새로운 세상에 대한 기쁨이 주는 감정을 차지할 능력이 있을까 의문이 들었다. 그러나 문득 란은 그의 말이 자신의 삶에 대한 해법처럼 들린다는 것을 깨달았다.

"정말이세요?"

"그럼요. 여태 지켜봤는데 최고의 적임자세요."

"그럼…… 노라와 상의해보고 말씀드릴게요. 아직 시간이 있죠?"

"그러세요. 다음 학기니까 충분하죠. 여길 차지하려는 제자놈들이 있는데 그놈들은 화실을 너무 맘대로 쓸게 뻔하니까."

란은 노라에게 전화했다. 노라는 대찬성이었다.

"완전 언니 작업실이지. 흙도 가져다가 그릇도 만들고, 그림도 맘대로 그리고. 편하게 쉬고. 형부한텐 비밀로 해. 우선."

란은 고개를 끄덕였다.

란은 처음으로 자신의 그림을 가게의 한쪽 벽에 걸었다. 아주 작은 육 호짜리 그림이었다. 핑크빛 석류 한 알이 벌어지고 알들이 튀어 오르듯 사방으로 터지는 그림. 더 이상 어떻게 할 수 없어 슬쩍 붓 자국을 비 오는 모습처럼 옆으로 그었는데, 비바람에 떨어진 석류알이 속절없이 비를 맞고 있는 것 같은 게 슬프다고 영휘가 처음으로 칭찬해준 그림이었다.

젊은 여자들 셋이 생과일 주스를 마시며 소근댄다. 그녀들은 마치 사월의 라일락 잎사귀 같았다. 혹은 오월의 바람 같거나, 바람처럼 자유로운.

란은 입을 오므리고 중얼거린다. 나는 두 달 후 어느 날 말없이 집에 들어가지 않을 것이다. 전화도 받지 않을 것이다. 어느 날 말도 없이 집을 나와 아무도 모르는 곳에 머물 것이다. 그리고 여수에 갈 것이다. 혼자 차를 몰고 여수의 바다를 보러 갈 것이다. 그리고 아무 말없이 런던행 비행기에 오를 것이다.

휴대폰이 진동한다. 젊고 예쁜 여자들은 여전히 연둣빛 나뭇잎이 바람에 흔들리듯 웃고 깔깔대고 소근댄다. 머리가 탐스런 여자 한 명이 팸플릿을 돌돌 말아 쥐고 들어왔다. 선희가 미소 띤 얼굴로 손님을 향해 인사를 한다.

"어서 오세요."

오후 세 시였다. 노라의 얼굴이 모니터에서 웃고 있다.

"응. 노라야."

"언니. 알아야 할 게 있는데, 변호사를 선임해 놔야 해. 내가 전화해 놓을 테니 그분을 한번 만나. 그때 가서 무슨 일이 발생할지 모르니 급할 때를 대비해야 해."

"알았어."

"여기서 무슨 일이 생긴 줄 알아? 이혼해 달라는 아내를 정신병원에 처넣었는데 아무도 몰랐어. 이 년 동안이나. 무서워. 형부도 그런 스타일이야."

"……."

"언니 미안해. 괜히 쓸데없는 말했네."

"그래. 니 맘 알아. 사랑한다."

"그래. 언니 나도 사랑해. 그분과 연락하고 전화할게."

"응."

란은 쪽방으로 들어가 불도 켜지 않고 소파에 몸을 웅크리고 앉는다. 얼굴을 무릎에 묻고 그대로 소파에 엎드리니 마치 뱃속에 있는 태아 같았다. 란은 그 모습 그대로 공처럼 몸을 말고 숨을 몰아쉬었다. 숨소리가 점점 거칠어진다. 어깨가 들썩이기 시작한다. 무릎이, 가슴이, 등과 배가 석류알처럼 사방으로 튀며 소리 질렀다.

란은 오열한다.

금지된 침실

1

사무실 리모델링은 불가피했다. 겨울을 넘기면서 손봐야 할 곳이 늘어나기 시작했고, 미루던 것들이 더 이상 사용하기 어려운 상황이 온 것이다. 이참에 쉬자, 라는 생각이 들었다. 직원 몇 명 데리고 일하는 그의 사무실인지라 모두들 그의 결정을 기다린 눈치였다. 그러던 것이 봄을 지나면서야 확정되었고, 이윽고 사무실 문을 닫고 내부수리에 들어간 것은 오월 초였다.

갈 곳이 없었다. 급기야 생각해낸 것이 오래전에 이름없는 산속으로 떠난 친구의 작은 암자였다. 친구가 암자를 지었을 때 한번 가본 적도 있었고, 가끔 연락은 하던 터였으므로 전화를 했으나 친구는 다른 곳에 있었다. 여행 중인 친구는 자네가 암자에 가서 쉬는 것은 문제 없네, 혼자 있는 것이 괜찮다면 말일세. 라고 말했다.

어차피 사흘 정도 쉰 다음에는 사무실에 들러봐야 할 상황이었다. 어디 모르는 곳을 헤매는 것보다는 낫지 않겠는가 싶었다. 불빛 하나 없는 깜깜한 산중에 혼자 짐승처럼 들어앉아 있을 자신의 모습이 겁이 나긴 했지만 다른 차선책은 떠오르지 않았다.

거의 오 년만의 외출이었다. 집과 사무실이 있는 도시의 반경을 벗어나는 일은 거의 없었다. 집이라는 단어가 새삼 머리를 옭죈다. 그건 집이라고 할 수는 있지만 무어랄까, 미해결 사건의 서류더미 위에 얹히는 긴 한숨 같은 것이었다. 그에겐 작은 방만 있었지 집은 사라진 지 오래였다.

암자는 그가 사는 도시에서 벗어나 한 시간 이상 느긋하게 달리면 나올 것이었다. 오랜만에 달리는 국도는 구불구불 길고 뭔가 다른 느낌이었다. 네비게이션을 따르다보니 문득 아련한 산길이 어디선가 나타나곤 했다. 오래전에 한번 왔던 길이라 기억도 안 났다. 이것도 여행이라면 그냥 괜찮은 시간이라는 생각이 들었다. 차를 몰고 도시 밖으로 나가 본 일조차도 몇 년만인 것이다.

실소를 머금다가 이내 산길의 풀들이 이리저리 나부끼는 것처럼 마음이 느긋해졌지만 그 마음 아래 어둡고 칙칙한 슬픔이 술렁이는 것을 모른 척할 순 없었다. 사람 흔적 없는 산야에 이르면 감정 따위 모른 척하려던 관성에서 벗어나 문득 울컥하게 되는 것인지도 모른다. 많은 시간을 자신의 감정을 못 본 척하며 살다보니 그런 내면의 모습이 낯설었다.

친구 말대로 암자는 텅 비어있었지만 잠겨있지 않았다. 전엔 불상이 모셔져있는 한 채의 집이 있었는데 기역자 행태로 옆에 또 한 채가 길게 들어서 있었다. 방문을 열어보니 그냥 방이었다. 이불과 다탁과 작은 앉은뱅이책상이 각각 맞는 장소에 놓여 있었다. 거기 묵으면 되네. 밥은 안채에서 챙겨 드시게나. 밑반찬 있으니 알아서 하고, 필요하면 차 타고 나가 봐. 산중이지만 금세 산굽이만 돌면 면소재지 나와.

그는 아무것도 필요치 않다, 라고 뇌었다. 암흑일거라 상상했는데 그다지 어둡지도 않았다. 암자 들어오는 길엔 꽤 아래쪽이지만 집도 몇 채 있었다. 잘 되었네. 개밥 챙겨주게. 개가 있었다. 호랑이 무늬의 순하게 생긴 개였다. 호법이라고 불러주게. 산짐승이 내려올 때도 있으니 호법이가 잘 지켜 줄거야.

암자에 도착한 것은 오후 세 시쯤이었고, 국도변을 달릴 때 느긋하게 마음이 열리는 것 같던 묘한 느낌은 암자에 도착하자 그냥 펴진 우산처럼 멀리 달아나버렸다. 그리곤 울 것 같은 심정이 되어 암자 주변으로 펼쳐진 산언덕을 뿌연 눈으로 둘러보다가 짖어대는 호법이의 소리와 그냥 원래 있던 대로 있는 것들이 주는 알 수 없는 편안함에 밀려 방에 들어가 누워버렸다. 울고 싶었다. 소리 내어 울고 싶었다. 남자가, 소리 내어 한 번도 울어보지 못한 남자가 그를 들여다보고 있었다.

해가 있을 때 잠이 들었는데 깨어나니 저녁이었다. 그야말로 암흑이었지만 스위치를 찾아 불을 켜니 너무도 훤했다. 친구, 승의 본채에 들어가 라면을 끓여 먹었다. 냉장고 옆에 쌀통이 있어서 밥을 할까 했으나 이미 깜깜한 밤중이어서 밥은 내일 아침으로 미루었다. 대신 계란을 두 개 넣어 먹었다. 승의 부엌은 깔끔하고 단출했으나 식료품들이 잘 준비되어 있었다. 며칠 그냥 있는 것만 챙겨먹어도 될 것 같았다. 새삼 승의 자유로움과 여유가 그 부엌 안에 가득 찬 듯 보였다.

그는 사무실에서 먹는 믹스커피에 길들여져 있는데 승의 싱크대위엔 커피머신이 있었다. 그는 커피를 뺄까 하다가 식탁 위에 놓인 믹스커피를 택했다.

바깥채로 돌아와 방에 들어 이불을 기대고 앉으니 적막강산이었다. 호법이도 조용했다. 벌레들도 잠이 드는 걸까. 갑자기 여기서 무얼 하나 싶었다. 집에 있는 자신의 작은 방에 들어가 있는 거하고 별반 다를 게 없었다. 누군가 애기할 사람이 있는 곳을 찾아가야 했는데. 여기 역시 텅 비어 있고, 깊은 정적과 어둠 속에 홀로 버려진 듯한 사무치는 고독 안에 다시 갇혀버렸다.

2

그녀가 물었다.

최근에 본 공연은?

최근에 본 영화는?

아, 카메라 들고, 주말이었는데 어제 어디 갔었어요?

작은 방 침대에 웅크리고 누워 새벽까지 잠을 못 이루던 어느 밤 그는 채팅을 했다. 그냥 몇 마디라도 나눌 친구가 필요했다. 소리 내어 말은 못해도 문자로라도 뭔가 얘기를 나누고 싶었다. 거기 프로필에 이렇게 썼다.

무작정 카메라 들고 나선다.

영화, 혼자, 거의 보려고 한다.

음악, 즐긴다. 한때 음악한 적도 있다.

공연, 놓치지 않으려 한다.

그는 홀로 얼굴을 붉혔다. 그러니까…… 그건 다 옛이야기였어요. 오 년이나 전에요. 지금은 그중에 아무것도 내 곁에 없어요. 내 가슴속에만 있죠. 나는 움직이지 않거든요. 오 년 동안 나는 움직이지 않았어요. 그 아무것에도.

그가 그녀에게 unchained melody나 epitaph같은 노래를 좋아한다고 하면 웃을 것이다. 그건 정말 옛 노래잖아요? 음악을 즐긴다면서요. say something이나 데미안 라이스 노래는 모르는구나. Il divo도 모르세요? 남성 사인 조 팝페라. 공연은? 놓치지 않으려 한다면서요. 난 저번에 마이클 볼튼 보고 왔는데. 마이클 볼튼은 아세요? 조지 마이클은요?

아뇨. 사실 마이클 볼튼 모른다. 그 사람도 나이 든 가수인데. 노래는 들어봤을 거예요. 그죠?

Queen이 온대요. 프레디 머큐리가 살아있다면 나 그 공연 보러갔을 거예요.

Queen도 모른다. 그래서 나는 네, 네만 했다.

에이, 그러니까 다 옛이야기군요. 거기 써 있는 게.

그는 눈치 빠른 그녀의 말이 오히려 반가웠다. 홀로 얼굴을 붉히는 것보다 사실은 그것들이 의미하는 것은 오래전의 그라는 것을 밝히는 게 마음 편했다. 다행히 그녀는 그게 무슨 상관이겠어요. 생존이 문제였겠죠. 가장이니까. 그렇게 마감지어 주었다. 그렇지만 그는 전혀 아무렇지도 않은 것이 아니었다. 그냥 묻어버리기로 작정한 건 아니었지만 오 년 동안이나 저쪽으로 밀쳐내고 어둔 창고 안에 가둬버린 것들이 슬금슬금 그를 간질이기 시작했다.

때때로 아내에게 그는 투명인간이었다. 그도 때때로 그녀를 보지 못한 것처럼 행동했다. 어쩌다 방문을 나서다가 서로 스치기라도 하면 소스라치게 놀랐다. 그런 밤이면 속에서 무언가 솟구쳤다. '남자가 홀로 불을 끈 작은 방 침대에 누워서 울고 있었다.' 어디서 들은 내레이션일까. 어떤 소설의 한 구절일까. 그는 그렇게 울었다. 어느 날은 그런 생각을 했다. 그녀도 그렇게, 또 다른 작은 저쪽 방에서 불을 끄고 누워 울고 있을까.

오 년 전 아내는 집을 나갔다. 말도 없이, 옷도 그대로 놔둔 채, 아이가 학교 가고 그가 출근한 사이에. 아이가 집에 돌아올 시간쯤에 딸 소영에게서 전화를 받았다.

"아빠, 엄마가……."

아내는 딸에게만 전화를 남겼다. 그녀의 가출은 충격 이상이었다. 일주일이 지난 후 이메일이 왔고, 거기엔 그렇게 쓰여 있었다. '나는 소희가 열 살 되던 해부터 우울증에 시달렸는데 당신은 알지 못했다. 한동안 괜찮았지만 다시 나락으로 떨어지는 기미가 느껴져 그 추락의 절망감을 감당할 수 없을 것 같아 떠난다. 나는 무작정 이곳으로 왔지만 이제 괜찮다. 이 단순노동의 고단함으로 나를 이겨내 보려고 하는 것이니 모른 척해라. 소희를 잘 부탁한다.'

그녀가 간 곳은 제주의 어느 감귤농장이었다. 그가 아내에 대해 몰랐다는 것을 알게 된 것도 충격이었다. 우울증이라니. 원래 말이 없고 감정의 파동도 느껴지지 않는 사람이었고, 표현을 잘 안하는 편이라 어딘지 답답하기는 했었다. 처음부터 그런 건 아니었다. 오히려 내적인 사람이라, 말수 적고 망설이다가 늘 뭔가를 놓치기 일쑤인 우유부단한 그보다 항상 논리적이고 결단력이 있었다. 썩 쾌활하진 않았지만 우울한 여자는 아니었다. 당연히 집안 분위기는 밝고 명랑했다. 적어도 아이가 어릴 적에는.

뒤돌아보면 아내의 편지에 써진 것처럼 딸이 열 살이 될 때까지는. 그 이후에 대해서도 특별한 낌새를 잡아낼 수 없었다. 그로서는. 그가 바깥으로만 돌았던가? 그래서 몰랐던가? 그렇지도 않았다. 물론 그는 카메라를 들고 가끔 집을 나서긴 했다. 처음부터 그런 건 아니었다. 결혼 후 몇 해는 아내와 카메라를 들고 같이 돌아다녔다. 그저 사소한 취미 같은 것이었다. 낚시를 하듯 사진을 찍었을 뿐이다.

아이를 가지면서 그 혼자 다니기 시작했고 아이가 외출을 할 수 있게 되었을 때는 종종 같이 나가기도 했다. 그러다가 어느 순간 그는 혼자 다니게 되었다. 아내가 나가는 걸 싫어했기 때문이다.

프로필에 쓴 것은 이제 보니 정말 창피하다. 그것들은 다 결혼 전 얘기였다. 아니 몇 년 전까지는 띠엄띠엄 이어졌거나 적어도 그러려고 노력했다. 아직도 그런 욕구와 열정은 그의 머리와 가슴속에 자리하고 있다. 그 머릿속의 것들을 거기에 옮겨쓴 것이다. 지금도 하고 싶고 할 수 있다면 앞으로 하고 싶은 것들이었으므로.

그의 그 모든 것의 멈춤은 아내의 가출로부터 야기된 것이다. 그 순간부터 그는 안방에 들어갈 수 없었다. 그날 이후로. 카메라는 더 이상 손을 대지 않았고, 가끔 아이를 데리고 가던 극장도 가지 않았으며 음악도 듣지 않았다. 공연? 세상이 어찌 돌아가는지 전혀 궁금하지 않았다. 그는 옷을 갈아입으러 들어가는 일 외에는 안방에 들지 않았다. 결혼 때부터 쓰던 옷장이 거기 있지 않았더라면 안방에 들어갈 일조차 없었을 것이다.

이를테면 그곳은 플랫폼과 같았던 것일까. 방. 안방이라는 공간. 주인공들이 빠져나가버린 뒤의 쓸모없는 공터가 되어버린.

딸은, 열네 살 된 딸은 아무 말도 하지 않았다. 안방을 비워놓고 현관 옆 작은 방을 쓰기 시작했어도 딸은 아무런 말을 하지 않았다. 엄마와는 지속적으로 연락을 하고 있었으므로 딸은 아무렇지도 않았던 것일까. 그에겐 연락을 하지 않았지만 딸과는 수시로 연락을 했고, 딸은 그것에 대해 불만을 표출한 적이 없었다.

그는 사실 어찌할 줄을 몰랐다. 남자로서의, 남편으로서의 기능을 상실한 것처럼 느껴졌다. 그냥 안방을 비운 채 그의 작은 사무실에 출퇴근하고 주말엔 방에 틀어박혀 있다가 딸과 밥을 먹고 다시 방에 틀어박히곤 했다.

집을 나간 지 이 년 후 아내는 집으로 돌아왔으나 그에게 돌아온 건 아니었다. 나갈 때 아무 말이 없던 것처럼 소리 없이 들어와서 그를 보았지만 아는 척을 하지 않았다. 그 순간 그가 느꼈던 것은 모멸감과 불쾌감이었다. 뭐하자는 짓인가?

이것은 무얼 말하는 것인가. 이런 상황은. 그는 어찌해야 하는가. 그가 시도를 안 해본 건 아니다. 그는 물었다. 이렇게 살 것인가? 그렇다. 나는 당신과 말을 하고 싶지 않다. 그러나 여기 살게 해 달라. 딸이랑 같이 살고 싶다. 어디 갈 데가 없으니 그냥 여기서 살게 해달라. 당신에겐 미안하다. 그러나 나는 당신과 이미 그때 끝났다고 생각한다.

그녀가 물었다.

말을 안 하는 이유는 있어요?

답답해서 어찌 살아요. 내가 답답해 죽겠네.

그는 대답을 할 수 없다. 그도 그 이유를 모르므로. 가출했다가 돌아온 여자를 용납할 수도 없었지만 이혼이라던가, 별거라던가를 할 수 있는 용단도 못 내리는 남자. 왜 말을 안 하게 됐는지 그는 왜 묻지도 않고 똑같이 벙어리가 되어버렸는지에 대하여.

퇴근하면 방에만 있는 거예요?

거의 그렇죠.

저녁은?

사무실에서 먹고 오거나 시간이 맞으면 딸이랑 먹거나요. 아내가 부엌에 있을 때는 피해요. 밥이나 반찬은 늘 있어요. 딸이 있으니까. 나머지는…….

모르겠다. 그가 퇴근해오면 아내는 거실에서 텔레비전을 보거나 방에 들어가 있고, 그는 곧바로 그의 작은 방으로 기어들어간다. 딸은 저녁 먹을 때 일주일의 두세 번은 그를 기다렸다가 밥을 먹고 학원에 가곤 했다. 그는 말을 않고 스쳐야 하는 아내와의 이상한 관계보다 말없는 딸이 점점 걱정스러워지기 시작했다.

3

아빠, D

D 몰래 안방에 들어가 본 적이 있어.

D가 어느 날 늦게 들어왔을 때. M이 집을 나간 지 일 년이 다 되어갈 때쯤. D가 안방에 들어가지 않은 지 일 년이 다 되어갈 때쯤, D가 지방으로 출장을 갔다가 자정에나 도착한다고

했을 때.

학원에서 돌아와 D를 기다리며 텔레비전을 보다가. 텔레비전을 보려고 한 건 아니었어. M이 텔레비전 보는 걸 싫어해서 우리 식구는 모두 잘 보지 않잖아. 그냥 너무 조용해서 살짝 틀었는데 웬 드라마가 지나가고 있었고, 거기 엄마, 아빠 뭐 그런 모습들이 나오더라고. 불현듯 M생각이 나서 안방에 들어갔는데…… 아직도 M 냄새가 났어. 화장품도 그대로 있고. 가방이랑 서랍장 위의 모자랑. 먼지가 얹혀진 채. 내가 어떤지 알아? 나 안 울었어. 그냥 거기 D 올 시간까지 앉아있었어. 불을 켜고. 다시 D,M 방에 불이 켜지게 해달라고 기도했어. 울지 않았어. 울지 않았어. D가 얼마나 힘들지 나도 아니까. M가 왜 그러는지 나도 몰랐지만, M가 날 사랑하는지 아니까. 난 열다섯 살이었어. D.

내가 견딜 수 있었던 것은 짝꿍 예나 때문이었어. 그 애는 엄마랑 아빠가 이혼해서 오빠랑 아빠와 살고 있었는데 매우 힘들어했어. 예나가 불쌍했어. 나는 M이 집을 나갔다는 말을 할 수 없었어. 그래도 언젠가 M은 돌아올 거니까. 예나를 위로하고 늘 아픔을 같이 하려고 했어. 그 애는 눈에 띄게 방황했거든. 다행히 문제 행동은 하지 않았어. 오빠가 늘 곁에 있더라. 그리고 나도.

D. 그러나 내가 얼마나 견딜 수 있을지는 모르겠어. 지난 일요일에 예나가 면도날로 팔을 그었어. 난 그 애가 죽어버린 줄 알았어. 죽은 줄 알고 날뛰었던 예나의 오빠가 어떤지 알아?

예나 아빠와 엄마를 죽이려고 했어. 예나가 깨어나지 않았다면 무슨 일이 생겼을 거야. 아마 내게도.

아빠. D. 나 예나하고 같이 있을래. 예나 오빠랑 셋이서 고등학교 졸업할 때까지 지내면 안 될까? 엄마하고 힘들겠어? 어차피 입시 때문에 나 집에 있는 시간 없으니까 생각해봐. 난 공부에만 몰두하고 싶어. 입시 끝나면 아빠 생각할게.

4

하루가 지났다. 그는 주변을 슬슬 걸어 다녔다. 그래, 많은 것을 결정해야 한다. 소영이 넌지시 내민 카드도 받아들여야 하고, 뭔가를 해야만 했다. 어찌 생각하면 자신이 매우 비열한 인간처럼 느껴졌다. 아내가 그런 위기에 처해 미리 행동해 버린 것에 대해 아무런 언급도 안하고 방치해버린 것일 수도 있는 것이다. 그런 그의 모습에 아내는 실망하여 기대지 않고 스스로 서 있고자 한 것이다. 어쩌면 분노한 채로. 그 분노가 그와의 소통부재를 견딜 수 있게 하는 것은 아닐까. 어쩌면 아내는 그런 힘으로 버티고 있는 것은 아닐까.

아내가 상의 한마디 없이, 자신을 설명하는 한마디 말도 없이 행동해 버린 것에 대하여 그 또한 분노한 것일까. 지금에 와서는 자신이 왜 아내의 그런 행동을 모른 척해 버린 건지 알 수 없었다. 이 년동안이나 그냥 모른 채 방치해버리고 분노만 삭이고 있었다고 하면 말이 되는 것인가. 그 후 아내가 돌아온 후의 삼 년은 또 어찌 설명할 수 있는 것인가.

나는 무엇인가. 그는 묻는다. 더 이상 버틸 힘도 없었다. 소영이 예나와 몇 달간 같이 있기로 한다면 그는 아내와 뭔가를 결정해야만 한다. 그는 산언덕을 오르다가 나무 밑에 주저앉아 두 손으로 머리를 싸맸다.

한번 올래요?

산언덕에 작은 카페를 열고 그 뒤쪽에서 염색작업을 간간이 하며 늙은 어머니와 함께 살고 있는 여자였다.

마흔아홉이에요.

그보다 네 살이 많았다.

근처에 수강생이 몇 명 있어요. 간혹 체험도 들어오지만 혼자서 감당할 만큼만 해요. 카페는 주말에만 손님들이 조금 오고.

가보고 싶네요.

먼 곳이었다. 기차를 타거나 차를 몰고 가거나 세 시간은 걸리는 거리였다. 그러나 주말이면 방안에 갇혀 지내는 그로서는 그냥 나서면 될 일이었다. 방안에 갇혀서 아내와 부딪치지 않으려고 안간힘을 하는 것보다는 어디든지 나가고 싶었다.

그러나 몇 년간 익숙해진 모양이었다. 아내와 부딪치지만 않으면 아무 문제없으니 뒹글뒹글거리는 것에서 도통 벗어날 생각이 나지 않았다. 매 맞고 사는 여자가 나가야지, 생각은 하면서도 문밖을 못 나서는 것과 같은 것일까.

그러지 말고 불쑥 와도 괜찮으니 여행 삼아 오세요.

주말 내내 방에서 그러고 있는 건 정말이지 이해가 안 되네요. 건강에도 좋지 않을 것 같고. 정신건강. 답답해요.

답답하죠. 나도 답답해요. 조만간 한번 움직여 볼게요.

그러고는 그만이었다. 그는 도통 움직일 수 없었다. 차를 몰고 달려가면 거기 여자가 있는데 왜 못 움직이는 것인지.

바보가 되어버렸나 봐요.

그러게요. 카메라 꺼내고, 한번 용기를 내봐요.

음악은, 그러니까 음악에 대해서는 그녀 앞에서 이제 언급할 수 없었다.

전에 가수가 되려는 꿈도 꾸었어요. 보컬트레이닝도 받았고.

아, 노래 잘하겠네요.

그냥 노래방 가면 잘하는 사람에 속하는 정도?

가수가 되려 했다면서요.

그랬죠. 그땐. 쉽지가 않아서 포기했어요.

음악에 대해 많이 아는 건 아니었네요.

가요 정도? 수없이 많이 들었으니까. 그런데 큰소리쳤네요. 음악 많이 안다고.

내가 아는 거하고 다른 것일 뿐이죠. 나는 그저 오랫동안 많이 듣다보니까 넓게 아는 것일 뿐. 미안해요. 음악 즐긴다고 했는데 통 모르는 것 같아서 좀 튕겼네요.

괜찮아요. 음악을 한 적도 있다고 한 것이 실은 그 정도밖에 안되니 창피하죠.

지금은 즐기지도 않고요.

한때 가수가 되려 한 적이 있긴 있었다. 먼 옛날이었다. 고등학교 때였으니 참으로 먼 옛날이었다. 아무에게도 꺼낼 수 없는, 연애 시절에 아내에게만 얘기했었던 비밀이었다. 음악을 즐긴다고 쓴 건 사기였다. 생각해보니. 그녀가 그저 얘기하는 흔한 팝 하나도 알지 못한다. 텔레비전도 안 보는 편이니 가요에 대해서도 무지하다. 단지 옛날 노래를 찾아서 듣는 것, 이 그가 아는 음악이란 거였으니.

아침나절 호법이와 잠깐 놀다가 산굽이를 돌아나가 뭔가를 사오긴 했다. 면사무소 앞 작은 마트에서 산 것은 참치통조림과 우유, 그리고 삼 분 요리 육개장 두 개, 오렌지 주스 작은 병 하나와 소주 2병이었다. 밥을 지어서 아침이라고 먹긴 했으므로 배가 고프진 않았으나 뭔가 부족한 느낌이었다. 소주를 마실 생각으로 산 건 아니었다. 그러나 이렇게 뭔가 부족하면 저녁엔 소주를 들이켜야 할 것 같아서 그냥 샀다.

사방에 이름 모를 풀꽃들이 피어있었다. 그는 주저앉았다가 다시 걷기 시작했고, 그 작은 꽃잎들을 폰으로 찍어보았다. 이렇게 밖에서 뭔가를 찍어보는 것도 몇 년 만이었다. 폰은 그저 주머니에 있거나 사무실 책상 위에 놓여있었고 매우 조용했다. 그는 짤칵짤칵 눌러댔다. 이름 모를 새소리 사이로 폰의 짤칵거림에 스스로 놀라다가 이내 익숙해졌다. 한 시간쯤은 오른 듯싶었다. 덥지는 않았으나 오래 걸으니 땀이 나기 시작했다. 그는 거꾸로 내려 걷기 시작했다.

암자에 들어서서 마루에 덜렁 누워 깜박 잠이 들었다. 호법이가 짖는 소리에 깨어났는데 정오였다. 문자가 세 개 들어와 있었다.

아빠, 잘 있어? 나 그냥 집에서 지내야 할까봐. 예나가 그냥 집에서 지내기로 했대. 예나 아빠가 많이 부탁했대. 대학 들어가면 독립해도 말리지 않겠다고. 아빠 돌아오면 얘기해.

다른 하나는 사무실을 고치고 있는 업자의 문자였고 또 하나는 직원의 사무실 상황에 대한 문자였다. 휴가를 얻으면서 직원에게 사흘 동안 관리를 부탁했고, 직원은 진행상황을 알려주었다.

그는 전화번호를 뒤적이다가 아내의 전화번호를 발견했다. 오랫동안 클릭해 보지 않은 숫자가 거기 적혀있었다. 거기엔 침묵과 암담함 벽 같은 어둔 적막이 무겁게 가라앉아 있었다. 그 번호를 보는 순간 가슴에 무거운 돌이 얹혀지는 느낌이었다. 왜 이렇게 막막할까. 언제 그 번호를 눌러봤는지 기억도 안 났다. 바뀐 건 아닐까. 살짝 눌러보려다가 멈추는 손이 무거웠다.

그는 안채 주방으로 들어가 김치냉장고의 김치를 조금 잘라서 참치찌개를 만들었다. 아침에 해놓은 밥과 참치찌개를 대충 먹고 승의 책을 읽었다. 그냥 불교서적이었는데 무슨 뜻인지도 모르고 그냥 읽어 내려갔다. 그냥 무엇엔가 집중하기 위한 시도라고 할 수 있었다. 그는 자신에게서 떠나고 싶었다.

다른 것들 속에 있고 싶었다. 승이 있다면 그냥 승의 이야기를 하루 종일 들어도 좋을 성싶었다.

그 사이로 그녀가 끼어들었다.

거기는 어떤가요? 혼자 괜찮아요?

네.

속으로는 내려가고 싶다고 소리쳤다. 그러나 내려가서 갈 곳이 없었다.

먹을 건 있어요?

네. 친구가 저장해놓은 게 많네요. 커피도 있고, 개도 있어요.

아, 잘 쉬고 있는 거네요?

네. 실은 당신이 있는 곳에 가고 싶네요.

아, 오세요. 언제든지 오라고 했잖아요. 거긴 어디쯤인가요?

그러니까 당신이 있는 곳의 반대일 것 같군요.

그렇구나. 방향을 돌려서 오라고는 못하겠네요.

친구가 출타하고 없어서 여길 지켜야 할 것 같은 묘한 책임감이 있어요. ㅎ

집보다 더 적적하겠네요.

그런 셈인데……. 내가 생각할 게 좀 있어서요. 여기 온 지도 사실 반 지났으니까 별로 안 남은 건데. 결정해야 할 게 있어요.

아, 집 문제?

네. 짐작했겠지만 이대로는 견딜 수 있을 것 같지 않아서요. 그동안 말이 없던 딸의 마음도 헤아렸어야 했는데 내가 참 바보처럼 살았어요. 당신과 얘기할 수 있어서 참 다행이에요. 아무에게도 터놓고 하지 못했던 얘기. 숨막히도록 감추고 살았네요. 이제 보니.

부인과 대화 시도해보실 생각은요? 내가 말할 건 아니지만 한번 당신이 다가가 보라고 말하고 싶었어요. 그동안. 원래 그냥 모른 척 해버렸다면서요. 그래서 그쪽도 그런 것일 수 있어요. 여자란 손을 잡아주기를 기다리는 속성이 있는데 그래서 손을 내밀고 있었는데 당신이 그걸 못 본 척해버린 거예요. 어쩌면 단순하게 서로를 포옹할 수 있는데 등 돌리고 있는 거예요.

어느새 그녀는 그의 카운슬러가 되어있었다. 속사정을 조금 언급한 건데 그녀는 모든 것을 꽉 꿰고 있는 심령술사 같이 그의 문제 안에 들어와 있었다. 그리고 그는 조금씩 무언가 토해내고 있었다.

지금도 그녀는 손을 내밀고 있는데 당신이 못보고 있는 거예요. 아마 그럴 거예요.

그녀는 그렇게 속삭이듯 말했다.

당신을 알게 된 건 행운이에요. 그냥 장난 같은 사이버 공간에서 이런 속내를 얘기할 수 있는 사람을 알게 됐으니. 감사해요.

그는 속으로 속삭였다. 결코 상대방에 대해서 무어라 말하지 못하는 그런 사내였다. 누군가 돌아서면 자신도 돌아서는 것밖엔 못하는 사내였다. 다가가 그 앞에 얼굴을 디밀고 반박하거나 달래보거나 물어보거나…… 하지 못하는 사내였다.

그녀에게 언젠가 한번은 가보고 싶었다. 사실 지금 달려 가보고 싶었다. 만나서, 그냥 여자를 만나서 남자와 여자가 되고도 싶었다. 그녀가 오라고 하지 않은가. 그러나 뭔가 들끓는 번민을 버리지 않고서는 그녀에게 달려갈 수 없었다. 정직하지 않았다. 적어도 그녀는 그런 대상은 아닌 게 분명했다. 몇몇 얘기를 나눠본 여자들과는 다른 여자였다. 그냥 재미삼아 채팅을 하게 되는 쪽으로 흘러가던 다른 여자들과는 다른 세계를 갖고 있는 여자였다.

그녀의 정신적 아우라가 느껴지는 대화에 자신도 모르게 그의 속내를 얘기하게 된 것이다. 그녀의 힘이었다. 그리고 그녀는 자신만의 세계를 분명히 갖고 있는 높은 정신세계 속에서 그를 내려다보는 듯 그윽했다. 그게 그녀와 계속 대화를 하게 한 이유였다. 세상엔 별로 없는 여자로 보였다. 이를테면 좀 특별한.

4

하루 반나절이 지났다. 사흘이란 그저 금세 지나가는 시간일 것이다. 아무것도 한 일 없이 그렇게 지나가버리는 시간일 수도 있는. 그는 우선 소영이에게 문자를 넣었다. 아빠가 미안해. 그러나 이제 아빠 노릇 좀 해볼게. 기다려봐. 우리 소영이 걱정하지 말고 공부에 매진해.

하루 반나절이 남아있었다. 그는 고심했다. 아내의 전화번호를 뚫어지게 바라보고 바라보는 동안 묘안이 떠오르길 기다리면서. 그러나 신은 아무런 계시도 주지 않았다. 그는 머리를 쥐어짜다가 마지막 남은 오후를 산길을 뛰어 오르내리는데 보냈다. 호법이를 데리고 산길을 무작정 올랐다가 땀을 흘리며 뛰어내려오기를 세 번 하고 나서야 멈췄다. 오후가 저녁이 되었다. 시간이 지날수록 한숨이 깊어졌다.

저녁을 먹는 둥 마는 둥 하고 마당에서 별을 보며 호법이와 서성이는데 소영이의 전화가 들어왔다. 아빠. 언제 와? 내일? 나 걱정 안 해. 엄마도 집에 잘있어. 엄마도 아빠 미워하지 않아. 내가 알아. 하지만 아빠 말대로 아빠가 뭔가 해봐. 엄마가 운동하는 것 알지? 운동하면서 많이 밝아졌어. 그래서 아빠도 같이 운동하면 안 돼? 엄마랑 같이 운동하면 잘될 것 같은데. 생각해봐 아빠.

운동? 낮에 스포츠센터에 가는 모양이었다. 그는 그녀가 뭘 하는지 아무것도 모른다. 그러나 어렴풋하게 그녀의 동선을 그려볼 수 있었다. 이 또한 얼마만인가. 일부러 가슴과 머리와 온몸에서, 자신의 살아 있는 부분에서는 쌀알만큼 한 한 점이라도 생각하지 않으려고 밀어내고 밀어냈던 어떤 존재에 대한 생각이.

잘 알진 못했다. 어떻게 할 생각도 없었다. 능력도 없는 사람이었다. 그러나 이대로는 안 된다는 생각이 이겼다. 그렇다면 뭔가 해야 하는 것이기 때문에.

호흡이 빨라졌다. 오백 미터 이상 되는 뒷산을 세 번이나 오르락내리락 해서 지쳤는데도 암자에서의 마지막 밤, 잠이 오지 않았다.

이건 제가 권할 건 아니지만요. 같이 상담을 받아보시는 것도 괜찮을 것 같은데요. 영화에서 보면 부부상담을 하는 장면들이 많이 나와요. 물론 서양영화죠. 그런 심리치료들은 보편화된 건데 우리나라에선 어려워하죠. 제 친구도 그냥 일주일에 한 번 억지로 다니기 시작했는데 나중엔 서로의 이야기에 귀를 기울일 정도가 됐어요. 그리고 정상적인 대화를 하게 됐죠. 자신이 못하는 것을 도와주는 곳이니 한 번 시도해 보세요. 물론 같이 살 생각이 있어야죠. 그게 아니면 정리하는 용기도 필요해요. 숨 막히게 그냥 살겠다는 건 내 생각엔 인생을 방기하는 것이에요. 그런 식으로 삶이 이어진다는 건. 피하기만 하다가 끝나면요? 인생의 낭비라는 생각 잘못된 걸까요?

그녀의 조언대로 해보고 싶지만 전엔 한 번도 생각해보려고도 하지 않았던 것이다. 그냥 포기한 시간이었으니까. 그러나 아내는 만만치 않다. 말을 꺼내는 것이 쉽지 않다. 그는 한숨으로 날을 새었다. 그것이 문제였다. 남자답지 못한 자신의 답답함 속에서 헤어나오지 못하는 것. 아내를 무서워하는 것은 아닌지 생각해봐야 한다. 단지 부딪는 것이 싫어서 도망쳐버린 것인지. 나는 비겁한가? 아내는 나쁜가? 나는 바본가? 아내는 나쁜 여잔가?

그는 마지막 날 친구 승에게 나간다는 전화를 넣고, 잘 쉬어 간다는 메모와 현금 약간을 넣은 봉투를 남긴 다음 일찍 암자를 나섰다.

그녀 말대로 이대로 지속할 수 없는 삶이다. 그녀가 터닝 포인트의 점을 찍어준 셈이었다. 계속 번민에서 벗어날 수 없으니 그 시점이 온 거야. 덜컥 겁이 앞을 가로막았으나 이제 정면으로 부딪는 수밖에 남아 있는 것이 없었다. 피할 수 없으면 부딪혀라.

그는 자신에게 거듭거듭 말했다. 그리고 달렸다. 집으로, 풀어야 할 숙제를 향해, 소영이와의 약속을 향해, 자신의 꽉 막혀 터져버릴 것 같은 삶을 향해.

도시에 진입할수록 쿵닥거리고 두려움에 파들거리던 가슴의 진동이 점점 심해졌다. 그는 일단 점심 무렵 도착해 사무실에 들렀다. 일이 다 끝나는 중이었다. 사무실을 점검하고 직원과 얘기하는 동안 천천히 침착해졌다. 직원과 늦은 점심을 먹으면서도 이상하게 진정된 자신을 느낄 수 있었다.

그리고 이윽고 혼자 사무실 자신의 방에 앉아 믹스커피를 마시고 있을 때 뭔가를 결정했다. 뭔가를 결정하기로 결심했다. 시작과 끝이라는 것을. 그는 반응이 있으면 시작, 없으면 끝이라고 자신에게 설명해주었다.

그는 먼저 소영이에게 문자를 넣었다. 아빠 사무실에 도착했다. 이따 저녁에 보자. 그리고 거의 일 분이나 걸려서 아내의 전화번호를 느릿느릿 눌렀다. 벨소리가 다섯 번을 울리고 나서야 멈췄다. 여보세요? 아내의 가는 목소리가 흘러나왔다. 왠지 기운이 없어서 가여운 느낌이 드는 목소리였다. 나야. 내가 누군지 알아? 잠시 숨소리만 들렸다. 그는 기다렸다. 알아.

그래 바로 이거야. 알아……. 그는 끝이라는 글자를 지워버렸다. 아내가 반응했다. 그것으로 충분했다. 당신 집에 있나? 또 잠깐 말이 없었다. 왜 그러느냐는 말없는 질문 같았지만 견뎌야 했다. 평평한 길을 가기 위해선 치워야 할 돌이 많을 것이다. 그러나 답이 왔다. 집이지, 그럼. 약간 퉁명스러우나 거부하는 어투는 아니었다. 그는 자신도 모르게 이마를 쓸어내렸다.

지금 집으로 갈 거야. 그래서? 이번엔 즉각 반응. 나는 당신과 얘기를 하려고 해. 당신 생각이 어떤지 알고 싶어. 나와 얘기할 생각이 있는지. 잠시 다시 말이 없었다. 그는 이번엔 입술을 깨물었다. 좋아. 소영이 오기 전에 와서 얘기해.

얘기해……. 전화를 닫는 순간 긴 한숨이 뿜어져 나왔다. 그는 이번엔 머리를 감싸 안았다.

시작이라는 글자를 썼다. 사무실 책상 위의 메모지에. 그 글자는 여러 번 지워서 무슨 글자인지 알아볼 수 없는 옛날의 시작이라는 글자 옆에 선명하게 적혔다. 그는 잠시 동안 머리를 책상 위에 처박고 있었다. 눈물이 쉴 새 없이 흘렀다. 직원이 들어오기 전에 흔적을 지워야 한다. 그러나 그는 엎드린 채 그냥 눈물이 흐르게 내버려 두었다. 눈물은 저절로 잦아들었고 그는 화장실에 들어가 오래오래 얼굴을 씻었다.

그녀가 말했다.

당신 울고 있군요? 잘했어요. 등을 두드려주고 싶네요.

용기를 내니 용기가 살아났어요. 바보의 용기죠. 바보는요. 다 그래요. 관성을 벗어나기란 쉬운 일이 아니니까요. 저 보세요. 혼자 버티고 있다는 게 신기해요.

아무튼 그곳에 한번 가보고 싶어요. 언젠가는.

언제든지. 오세요. 저는 그냥 나무처럼 여기 있을 거거든요. 현실적으론 어머니가 계실 동안은 안 움직일 생각이고. 당신도 누군가를 찾아야죠. 나 같은 아내가 있는 바보 같은 쑥맥 말고. 진정한 친구를 만나야죠.

어쩌면요. 어느 땐가는요. 누군가 옆에 오겠죠. 당신이 터닝 포인트를 찾았듯 내게도 그런 시점이 오지 않을까요? 이런 이야기를 할 수 있는 친구도 있고.

어쩐지 그녀에게서 쓸쓸함이 묻어났다. 늘 그의 마음을 들여다보고 알아채고 가이드 하듯 속삭이던 그녀의 에너지가 비로소 그녀 안으로 스며든 듯 그는 그녀를 바라볼 수 있었다. 그녀도 쓸쓸하다……. 어쩌면 그보다 우월한 그녀의 에너지 때문에 그는 늘 그 안에서 자신의 이야기만 하게 되었는지도 모른다. 그녀는 그런 여자였다. 다른 사람을 안아버리는. 그래서 자신보다는 남을 더 이해하고 더 잘 안다. 그래서 정작 자신은 쓸쓸하다.

그는 왠지 그녀에게 미안했다. 정작 자신에게 시작하라고 말한 그녀는 어디에 멈춰있는 걸까. 미안해요…….그는 그저 중얼거릴 수 있을 뿐이다. 미안해요…….

아직 퇴근시간 전이라 차는 슬슬 빠진다. 그는 시작……이라고 중얼거려본다. 그 속에 온갖 두려움과 두근거림과 낯선 기대와 반발 그리고 실패에 대한 불안이 들러붙어 있는 것을 본다. 그러나 시작했다. 사무실 리모델링을 마감한 후의 뿌듯함, 새로운 벽의 신선한 컬러와 산뜻한 바닥재 냄새와 새 테이블의 반짝임이 은연중 그 단어 속에 합류했다. 그는 시작……이라는 운율을 밟으며 한 발 한 발 걷듯 천천히 차를 몬다.

고요한 속삭임

고요하다. 고요하다. 고요하다.

이따금 바람에 댓잎 스치는 소리와 심심한 개들의 그르렁거리는 울림이 있을 뿐 인간의 소리라고는 없다. 부친의 카랑카랑한 기침소리가 굴 속에서인 듯 이따금 퍼져나올 뿐이다.

엄두가 나지 않는다. 발을 뗄 수가 없다. 시동을 끄고 차에서 내려선 순간 맞닥뜨린 고요와 적막감에 나는 치명타를 입는다.

그들은 다 어디로 갔는가. 어머니, 아버지, 어머니의 어머니, 아버지의 아버지, 아들과 딸, 손주 녀석과 집오리와 거위, 닭들과 돼지.

바람이 쏴아쏴아 힐끔힐끔 어디서 왔냐는 듯 나를 훑으며 휘돌아 간다. 나는 차를 버리고 웅크리고 있는 집들을 향해 걸어올라 간다.

집들은 마치 새들의 둥지처럼 작고 둥글고 허술하고 썰렁하다. 사람의 냄새는 나지 않고 가을바람 같은 쓸쓸함과 썩은 서까래에서 풍기는 듯한 삭막함 그리고 초라함이 온통 빈집들을 채우고 있다.

나는 길을 오르다가 우리집의 허물어져 가는 담벼락에 기대어 서서 눈을 감는다. 감은 눈 위로 온통 쏟아지는 가을볕. 가슴에 빛이 가득 찬다.

— 빨래를 머리에 이고 앞산 아래 냇가로 가는디 비행기가 휙 날아 오잖여. 깜짝 놀래서 쳐다보는디 마침 논두렁에서 나오던 정문이 아부지가 아지메, 뭐하요? 빨리 나무 밑에 엎드리시오, 하고 저도 뛰어들어 왔어야. 나는 빨래 다라이를 내던지고 소나무 밑에 쭈그리고 숨었제. 이놈의 비행기가 살살 원을 그림서 내려 오드니 한참 있다가 그냥 휭 가더라. 어찌나 놀랬는지. 빨치산인지 알았는가 비더라. 그 뒤로는 무서서 빨래허로 그 냇가에 가질 못했제. 그냥 어떻게 혔는가 모르겄다. 빨래나 제대로 허고 살었능가. 한번은 말이다. 정말로 인민군이 왔어. 우리집이 맨 앞집이라 우리집에 젤 먼저 들어 왔는디 첨은 얼마나 무섭던지……. 이놈들이 소를 잡어가고 쌀도 다 퍼가고 동네가 난리가 나버렀제. 나중에는 저 뒷산에다가 쌀이랑 곡식을 몰래 감춰놓고 동네 사람들이 다 숨었는디……. 밤에는 인민군이 오고 낮에는 국군이 오고, 밤에는 태극기를 감추고 낮에는 인민기를 감추고 정신이 없었단다. 어느 날 밤에 할머니랑 아버지랑 니 언니들이 아랫목에 쫄쫄어니 앉어서

또 무슨 일이 생길랑가 허고 두근거리고 있는디, 개가 멍멍 짖더만 깨갱깨갱 허다가 울부짖더라. 그 순간 총알이 큰방 문살을 스쳐서 뒷문을 뚫고 담벼락에 가서 쉬웅 박혔단다. 누구를 맞힐 뻔한 거여. 어찌나 놀랬는지 죽는 줄 알었제. 그놈들이 하나 남은 소를 끌고 가버린 밤이었제. 그런디 말이다. 한번은 해가 기울기도 전에 그놈들이 하얗게 몰려왔는디, 어리디 어린 것들이 비실비실해 갖고 어찌나 불쌍허게 생겼는지…….위에서 내려온 것들이 싸움에 밀려서 후퇴허는 갑더라. 지치고 못 먹고 발들이 부르터서 우리집에서 밤새도록 그 발을 싸맬 뭣이냐, 덧버선 같은 것을 만들었단다. 몇 살이냐고 물어 보니께 다 스무 살도 안 된 것들이여. 그것들이 어찌해서 북까지 걸어갈꼬 생각허니까 불쌍허드라. 어린 것들이 무슨 죄냐……. 우리 동네도 빨치산은 있었다. 거 종철이네 아버지허고 상구네 아버지가 빨치산이어갖고 그때 이장허던 돈지매 아저씨를 저 칠보산으로 끌고 가 턱을 깎아 죽였단다. 동네 아자씨들이 시체를 어떻게 찾아왔는디…… 그 사람들은 인민군이 후퇴헐 때 같이 갔다고 허더라만 알 수가 없제. 다른 사람들은 다행히 살어남었다. 악질은 없엇응께. 근디 말이다. 전쟁이 끝났다고 국군들이 들어왔는디……. 순경들도 다 오고. 어느 날 말이다. 지서에서 마을마다 방송을 하고 댕겼는디, 뭐라고 허냐면 '인민국기를 갖고 ㅇㅇ학교로 오라는 거여. 이북놈들이 물러갔는디 무슨 소린가 허고 인민국기를 똘똘 말어서 감추고 소재지로 가고 있는디, 동네 아자씨가 쫓아와서 허는 소리가

'아지메, 인민기 갖고 가요?' 허고 물어서 그렇다고 했드니 빨리 논 속에 버리라는 거여. 인민기 갖고 가는 사람은 빨치산이라고 다 죽인다는구만. 적색분자를 가려낼라고 일부러 그런 거라는 거여. 그래서 벌벌 떨믄서 얼른 논바닥 물속에 살짝 떨어뜨리고 아자씨가 주는 태극기를 들고 갔제. 면사람들이 운동장에 다 모였는디 고개를 다 숙이고 앉어서 벌벌 떨고 있었제. 멋도 모르고 인민기를 갖고 온 사람들은 끌려나가서 턱턱 얻어맞고 끌려가거나 저놈이 빨갱입니다, 허는 손가락에 찍혀서 총살당허고……. 어떻게 살어서 집에 돌아오니 꿈만 같더라. 세상에 생사람을 잡어다가 턱턱 총 쏘아 죽이다니……. 나도 하마터면 죽을 뻔했제. 그렇게 전쟁은 끝났단다.

빼끔담배를 피우면서 볕 바른 마루에 앉아 어머니는 그렇게 인공때 이야기를 나지막한 목소리로 조근조근 이야기해 주었다.

그러면 나는 눈을 게슴츠레 뜨고 먼 하늘을 보며 머릿속으로 그림을 그린다. 하늘은 푸르고 높고 들판의 벼들은 누렇게 익어가는데 하얀 적삼에 치마를 질끈 동여 맨 젊은 어머니가 빨래 다라이를 이고 동네 앞 냇가로 총총 걸어간다.

동그란 동산 같은, 소나무로 빽빽한 앞산을 두르며 맑은 물이 내를 이루었다가 들판 너머 큰 시내로 흐르는데, 그곳은 동네 아지메들의 빨래터였다.

어머니가 산기슭에 거의 다다랐을 무렵 느닷없이 비행기 하나가 쉬잇쉬잇 하며 나타난다. 어머니는 놀라서 그 자리에 멈춰서버렸는데 다행히 그 옆 논에서 일하고 있던 아저씨가 빨리 나무 밑으로 엎드리라고 한다. 그래서 빨래 그릇도 내팽개치고 키 낮은 소나무 밑으로 달싹 숨어들어가 꼼짝도 못하고 있다. 비행기는 몇 차례 동산 위를 선회하다가 피잉, 하고 구름 속으로 들어가 버렸다.

전쟁이 이제 막 치열해졌으리라. 그때까지도 동네는 조용했고 빨치산의 괴롭힘도 없었다.

마루는 주홍빛으로 반짝반짝 윤이 났다. 가을빛은 그곳에 아름답게 비치며 출렁이고 있었다.

— 오메, 참 볕이 좋구나. 올해는 고추가 잘 마르겄다.

어머니는 담배를 마루 끝에 비벼끄며 말했다.

어머니는 가슴앓이 때문에 담배를 시작했다고 했다.

— 속이 뒤집어지믄 약이 없어야. 약으로 담배를 피웠제.

약도 없던 시절이었을까.

눈을 감고 상상해보면 투명한 햇빛 아래 회색의 기와지붕, 회색이나 흰색의 광목천으로 지은 치마저고리, 속곳……. 무채색의 그림 같은. 감나무의 잎들은 초록이고 나뭇등걸은 회색이다. 흙이나 나무나 집이나 사람이나 색이 없었다. 그저 자연처럼 자연을 닮은 색으로 살았던 것일까. 유년의 그 시절엔 색이 느껴지지 않는다.

어느 땐가 먼 마을에서 용하다는 사람이 약을 만들어 갖고 왔다. 어머니는 그것을 먹어보았지만 별 효험이 없었다. 그보다는 할머니가 빨리 돌아가시는 편이 나았다. 할머니 때문에 생긴 병이었으니까.

할머니는 장대같이 꼿꼿하고, 잘생긴 남자처럼 반듯한 이마에 성질이 칼칼한 여장부였다. 큰 동네 작은 동네를 합쳐 제일 어른이었고 큰소리 탕탕치는 여대장이었다.

그런 할머니에게 한 가지 결함이 있었는데 자식을 낳지 못한다는 것이다. 할아버지는 일치감치 작은집을 두어 아예 살림을 차렸고 집에는 오지도 않았다. 나는 한 번도 할아버지 얼굴을 본 적이 없었다. 언제 돌아가셨는지도 모른다.

할머니는 큰집에서 아들 하나를 꾸어왔다. 그렇게 아버지는 할머니의 양자로 선택되어 어머니와 결혼을 했다. 아버지는 도통 능력이라곤 없는 분이었다. 아니 아버지 이야기는 이따 하자.

할머니는 그래서 며느리를 힘들게 하셨을까.

겨울이었던가. 할머니는 다른 동네 동서들과 큰방에 앉아 한쪽 무릎을 세우고(치맛자락을 제치고) 명주실을 잣고 있었다. 물레를 돌리면서 이빨로 가끔 꾹꾹 누르며, 맨 무릎이 닳도록 날마다, 종일토록 실을 만들었다.

그러면 어머니는 작은방 뒤에 있던 어두운 방에서 밤늦도록 베틀을 덜커덕거리며 옷감을 짰다. 나는 그 옷 짜는 소리를 들으며 잠이 들곤 했다. 명주베였을까. 삼베였을까. 어머니의 편안한 밤을 온통 가로챘던 그 옷 짜는 기계는 내가 클 때까지도 그곳에 있었다. 쿨턱— 쿨턱. 얼마나 어머니는 고단했을까. 낮엔 들일을 하고 밤엔 옷감을 짜고.

옷감을 더 이상 짜지 않게 되었을 때 그곳은 작은 부엌으로 개조되어 커다란 검은 솥이 걸렸다. 그 검은 솥엔 항상 팔팔 끓는 물이 있었다. 아버지는 저녁마다 장작을 집어넣고 군불을 땠다. 커다란 솥 속엔 항상 끓는 물이 있어서 추운 겨울날도 따뜻하게 씻을 수 있었다.

어머니의 가슴앓이는 겨울밤이면 더욱 기승을 부렸던 것 같다. 어머니가 큰방에서 미처 작은방으로 건너가지 못하고 온 방안을 떼굴떼굴 구르면, 할머니는 동그란 돌을 아직 붉은 불이 재 속에 남아 있는 아궁이 속에 집어넣어 달군 다음 가져오라고 시켰다. 그것은 언니들의 일이었지만 내가 큰 다음부터는 내 차지였다.

할머니는 달구어진 돌을 버선 속에 집어넣어 방바닥에 놓고 어머니를 엎드리게 한다. 뜨거운 돌멩이를 안고 뒹굴던 어머니는 한참 지나서야 진정이 되곤 했다. 그러면 나는 어머니한테 무어 도움이 되는 것이 없을까 궁리하다가 설탕물을 만들어 갖다주곤 했다.

그런 일을 얼마나 많이 했을까. 수도 없는 어머니의 몸부림의 밤들.

할머니가 언제 돌아가셨는지 모르겠다.

할머니는 부엌문 앞의 마당에 커다란 독을 묻고 술을 담곤 했다. 할머니가 술을 담그기 전날 밤이면 어머니는 작은 부엌에 있는 솥만큼은 아니지만, 큰 부엌에 있는 상당히 큰 검은 솥에 술밥을 가득 지었다. 꼬득꼬득하게 씹히는 맛이 그만인

술밥을 찌는 날이면 나는 부뚜막 위에 올라앉아서 어머니가 퍼주는 술밥을 배가 부르게 먹곤 했다.

— 맛있쟈? 많이 먹어.

어머니가 그렇게 말하면 나는 말없이 고개를 끄덕였다.

아, 그 술밥이 먹고 싶다. 나는 갑자기 배가 고프다. 바람이 지나가다가 묻는다.

— 배가 고파요? 들어가 봐요. 감이 익었답니다.

고개를 들어보니 감나무들이 빨간 감을 매달고 있다. 나는 힘없이 밀리는 대문을 열고 잡풀이 덤불처럼 엉겨붙은 마당으로 들어선다. 이런, 지난여름에 와서 치웠는데도 벌써 이렇게 됐군. 잡초의 생명력은 무한하다. 거침없이 자란다. 벌써 잎이 노랗게 물든 은행나무는 열매가 무수히 맺혀있다.

나는 먼지와 제비똥으로 범벅된 마루에 오르려다가 포기하고 마당 한쪽의 모래 위에 해를 등지고 앉아 은행나무를 바라본다.

아름답구나. 퇴락이…… 퇴락의 세월 속에 노랗고 붉게 물든 저 자연이……. 눈을 살며시 감고 나는 잡풀과 꿋꿋이 서서 가을을 맞는 나무들 속으로 들어간다. 그러자 다시 어머니는 조곤조곤 이야기를 풀어내기 시작한다.

— 그때는 참 전기불도 없었제. 등잔불을 켜고 살았던 일이 엊그제 같거만. 너 생각나냐? 라디오 처음 나오던 날 말이여.

등잔불이 먼저 없어졌던가? 라디오가 먼저 나왔던가? 생각이 안 난다. 하지만 라디오를 처음 듣던 날은 기억할 수 있다.

우리는 너무나 신기해서 잠을 자려고 하지 않았다. 그래. 라디오는 나오는데 전기불은 없던 깜깜한 밤이었다.

한밤에 찾아온 전주아지매와 아저씨. 전주아지매 품안에는 갓난아기가 포대기에 싸여 잠들어 있었다. 언니들과 나와 어머니와 아버지는 모두 포대기를 제치고 잠들어 있는 아기 얼굴을 들여다보았다. 예쁜 아기였다. 어슴푸레한 웃방에 동그랗게 모인 모두의 얼굴에 슬며시 은밀한 미소가 피어났다.

우리 모두 여자들뿐이었는데, 어머니는 딸만 낳고 아들은 낳지 못해서 할머니의 구박을 받았던 것일까. 그것이 시집살이의 원인이 되던 시절이었다. 할머니 자신은 생산조차 하지 못했으면서도 아들 생산을 못하는 어머니를 구박했다는 것은 어불성설이다. 하지만 할머니는 어머니를 구박했다. 약하고 섬세하고 고운 어머니를 구박해서 가슴앓이라는 낫지 않는 병까지 안겼다.

그런 어머니를 구원하기 위해서 전주아지매와 아저씨가 고추 달린 이쁜 아기를 데리고 온 것이었다. 문밖은 칠흑 같은 어둠이고 등잔불은 침침했다. 은밀한 공모의 냄새를 풍기며 두 사람은 포대기를 어머니에게 넘겼다. 모두 고개를 끄덕였다.

하지만 할머니 앞에 무릎을 꿇고 앉은 모두는 죄인이 되어 버렸다. 어머니와 전주아지매의 뜻은 일언지하에 거부당했다. 할머니는 남의 자식을 들이는 것은 말도 안 되는 일이라고 꾸짖었고 당장 데리고 나가라고 호령했다.

평소 할머니의 이쁨을 받던 전주아지매와 아저씨는 입도 달싹 못하고 도로 포대기를 가슴에 안고 어둠 속으로 사라졌다. 동네 사람 아무도 모르게 일어난 일이었다.

남의 자식은 싫고 손주는 봐야겠고, 어머니는 밥이나 제대로 먹었을까.

— 그래서 나는 헐 수 없이 여자를 들였다.

어머니가 그렇게 말한 적은 없다. 그 모든 일은 내가 어릴 때 일어난 일이었다. 어머니가 좋아서 한 일이라곤 여길 수 없기에 그렇게 생각할 뿐이다. 작은집을 만드는 일도 그 당시에는 공공연한 일이었다. 하지만 아버지 스스로 바람을 피운 적은 없다. 다 어머니가 만들어낸 일이었다.

할머니의 가시방석을 피하기 위해 꼭 그래야만 했는지 나로서는 판단이 서지 않지만 어머니는 미련하다고 할 정도로 그 일을 고집했다. 평생을 후회하고 말 일을. 어머니는 몰랐다.

아들 하나를 낳을 여자를 구해서 돈을 주고 데려온 것은 어느 봄날이었다.

어떤 초라하게 생긴 여자가 어느 날 마당으로 들어섰다. 그 여자는 그날 밤부터 임신을 했다는 것이 증명될 때까지 작은방에 아버지와 함께 기거했다.

어머니가 데려온 씨앗. 어머니는 그날로부터 여자가 갈 때까지 큰방에서 할머니와, 나와 언니들과 같이 지냈다.

우리는 그 여자를 징그러운 벌레 보듯 보았지만 어머니는 그 여자와 함께 밥을 짓고 빨래를 하고 허드렛일을 시켰다. 어머니는 평소의 약한 여인이 아니었다. 할머니에게서 물려받은 듯한 의연함이 은연중 그 여자로 하여금 어머니에게 순종케 했다.

그 여자는 천했지만 문제를 일으키는 일은 없었고, 집안일을 거들다가 임신했다는 사실을 확인하고 자기 집으로 돌아갔다.

어머니는 그 후 열 달 동안 먹을 쌀을 머슴의 지게에 지어 보냈다. 그리고 열 달 후에 어머니는 강보에 싸인 고추 달린 사내아이를 데리고 왔다.

아기는 참 예뻤다. 그러나 그 애가 예쁜 아기였던 시간은 얼마나 되었을까. 연유에 물을 타서 먹이고 곧 미음을 먹게 될 때부터는 순식간에 마치 전생에서부터 천덕꾸러기였던 것처럼 그렇게 변하기 시작했으니 어머니의 또 다른 고통의 시작이 열리고 있었던 것이다.

그 와중에 마침내 팔십을 넘기고 장수한 할머니가 돌아가셨다.

나는 할머니가 돌아가시기 전 한 달여쯤부터 할머니와 둘이 큰방에서 잠을 잤는데, 한밤중 할머니가 코고는 소리에 깜짝 놀라 벌떡 일어나 보면 갑자기 드르럭— 하고는 숨소리가 안 나는 것이었다. 나는 어둠 속에서 가슴을 두근거리며 할머니 가슴에 가만히 귀를 대보곤 하였다. 그러다가 갑자기 또 드르럭— 하면서 숨소리가 나오면 또 깜짝 놀랐다가 안심을 하고 자리에 누웠다.

나는 밤마다 할머니가 돌아가시는 줄 알고 깜짝깜짝 놀라고 무서워서 잠을 설쳤다. 어느 날 할머니는 자리에서 일어나지 못하시더니 정작 돌아가실 때는 조용히 숨소리도 없이 심장이 멎었다.

할머니에 대한 슬픔은 기억하지 못한다. 너무나 오래전 일의, 마치 빛바랜 옷감 냄새 같은.

사각사각한 바람소리 사이로 감 하나가 툭 떨어진다. 아, 감.

종수네 감나무밭이 있었다. 감꽃이 피는 여름날이면 나는 잠을 못 이루었다. 감꽃은 밤새도록 사각사각 비단 치맛자락 스치는 소리를 내며 소복이 떨어져 쌓였다. 아이들은 새벽마다 계란빛 나는 감꽃을 주으러 종수네 감나무 밑으로 모였다.

아무 쓸모도 없는 감꽃을 주워다 놓으면 어머니는, 머할라고 감꽃을 그렇게 많이 주워 오냐. 우리집도 있는디……. 하고 혀를 찼다. 그러나 종수네 감꽃에 비하면 우리집 감꽃은 주을 만한 것이 못되었다. 작은 감나무들이 여기저기 사방에 흩어져 있어서 줍기도 귀찮았고 많지도 않았다. 하지만 종수네 감나무밭은 온통 커다란 감나무들로 뒤덮여 있어서 그 아래로 수북이 낙엽처럼 쌓이는 것이었다. 얼마나 탐스럽고 향기로웠든지 잠을 못 잘 정도였으니까.

그러나 어느 때부턴가 그 감나무밭은 텅 비어 버렸다. 어른이 되어 돌아와 보니 나무들은 온데간데 없고 풀들만 무성히 자란 나대지가 되어있을 뿐 아니라 그토록 크게 보였던 그 밭이 조그만 빈 땅에 불과했다.

무언가 커다란 것이 사라진 것 같은 상실감들이 곳곳에서 튀어나올 때 어쩔 수 없이 인생의 덧없음을 깨닫는다. 온통 쓸쓸하다. 해 저문 사막의 막막함 같다. 가슴을 아리아리하게 하는 사라져버린 것들의 그림자.

바람이 서쪽으로 쏠리고 있다. 마치 마루에 가부좌를 틀고 앉아 먼 칠보산을 응시하며 침묵에 잠겨있던 아버지의 눈빛 같이 쓸쓸한 가을바람.

아버지의 눈은 웬지 파랬다. 나는 빛 바른 마루에 앉아 먼 산을 응시하는 아버지의 푸른 눈을 가까이 가서 들여다보곤 했다. 그래도 아버지는 끄떡없었다. 아버지의 눈동자가 초록에 가까운 것을 보고 나는 쪽거울을 들여다보며 내 눈동자를 살펴보았지만 내 눈빛에 초록은 없었다. 내 눈은 진한 밤색이었다.

아버지의 눈이 신기해서 무릎 가까이에서 아버지 눈을 들여다보아도 아버지는 꼼짝도 하지 않았다.

내가 조금 커서 그 눈빛에서 읽은 것은 요원한 꿈이었다. 아버지는 뭔가 꿈을 꾸고 있다, 현실세계에는 없는 어떤 꿈을 찾고 있다, 집에도 없고 할머니, 어머니에게도 없고, 동네에는 물론 없는 그런 먼 곳을 그리고 있다, 그렇게 생각했다.

아버지는 하루 온종일 한마디의 말도 하지 않았다. 일꾼에게 일을 시키는 것도 어머니, 자식들을 거두는 것도 어머니, 쌀을 돈과 바꾸는 일도 어머니, 동네일에 관여하는 것도 어머니였다.

아버지가 일꾼을 데리고 논에 나가 일하는 것 외에 유일하게 하는 것이라곤 그 노릿노릿한 마루에 앉아 북을 치며 시조를 읊는 것이었다. 나는 별 재미도 없는 시조가락을 들으면서 아버지의 꿈을 생각했다.

아버지는 무얼 꿈꾸는 것일까. 그 꿈이란 것은 물론 내가 좀 큰 다음에 생각해낸 것이었다. 말없이 먼 칠보산을 응시하는 아버지의 눈을 보며, 아버지는 고독한 꿈을 꾸고 있구나, 하고 저절로 생각하게 되었을 것이다.

나는 오랫동안 아버지의 푸른 눈이 참으로 불가사의했다. 순수하기 이를 데 없는 맑은 초록빛 눈동자. 아버지는 거의 순수 그 자체였다. 말도 없고 드러나는 행위도 거의 없으며, 누군가와 섞여 대화한다거나 웃고 떠드는 것을 본 적이 없었다. 아버지는 태어날 때 모습 그대로인 것 같았다.

그런 아버지가 갑자기 돌아가신 것은 내가 대학을 마치고 학교에 근무할 때였다. 나는 그날 오후 수업이 없어서 오전 근무를 마치고 책상 앞에 앉아 집 생각을 하고 있었다.

불현듯 몹시 집에 가고 싶었다. 나는 교감선생님에게 인사를 하고 가방을 챙겨 완행버스에 올랐다. 먼지 이는 국도를 두 시간여 달려 버스에서 내리니 해가 벌써 설핏했는데, 가을의 시골길이 그토록 쓸쓸할 수가 없었다. 나는 쓸쓸한 시골길을 타박타박 걸어 집으로 갔다. 텅 빈 들에 불어대는 갈바람에 머리카락을 날리며.

마당에 들어서면서 마루에 앉아있는 어머니를 발견하고 어머니, 하고 부르려는데 느닷없는 탄식 소리가 흘러나왔다.

— 아이고, 니가 어떻게 아버지 죽은지를 알고 왔냐, 은주야. 뭣이 통했는갑다. 어찌 오고 싶어서 왔냐.

나는 마당 가운데 우뚝 서서 어머니를 바라보았다. 가슴속에 있던 무엇이 싸아 빠져나가는 것 같았다. 도대체 어머니가 무슨 소릴 하는 걸까.

— 이리 와. 은주야.

어머니는 나를 손짓했다. 나는 그제서야 텅 빈 집안을 둘러보고 어머니에게 달려갔다. 어머니는 나를 부둥켜안고 통곡을 했다.

— 아이고, 아이고, 뭣이 절통히서 약을 먹고 죽었다냐. 니 아버지가 농약을 마시고 가버렸다. 니 언니가 다행히 집에 와 있다가 병원으로 모시고 갔는디 금방 전화 왔더라. 돌아가셨다고……. 저 냇갈 너머 우리밭 안 있냐. 거그 산에 가는 것을 언니가 봤는디 아무래도 이상히서 가본 게 아버지가 숨을 못 쉬고 있더란다. 병원에 일찍 간다고 애를 썼는디 차가 있어야제. 니 언니가 정신없이 뛰어와서 종수아제 리어카로 싣고 왔다만 병원 차가 왔을 때는 이미 늦었는갑더라. 쪼금 전에 니 언니 전화가 왔어. 돌아가셨다고…….

다 돌아가신 아버지의 옷을 벗기고 다시 입히고 했던 언니는 장례를 치루고도 오랫동안 밥을 잘 먹지 못했다.

아버지는 왜 일부러 명을 끊어야 했을까. 바로 어렵사리 언은 그 아들 때문이었다. 그리고 그 모든 것은 어머니로부터 비롯된 것이었다. 아버지의 의지로 이루어진 일이라곤 없었다. 아버지는 어머니가 끌어다놓은 여자와 동침을 해서 아들을 얻었고, 그 아들은 자랐지만 천덕꾸러기였다.

오줌싸게에 좀 자라고부터는 광에서 곡식을 훔쳐다 팔고 환약을 다 먹어버리고, 학교에 간다고 나가서는 다른 동네를 싸돌아다니다가 끝날 때쯤 돌아왔다.

어머니는 그 녀석의 오줌이 질펀한 이불 빨래에 지칠 대로 지쳐 버렸고 급기야는 아버지를 원망하게까지 되었다. 아버지는 그 녀석을 싸고돌기까지야 하지 않았지만 한 번도 매를 들고 때린다거나 혼내지 않았다.

그것을 보면 아버지는 속으로 그 애를 자식이라고 여겼던 게 분명하다. 그 애에 대한 아버지의 연민을 어렴풋이 본 것도 같았다. 그것은 아버지의 가슴속에만 있는 것이어서 거의 드러나지 않았을 뿐이었다.

나를 포함한 모든 식구들은 다 어머니를 도와 그 애를 성토하고 혼냈다. 특히 나는 그 녀석을 죽어라고 두들겨 팬 적이 한두 번이 아니었다. 웃방 기둥에 묶어 둔 적도 있었다. 하지만 소용이 없었다.

그 애는 시골 중학교를 다니다가 그나마 중퇴해 버렸고 사방 동네를 싸돌아다니는 불한당이 되었다. 그래도 여전히 이불에 오줌 싸는 것은 고쳐지지 않았다.

어머니는 자신이 저지른 일을 한탄하고 후회했지만 이미 어쩔 수 없는 일이었다.

아, 아버지. 생각해보니 그분은 타인이었다. 이 세상으로부터. 어디 먼 어느 이름 모를 별에서 실수하여 잘못 떨어진 별처럼 아버지는 세상을 낯설어 했다.

나는 관에 누운 아버지를 보고 슬퍼하지 않았다. 웬지 아버지는 자신의 별을 이제야 찾아가신 것이라는 터무니없는 생각을 했다. 눈물이 나오지 않았다. 하나도 슬프지 않았다. 혼자 남은 어머니만 애처로웠을 뿐이다.

시골집에 어머니를 홀로 남겨두고 일요일 오후, 버스를 타러 동네를 걸어나갈 때면 매번 슬픔이 복받쳤다. 나는 집을 떠나기 전 화장실에 들어가 몰래 울다가 집을 나서곤 했다. 동네 앞길을 지나 양쪽으로 논들이 있는 하얀 길을 걸어가다가 뒤돌아보면 어머니는 집 옆 산언덕에 서서 나를 배웅하다가 손을 흔들곤 했다.

어머니는 내가 읍으로 가는 버스를 타고 하얀 먼지 나는 신작로를 달리면서 차창으로 내다볼 때까지, 버스 한 대가 지나가고 이윽고 산굽이를 돌아 시야에서 사라질 때까지 거기 그 자리에 흰옷을 입고 서 있었다.

어머니는 그렇게 돌아가시는 날까지 내가 결혼을 해서 아이를 낳고, 아이와 남편과 함께 왔다가 자가용을 타고 돌아갈 때도 꼭 그 자리에 서 있었다. 커다랗고 오래된 소나무에 한 손을 짚고 꾸부정히 서서.

나는 그 자리를 기억한다.

어느 날 내가 여고생일 때 언니들은 수녀가 되겠다고 집을 나가버렸다. 그리고 많은 시간이 지나 어머니가 언니들을 시집보내는 것을 포기하고, 세상을 위해 헌신하겠다는 공부를 하고 있던 언니들을 마침내 받아들였을 때 큰언니가 왔다.

그 언니는 대학을 졸업하고 벌써 교역에 임하면서 어른이 되어 있었다. 언니는 집에 왔다가, 일요일 오후 까만 두루마기를 펄럭이며 동네 앞길을 지나 논들 사이로 난 길을, 씩씩하게 뒤도 안 돌아보고 걸어갔고 어머니는 역시 그 자리에서 그런 언니를 쓸쓸하게 배웅했다.

나는, 쓸쓸했다. 나만 홀로 어머니 옆에 남았다. 모든 딸들은 교역자가 되겠다고 떠나버렸고, 공인이 되어 더 먼 곳으로 떠나갔다. 그들의 뿌리는 어머니와 연결되어 있었지만 이미 그들은 세상으로 나가버렸고 어머니 곁엔 없었다.

어머니는 텅 빈 항아리 같다, 나는 그렇게 느꼈다. 그리고 쓸쓸하고 아프고 고독했다. 마치 내가 혼자 남겨진 것처럼. 그리고 아버지가 돌아가셨을 때는 정말 버려진 것처럼 어머니는 혼자였다. 모든 딸들과 지아비와 세상으로부터.

나는 어머니를 느낀다. 쪼개어 부서지는 가을 햇살로부터. 빛나는 햇살 사이를 스쳐 지나가는 바람으로부터. 사각거리는 감나무의 잎사귀로부터.

어머니의 외로움을 느낀다. 어머니의 삶의 일부분이었으며 어머니의 마지막 딸이었고 어머니의 일생 중 가장 마지막 부분을 함께 했던, 그리하여 뒤늦게나마 어머니의 존재를 가까이 느낄 수 있었던 한 여자로서 그날들, 혼자 남겨진 어머니가 안쓰러워 화장실에 들어가 몰래 울던 그날의 쓸쓸함들을 기억하며.

지금 나는 어머니를 느낀다. 내 안에 살아계심을.

그리고 나는 운다. 어머니, 하고 부르면서 운다. 나의 어머니. 나의 어머니. 노란 니스칠을 한 마루에 앉아 너 왔냐, 하시던……. 이 순간 인간의 슬픔과 기쁨의 원천이 어머니임을 깨닫는다. 모든 것은 어머니로부터 나왔음을. 그것을 잊을 때 인간은 사나워지고 그릇되리라.

아아. 그때 어머니가 이 집에 살았을 때 같이 존재했던 것들은 다 어디로 갔는가.

동네는 텅 비어있고 사람의 그림자도 없다. 어린 시절의 소란스러움, 어쩌다 잔치가 열리면 가득 퍼졌던 전 냄새, 고깃국 냄새, 그리고 눈이 가득 쌓인 설날 줄지어 다니던 세배행렬……. 지붕 위를 떠돌던 소리, 냄새, 소문들.

아홉 채의 집은 마치 늙어버린 집주인들처럼 꾸부정하고, 낡고 그을리고 오그라져서 자그마하게 웅크리고 있고, 그 집들에는 제각각 이제는 할머니가 되어버린 내 친척 아주머니들이 한 분씩 산다. 남자는 없고 모두 늙은 여자들뿐인 동네. 단 한 명의 아저씨 부천이 귀머거리가 되어 그 할머니들 틈에 끼어 살고 있다. 소리 없는 세월의 조락凋落.

두 개의 우물은 말라버렸고 감나무는 베어졌으며, 내 어머니는 오래전에 빈집을 남겨놓고 가셨다.

제 멋대로 자라난 풀들 사이로 키 큰 은행나무와 대추나무, 살구나무 그리고 화단의 목련, 단풍나무, 매화나무 그들은 주인을 잃고도 제철이 오면 잎을 피우고 열매를 맺고 다시 잎을 떨군다.

바람이 쏴아 분다. 쓸쓸한 가을바람 사이로 나는 어머니의 속삭임을 듣는다.

— 다 니 마음속에 있단다. 저 잎들을 봐라. 살랑거리는 것들을 봐. 얼마나 이쁘냐. 잎이 진다고 너무 쓸쓸해하지 말아라. 가을이 지나면 다시 또 봄이 온단다. 그러면 또 잎이 나고…….

그녀가 온 시간

그녀가 왔다. 그녀가 오던 날은 새벽안개 때문에 모든 항로의 비행기가 두 시간 이상이나 연착했으므로 공항이 사람들로 만원이었고 어수선하기 짝이 없었다.

나는 비행기 출발 전 한 시간 정도 연착할 거라는 그녀의 전화를 받고 도착 예정시간 한 시간 후에 공항에 나갔다. 그러나 비행기는 두 시간이 지나도 도착하지 않고 이미 정오가 지나 있었다. 그녀에게서는 더 이상 전화도 없었고 휴대폰도 되지 않았다.

오전 날씨는 새벽안개와 상관없이 화창하기만 해서 웬 기상 이변이 있었나, 하는 의아스러움을 주었다. 시월의 아름다운 가을날이었다.

나는 두 시간 정도를 배가 꼬르륵거리는 것을 참으며 비행기가 도착하기를 기다렸다. 그녀가 두 시간이 넘는 연착 시간 때문에 비행기를 타지 않을 수도 있을 거라는 우려심 때문에 공항 밖으로 나가지도 못하고 안절부절못했다.

잠깐씩, 너무 오래 기다려서 피로가 확 몰려오는 걸 느낄 때는 조금 힘이 들었다. 나는 발병을 한 후론 무슨 일이든 오래 버티지 못한다. 운전도 오래 하지 못했고, 운동도 삼십 분 이상은 할 수 없었다. 늘 하는 한라산 등산도 천왕사까지가 한계선이었다.

드디어 비행기에서 내린 사람들이 우르르 몰려나오기 시작한다. 손님을 기다리던 마중객들 사이로 고개를 삐죽 내밀고 있던 나는 그녀를 발견하자마자 앞으로 나아갔다.

그녀는 힘차게 걸어 나오다가 나를 찾기 위해 잠시 걸음을 멈추고, 고개를 좌우로 재빠르게 돌리다가 나를 발견하고는 싱긋이 웃으며 다시 힘차게 걸어 나왔다. 그녀를 보자 슬슬 고이기 시작했던 피로가 일시에 확 달아났다.

그녀는 검은 재킷에 역시 검고 몸에 달라붙는 롱스커트를 멋지게 차려입고 있어서, 처음엔 웬 예쁜 처녀인가 하고 쳐다보다가 그녀라는 걸 깨달았다. 사십의 나이가 느껴지지 않는 젊음과 활기가 그녀에게서 풍겼다.

그녀를 보면 젊음이 느껴진다. 나이에 상관없는 영원성이랄까, 환하고 투명하며, 팔닥팔닥 튀어 오르며 몸을 뒤집는 물고기처럼 싱싱한. 톡톡 튀는 그녀의 목소리 때문일까.

배고파요.

그녀는 나를 보자마자 불쑥 말했다.

지금 밥 먹으러 가죠. 뭐.

그녀는 내 옆에 붙어서 성큼성큼 걷는다. 마치 오래된 연인처럼 서슴없이. 가슴이 뛰기 사작했다.

사실 그녀가 오리라곤 기대하지 않았다. 그녀가 나를 좋아하는지도 미지수였다. 처음 식이요법 때문에 우연히 전화 통화를 하면서 선뜻 나를 만나보겠노라고 시원스레 대답하는 목소리가 활기차고 깔끔하다는 인상은 받았었다.

그녀를 만나던 날은 비가 부슬부슬 내렸다.

전화 통화 후 만나기로 약속한 용산의 레스토랑에 막 들어섰을 때, 그녀는 접시의 음식을 자르면서 오른손을 번쩍 들었다. 홀 안엔 그녀뿐이었다. 산에서 내려온 탓으로 배낭을 메고 등산화에 등산복 차림 그대로 들어서는 나를 한 번에 알아보는 그녀의 감각에 나는 감탄했다.

어떻게 난 줄 알았을까. 어떻게 알아보죠? 했을 때 전 회색 투피스를 입고 있어요. 눈이 크고 긴 머리를 묶고 있어요, 라고 하던 그녀를 알아보기도 전에 그녀가 나를 발견한 것이다.

저 밥 먹던 중이거든요. 마저 먹을게요. 뭐 좀 드실래요? 식사하셨어요?

점심때였다. 나는 그녀와 만나기로 한 시간을 때우느라 이미 간단하게 점심을 먹었으므로 고개를 내저었다.

예, 좀 먹었어요. 어서 드세요.

그럼 주스라도 드시죠.

그녀가 끝내 오렌지주스를 시켰다. 그녀는 밥을 먹으면서도 나와 줄곧 이야기를 나누었다. 아주 사근사근하고 거침없는 그녀의 모습은 감탄스러울 정도로 자연스러웠다. 나는 보자마자 그녀에게 빠져드는 걸 느꼈다. 가벼운 음식을 천천히 먹고 커피를 마시면서 그녀는 내 병에 대해서 묻고 진지하게 고개를 끄덕이곤 했다.

나는 지난여름 가야산에 있는 마음수련원에서 인테리어를 하는 스물아홉의 청년 정을 만났다. 정은 약혼자와 함께 그곳에 와서 나처럼 마음수련 과정을 밟고 있었다. 이런저런 얘기 끝에 내가 앓고 있는 병 이야기가 나왔고, 나는 솔직하게 암 말기 판정을 받았다는 것을 말해주었다.

나는 비인강암이었다. 뼛속에서 자라난 종양은 수술 불가능이었으므로 나는 그저 때를 기다리고 있는 사형수 같은 처지였다. 마음수련을 하면서 위축되고 절망스러웠던 내 영혼은 어느 정도 안정을 되찾았다. 마음속에서 포기하지 마, 라는 소리가 계속 울려댔다.

정과 약혼자는 단전호흡을 하는 커플이었다. 일종의 정신수양을 위해 이것저것 해보는 사람들의 일군으로 보이는 젊은이들이었지만 삶에 대해 진지하고 차분했다. 그들과 얘기를 나눈 건, 마음수련원에서 일주일을 보내고 이 주째를 맞던 월요일 오후였다.

"작년에 지리산을 갔는데요. 그곳에 칩거하시는 분이 자연식과 식이요법 등에 대해 잘 알고 계셨어요."

"아, 그래요?"

“민 선생님이라는 분을 따라서 우리 단청회원들이 하루 묵고 왔는데 참 좋았거든요. 그곳에서 만든 차도 마시고 약초도 얻고 수련도 하구요.”

“그분 좀 만날 수 있을까요?”

“제가 한번 연락해 볼게요. 민 선생님께 알아보면 될 거예요.”

마침 식이요법을 하던 중이었다. 좀 더 강한 식이요법 방법을 찾던 중이었으므로 정의 말은 샘물처럼 내 귀로 흘러들어왔다.

나는 수련기간이 끝나고도 제주로 돌아가지 않고 가야산에 더 머물면서 정의 연락을 기다렸다. 정에게서 전화가 왔으나 지리산에 산다는 사람은 연락두절이라는 소식이었다. 혹 모르니 직접 민 선생님과 연락을 해보시라고 해서 나는 서울로 올라가는 즉시 미지의 여인에게 전화를 넣었다.

어쩌면 그녀를 만난 것이 필연이라는 생각이 든다. 내가 전화를 넣은 날 아침 그녀의 전화 저편 목소리는 어쩌면 그렇게 명쾌했을까.

“아, 그러세요. 지금 어디 계세요? 서울요? 잘됐네요. 제가 일이 있어서 서울 올라갈 참이거든요. 그럼 서울서 일 본 다음에 잠시 만나기로 할까요? 네. 한두 시간이면 끝나니까 제가 일 끝나는 대로 전화를 드릴게요. 제 휴대폰 번호 적어놓으세요.”

그녀가 전해준 소식은 정이 말해준 것과 똑같았다. 지리산에 계시던 분이 설악으로 들어간다는 전화를 끝으로 연락이 없다는 것, 설악으로 들어간 뒤 전화가 올 걸로 생각했으나 아직 오지 않고 있다는 것이다.

"서울에 있는 집 전화번호를 여쭤보는 건데 그랬어요. 이렇게 연락 안 하실 줄 몰랐거든요."

새로운 식이요법을 찾으려면 다른데서 얼마든지 찾을 수 있을 것이다. 당장에 좀 실망스럽기는 했으나 싱싱한 초록잎 같은 그녀를 만난 순간 식이요법 같은 것은 내 머릿속에서 달아나 버렸다.

대화는 이리저리 옮겨갔으나 그녀의 말들은 어떤 주제든지 거침없이 흘러나와서 말을 잘하지 않는 편인 나까지 달변가로 만들어 놓았다. 그녀는 일본어 강사였다. 일본어 교사를 하다가 남편과 함께 학원을 차려 자신도 강사로 뛰고 있으나, 학원 강의를 하는 것은 아니고 외부강의를 주로 맡는다고 했다.

"무역회사나 병원 같은데요. 일주일에 한두 차례씩 나가요. 일본이 경제대국이라서 그들의 언어도 위로 치솟았죠. 오늘은 강의가 없는 날이에요. 책 출판할 게 있어서 출판사에 온 거구요. 마침 잘 됐다 싶었죠. 제가 도울 수 있으면 참 좋겠는데……. 어디가 아프신 거예요? 환자 같아 뵈지 않는데."

나는 코뼈 사이에 생긴 혹에 대해 말해 주었다. 불룩 솟아오른 왼쪽 목이 약간 이상할 뿐 다른 외부증상은 아직 없었다. 뒤틀리거나 쑤신다거나 머리가 아픈 증상도 없다. 나는 아직은 멀쩡했다.

"그렇군요. 목만 좀 부은 것 같지 전혀 환자 같지 않아요. 치료받는 건 있나요?"

방사선 치료를 몇 번 받았으나 견디질 못해서 중단했다고 말해 주었다. 목 부위 증상이 줄어들기는 했으나 다시 방사선 치료를 받으려면 시간이 필요하다는 의사들의 견해였다. 그 방법 외에 내가 쓸 수 있는 치료법은 없었다.

"그래서 민간요법과 식이요법 그리고 약간의 운동으로 버텨 나가고 있어요."

"지금 하고 있는 식이요법은요?"

"예. 선식 같은 거죠. 하루 두 번 복용해요."

"그런데 왜 다른 걸 찾아요?"

"더 색다른 방법이 있으면 해보려구요. 지푸라기 잡는 거죠."

"글쎄 연락이 오긴 올 거예요. 그분 꼭 연락하시거든요. 미국 나갈 때나 나갔다 올 때나……."

"사실은 제가 원래 몸무게가 칠십 킬로가 넘었어요. 등치가 이랬죠."

나는 손으로 내 몸을 불려 보인다.

"아, 그래요. 그럼 치료 때문에?"

"아뇨. 식이요법을 하니까 살이 빠지더라구요. 지금은 십 키로 이상 빠진 거예요."

"눈이 들어가 보이긴 해도 잘 모르겠는데요."

"전에 안 보셔서 그래요. 키도 크고 등치도 좋았거든요."

"머리는 치료 땜에?"

"네. 지금은 자란 거죠. 아직 짧긴 하지만. 우리 아들이 아빠 맞아? 그래요."

"네……."

내 생에 걸리는 것은 없다. 단지 어린아이들과 아내의 앞날이 걱정될 뿐이었다. 아내는 꼬치전문점을 운영하고 있었다. 사람 하나 두고 혼자서 일을 하니 매우 바쁘고 힘들 터이지만 내가 도우러 나가면 쫓아내다시피 한다.

그녀가 점심을 다 먹은 후에도 한참을 그곳 레스토랑에 앉아 얘기를 나누었다. 예식장에 딸린 식당이라 손님이 없었다. 거침없는 그녀의 대화 속에 나는 빠져들어가 버렸다. 이토록 자연스러운 여자를 나는 본 적이 없었다. 그녀는 상대방까지 그 거침없음 속에 끌어넣는 재주를 갖고 있었다. 나는 점점 더 즐거워졌다. 그녀와 더 많은 시간을 보내고 싶었다.

"민 선생님 오늘 K시에 내려가세요?"

"네. 강 선생님은?"

"저도 오늘 가야죠. 마지막 비행기를 타려고 하는데 저녁 같이 하시겠어요? 제가 사드리고 싶은데."

벌써 오후 시간이 되어 있었다. 나는 그녀가 지금 가야겠다고 말할까봐 걱정이 되었다.

"그럴까요? 그러죠. 뭐. 저녁 먹으면서 막차 시간을 좀 알아보고 막차를 타겠어요."

그녀가 내 말에 흔쾌히 대답했으므로 나는 매우 기뻤다. 밖은 여전히 비가 내리고 있었다.

나는 배낭을 메고 그녀와 함께 택시를 타고 압구정동으로 갔다. 터미널도 가깝고 괜찮은 음식점이 많을 거라고 그녀가 말했기 때문이다. 나는 평소 먹지 않는 스테이크를 시켜 먹었다.

"고기를 먹어도 괜찮은가요? 잘 드시네."

그녀가 냅킨으로 입을 닦으면서 물었다.

"가끔씩 이렇게 밖에 나와 있을 때는 그냥 먹습니다. 어쩔 수 없기도 하고 원래 잘 먹던 체질이었어요. 식이요법 때문에 안 먹는 거거든요."

그녀는 고개를 끄덕였다.

마지막 비행기 시간이 다가오고 있었다. 나는 시간이 되는 대로 행동할 생각이었다. 비행기 시간이 늦으면 내일 아침에 가고 시간이 되면 공항으로 가고. 나보다도 그녀가 다급해하는 것 같아 후식을 먹는 사이 버스 시간을 검색했다.

버스는 많았다. 시간도 여유가 있었다.

"그럼 지금 터미널에 가서 시간이 되는대로 내려가는 게 낫겠네요. 지금 가겠어요. 강 선생님은요? 비행기 시간은 어때요?"

"터미널에 같이 가죠. 사실 비행기는 탈 여유가 없어요. 시간이 다 됐거든요."

"그럼 어떻해요. 아까 가시지."

"민 선생님 타는 차 같이 타고 내려가서 K에서 자고 아침에 그곳 비행기를 타면 어떨까 해서요. 어차피 여기 있으나 K에서 자나 마찬가진데…….”

“그러실래요? 그래도 되겠네요.”

아직도 간간이 내리는 빗속을 그녀와 나는 택시를 타고 강남터미널로 갔다. 이미 여덟 시가 넘어서 아홉 시 차표를 끊었다. 시간이 좀 남아있었으므로 터미널에서 차를 마시면서 또 얘기를 나누었다. 나는 마음수련원에서 지낸 이야기를 들려주었고, 그녀는 진지하게 고개를 끄덕이며 내 이야기를 들어주었다.

마치 비 내리는 소리가 들리는 것 같은 야릇한 기분으로 나는 그녀의 얼굴과 얘기하는 모습, 고개를 끄덕이며 차를 마시는 모습들을 바라보곤 했다. 주변의 시끄러운 잡음들이 그녀 때문에 모두 빗소리로 들렸다.

이미 그때 나는 그녀에게 푹 빠져있었음이 분명하다.

오랫동안 앉아있었음에도 불구하고 나는 피로한 줄을 몰랐다. 간간이 누워 쉬는 것이 나에게는 절대 필요조건이었다. 그러나 오늘은 피로한 기척이 없었다.

차 시간이 되어 고속버스에 올라서 나란히 앉게 되었을 때 내 가슴은 뛰었다. 그녀에게서 풍기는 약하면서도 자극적인 화장품 냄새, 머리카락 냄새, 택시를 타고 내리면서 맞은 비 내음 섞인 옷 냄새……이미 냄새를 맡지 못하게 된 내 코가 그러나 그녀의 냄새를 느끼고 있었다. 나는 가끔씩 눈을 감고 그녀가 눈치 못 채게 그녀 몸 가까이 대곤 했다. 그러면서도 문득 나는 꼬치 냄새에 절어있는 아내의 몸을 생각하고 정신이 번쩍 들긴 했으나 옆에 앉은 그녀의 목소리에 다시 순식간에 잊어버리곤 했다.

그녀는 여전히 거침없이 얘기를 했으며 때론 깔깔깔 웃고, 때론 내 얼굴을 바라보며 고개를 끄덕였다. 나는 버스가 느리게 가기를 빌었다.

당신이 절망에 빠졌을 때 그 절망과 반대되는 모습으로 꽉 찬 어떤 사람을 우연히 만났다고 상상해 보라. 그때 당신은 어쩌겠는가. 당신이 남자이고 그 앞에 서 있는 푸른 나뭇잎 같은 생명력 넘치는 여자와 마주친다면.

당신은 아프고 이미 희망을 잃었으며 삶에 대한 모든 의미를 상실했었다. 당신이 중병에 걸려서 다른 사람들이 당신을 만나는 것조차 꺼려하는 것을 느끼기 시작했을 때…… 전혀 그런 것을 게의치 않고 불쑥 당신 앞에 서서 웃고 있는 여자를 만난다면, 당신 어쩌겠는가.

나는 내가 아프다는 것도, 멀리 남쪽의 아름다운 섬에 슬픈 아내가 있다는 것도 잊었다. 그녀와 있는 내내 내가 곧 죽으리라는 것을, 죽음이 저 앞에서 기다리고 있다는 사실을 잊었다.

깜박 속았던 시간. 그것은 속임수였을까. 무엇이 나를 속인 것일까. 그녀는 천사일까. 죽음이 오기 전 잠시 천국을 가지라고 무엇인가가 나를 속이고 있는 것일까.

마침내 두 시간 반 정도를 달려 K시 터미널에 도착했을 때 나는 그때서야 내가 그녀와 같이 있는 동안 한 번도 나의 죽음을 떠올리지 않았었다는 것을 깨달았다. 스물네 시간 내내 머릿속에 상주해있던 '죽음'이라는 망령을 그녀가 치워버렸던 것이다. 그것은 기적이었다. 나는 그녀에게 말했다.

"민 선생님과 얘기하는 동안 제가 죽을병에 걸린 걸 잊었어요."

그러자 그녀가 놀라서 물었다.

"어머, 그래요? 정말요?"

"정말입니다. 너무 고맙습니다. 마술 같아요. 매직(magic)요."

그녀가 소리 없이 미소를 지었다.

"그런데 어쩌죠. 이제 가야 할 시간이니. 죄송해요. 너무 늦어서 숙소 안내도 못 해드리고. 혼자 가셔야 돼서."

"괜찮습니다. 터미널 옆에 모텔이 있을 겁니다. 걱정 마세요. 아픈 뒤로는 혼자 많이 돌아다녀서 잘 찾아가거든요."

"그래요. 그럼 또 다음에 뵙죠. 뭐. 제가 더 알아보기도 할게요. 다른 치료방법 같은 것도……."

"그래주시면 너무 고맙구요. 정말 고마웠습니다."

그녀가 먼저 택시를 타고 떠났고, 나는 터미널 옆에 보이는 네온을 따라 걸었다. 그녀가 떠나자마자 일시에 피로가 몰려왔다. 나는 가까운 모텔에 들어가 아내에게 전화를 하고, 그대로 쓰러져 잤고 이튿날 아침 첫 비행기를 타기 위해 일찍 일어나 다시 버스에 몸을 실었다.

공항으로 가는 삼십 분 정도의 시간에 나는 참 많은 생각에 시달렸다. 혼자 있는 시간은 공허 그 자체였다. 나는 인생의 쓰라림과 지나가버린 많은 후회스런 시간들에 시달림을 받았다. 그리고 남는 것은 빈껍데기……. 나였다.

아무래도 이미 포기했던 생에 대한 미련이 생긴 것 같았다. 아, 민 선생, 그녀 때문에……. 그녀가 내 가슴에 불을 지핀 것 같았다. 나는 갈등에 휘말렸다. 움직일 수 없는 사실이 저 앞에서 떡 버티고 서서 나를 기다리고 있는데도 뭔가 그녀에 의해 나의 삶이 바뀔 수도 있을 것이라는 망상이 내 머릿속을 가득 채우는 것이다. 그 망상은 차츰 커가고 있었다. 나는 혼란스런 상태로 비행기에 올랐다.

차를 몰고 공항을 빠져나간다.

"큰 차를 갖고 오셨네요."

진녹색 스타렉스를 보고 그녀가 말했다.

"가게 물건 살 때 큰 차가 필요해서요. 차를 두 대 쓸 필요는 없고, 그래서……."

"네. 그냥 타고 다니기엔 좀 그렇겠군요."

"그런 점은 있죠."

나는 바닷가 쪽으로 가지 않고 한식을 전문으로 하는 신제주의 음식점으로 차를 몰았다.

"바닷가 쪽으로 안 가세요?"

"예. 거기는 저녁에 갈까, 생각중인데 괜찮죠?"

"그러시죠. 뭐."

“점심시간이 많이 지나서 한식으로 하는 게 좋을 것 같아서요.”

“그러세요.”

그녀 말대로 그냥 공항 우측으로 해서 바닷가로 나갈 걸 그랬나 하는 생각도 했지만 그쪽엔 레스토랑이나 횟집 같은 것만 있지 한식 음식점은 찾기 힘들었다.

공항에 내리자마자 바다 생각으로 가득 찼을 그녀의 옆모습을 힐끔 보니 약간 아쉬워하는 듯 보였으나 이미 시내로 접어들었고, 시간이 두 시가 다 되어 있었다.

“전에 제주에 왔다가 돌아가려고 공항에 왔는데 비행기 시간이 상당히 남았더군요. 그래서 근처 바닷가 레스토랑에서 간단한 음식을 먹고 커피를 마시며 바다를 보다 돌아간 적이 있어요. 바로 코앞에 바다를 놓고 커피를 마시는 기분 최고였어요.”

아무래도 그녀는 아쉬운 듯하다.

“밥 먹고 바로 바닷가로 나가지요. 조금만 참으세요.”

“그래요. 제주에 와서 바다 보고 싶어 채근한다는 거 우습죠?”

“우습긴요. 육지에 사는 사람들은 거의 그래요.”

나는 마라도란 음식점으로 그녀를 안내했다. 크고 깨끗한 한식 전문점이었다. 늦은 점심이었다. 평소 밥을 먹지 않는 내가 그녀와 함께 있으니 식욕이 생겼다. 그녀는 양념된 숯불갈비를 잘 먹는다.

점심을 먹고 그녀를 태우고 바다를 향해 달렸다. 그녀가 왔다는 것이 믿기지 않는다. 불과 한 달 전 나는 두 번째로 그녀가 있는 K시에 간 적이 있었다. 서울에서 돌아온 후 줄곧 그녀 생각에 빠져 지내던 중이었는데 그녀에게서 전화가 왔다.

"제가 아는 분 중에 쑥 엑기스를 이용해 병을 고치는 분이 있는데 혹시 한번 가보시겠어요?"

나는 지금까지 많은 실험적인 요법들을 써왔다. 그러나 지금으로선 다 필요가 없다는 결론에 도달해 이미 민간요법 같은 것도 포기한 상태였고, 오직 식이요법과 한라산 아흔아홉골에 있는 천왕사의 백이십 계단을 오르는 일 말고는 할 수 있는 게 없었다.

"쑥 엑기스요?"

"네. 그분 한국학을 해서 박사 학위까지 취득한 분인데요. 몇 년 전부터 개인적으로 그 치료를 하고 있어요. 고질병, 만성병 등을 고친대요. 혹시 또 모르는 일이니까……."

"그럼 한번 가볼까요?"

"제가 그분 연락처를 알려드릴 테니까 두 분이 약속을 하세요. 그리고 저한테 알려주시면 제가 안내해 드릴게요."

"미안해서……. 이렇게 신경써주시고……."

"별 말씀을요. 도와드리고 싶어요. 별 도움이 안 될 수도 있어요. 그래도 실망하지 마시고……."

"걱정 마세요. 그럼 그분하고 통화 한 다음 민 선생님께 연락을 드리겠습니다."

"그러세요."

나는 그녀가 알려준 번호로 즉시 전화를 넣었다. 그 사람은 조병인이란 검도 관장이었다. 일단 직접 만나보고 진맥을 해 봐야 알겠다고 해서 일주일 후 토요일로 약속을 했다. 민 선생에게 바로 전화를 해서 그 사실을 알려주었다.

"그럼 오시는 시간에 제가 마중을 나가죠."

나는 조병인이란 사람을 만나러 가는 걸로 되어있었지만 마음은 딴 데 있었다. 그녀를 만날 수 있는 이유 있는 기회가 온 것이다. 서울에서 내려오며 헤어진 뒤 사실상 내 머릿속엔 그녀만이 가득 차 있었다. 그러나 이유 없이 그녀를 만나러 간다는 것은 엄두를 못 낼 일이었다. 그녀에 대한 감정이 나를 더 멈칫거리게 했으므로, 전화 거는 일조차 힘이 들었다. 나는 하루에도 몇 번씩 전화기를 들었다 놓았다를 반복했다.

새벽 여섯 시에 산록도로를 따라 차를 몰고 가면서 나는 처음으로 내가 살 수 있다면, 하는 생각을 하고 있다는 걸 깨달았다. 내가 몇 년이라도 더 살 수 있다면 민 선생, 그녀와 사랑을……하고 싶다고. 그 짧은 시간에 어쩌자고 감당할 수 없는 간절한 소망이 피어나기 시작한 것일까. 어둡고, 아픈, 도달할 수 없는 꿈.

나는 매일 아침 뿌연 안개가 감아 도는 이른 외곽도로를 달리면서 나 자신의 헛된 꿈과 싸웠다. 그러나 싸움은 필요 없었다. 삼십 분을 달려 천왕사에 이르러 삼성각을 오르는 백이십 계단을 천천히 오르다보면 어느새 싸움은 끝나고 그리움만 남았다. 그것만은 어쩔 수 없는 것이었다. 문득 어느 날 갑자기 내 앞에 나타난 환한 빛과 같은.

청량한 아침을 여는 눈부신 햇살 속에 서서 나는 나의 그 그리움을 향해 미소를 띠었다. 그 백이십 계단의 맨 꼭대기에 앉아 햇살을 맞고 있으면 그리움 그대로가 투명하게 보였다. 아침마다 나는 그렇게 나 자신을 정화시키고 돌아오곤 했다.

돌아오는 길은 내가 일찍이 죽음을 부정하지 않았던 거와 마찬가지로, 가능하지 않는 그녀와의 사랑을 꿈꾸기 전으로 되돌려놓는 순화된 감정으로 채워졌다. 그것을 나는 산의 힘이라고 믿었다. 갑자기 솟아난 헛된 욕망을 산이 정화시키는 것이라고. 그래서 나는 산에 오르는 걸 거르지 않으려 노력했다.

아직은 몸에 특별한 증상이 나타나는 것 같진 않았다. 가끔 목과 팔이 저릿하기는 했으나 심한 건 아니었다. 그러나 아침 산을 오르는 일 외의 운동은 불가능했다. 천천히 백이십 개의 계단을 올라가 삼성각 주변을 걷다가 점심 공양 종이 울리면 절에서 점심을 먹는다. 나는 불교신자는 아니었지만 이미 그곳에서 점심을 먹는 일에 익숙해졌고, 스님들과도 낯이 익어서 부딪히면 합장하곤 했다. 한 달에 한 번씩은 시주도 한다.

점심을 먹고 산에서 내려오면 후배가 운영하는 국선도장으로 향한다. 그곳에서 몸을 풀고 기 치료를 받고 집으로 돌아오면 오후가 되어 있었다. 오후에 한번쯤은 아내의 가게에 들른다. 아내는 매번 정색을 하고 나를 쫓아냈다.

아내가 울까. 나의 홀쭉한 등을 바라보며 눈물을 훔칠 아내를 생각하면 막막해졌다. 안 가는 게 낫다는 생각을 하면서도 매번 나는 습관처럼 가게에 들렀다가 나올 때는 우는 아내를 머릿속에서 쫓아내느라 얼굴을 찡그리곤 했다.

식솔들에 대한 걱정을 버렸다는 말은 거짓일지도 모르겠다. 그들이 살아갈 만한 경제력은 준비해 놓았지만 그들 영혼의 아픔까지 내가 어찌할 수 있겠는가. 단지 잘 살아가기만을 바랄 뿐이다. 그것이, 내가 사후에 어찌할 수 없는 그것이 가슴 아파서 은연중 울고 있는 나를 발견할 때도 있었다.

그러나 대체로 오전 중, 절에서 보내는 침잠의 시간 덕분인지 내 영혼은 편안해졌다. 어느만큼 자신과 싸움을 하다보면 잠잠해지기 마련인지도 모르겠고, 아내의 바람대로 자유롭게 시간을 즐기라는 부탁을 잘 실행하고 있었는지도 모르겠다. 단 한가지, 거의 스러져서 형체조차 알아보기 힘들었던 나의 삶의 욕구가 슬며시 고개를 든 것은 민 선생을 만나고 나서였다. 그것도 사랑이라는 구체적인 이름으로. 정말 내게 시간이 있다면 짧은 시간이라도 사랑을 하고 싶다고.

나는 K시로 다시 떠나면서 치료보다는 민 선생을 만날 일에 가슴이 뛰었다. K시에서의 만남은 간단했다. 내가 도착하는 시간에 맞춰 민 선생이 식당에서 기다리고 있었고, 점심을 먹고는 바로 민 선생의 차를 타고 K시 외곽의 아파트로 향했다.

그날은 토요일이었다. 미리 약속을 했음에도 불구하고 주병인은 연락이 되지 않았다. 검도장이 있는 곳에 가서 확인을 해

봤으나 문이 닫혀 있었고 휴대폰도 불통이었다. 두 시간여를 그렇게 보내다가 시내로 나와 이른 저녁을 먹었다. 나는 그때쯤 지쳐 있었고 민 선생도 피곤해했기 때문에 일단 헤어지기로 했다. 사실 민 선생의 역할은 주병인을 만나게 해주면 끝이었다. 주병인과는 그 근처에 묵으면서 내가 연락을 하면 되었으므로 민 선생은 집으로 돌아갔다.

시내의 작은 모텔을 찾아서 방을 잡고 몇 시간을 쓰러져 자다가 밤 열 시쯤 나는 정신을 차렸고 주병인과 통화를 했다.

"죄송합니다. 확실히 오신다는 말씀이 없어서 산엘 갔다 오느라고. 민 선생님과도 통화를 했습니다. 내일 아침 일찍 저희 집으로 오시겠습니까?"

그렇게 해서 주병인을 만났다.

나는 어쩌면 그를 만나기 전부터 이미 그와의 만남이 별 필요가 없음을 알고 있었는지도 모르겠다. 민 선생에게서 그의 이야기를 듣는 순간부터. 단지 민 선생을 한 번 더 볼 수 있다는 생각이 나를 여기까지 밀고 온 것인지……. 이제 와서 어떤 것이었는지 잘 모르겠지만 확실한 것은 주병인의 뜸 요법이 나에게는 별 해당사항이 없다는 점이었다. 그도 내색은 하지 않았지만 강하게 권하지 않는 점으로 미루어 이미 나는 항간에 도는 민간요법 같은 것을 쓸 시기를 지나 있는 말기 환자였다.

주병인은 잘 생각해보고 연락하시면 치료에 필요한 제반 물품을 보내드리겠다고 말했다. 나는 곧바로 시내로 들어가 터미널 근처에서 민 선생에게 전화를 넣었다.

“만나셨어요?”

“네. 지금 터미널에 왔습니다. 가기 전에 좀 뵐 수 있을까 해서요.”

“그럼요. 오후엔 모임이 있고, 점심은 같이 할 수 있겠네요. 레스토랑이 하나 있을 거예요. 거기 들어가 계시면 제가 갈게요.”

민 선생은 금세 나왔다.

“사실은 오래 못 있을 것 같아서 서둘러 나왔어요, 일이 있거든요. 점심도 같이 못하게 됐어요.”

“괜찮습니다. 민 선생님 얼굴만 뵈면 되죠. 뭐.”

서운했다. 나는 주병인과 나눈 이야기를 대충 들려주었다.

“별 뜻이 없으신 것 같군요?”

“이것저것 많이 해봐서요. 사실 별 기대는 않고 왔어요.”

“그래도 도움이 되었으면 했는데…….”

“도움이 됐어요. 다시 민 선생님을 만난 것만으로도…….”

나는 말끝을 흐렸다.

“가다가 혼자 점심을 드셔야겠군요.”

“괜찮습니다.”

민 선생은 차 한 잔을 마신 후 미안해하면서 일어섰다. 나로서는 섭섭한 이별이었다. 서로 나눈 대화도 내 치료요법 수준에서 머물렀다. 사무적이라고 말 할 수 있는 정도의 건조하고 간단한.

까만 원피스를 입은 민 선생은 돌아갔고 나는 비행기를 타기 위해 택시를 탔다.

성산을 지난다.
"아, 저기."
그녀가 손을 들어 가리킨다.
"일출봉이에요. 가보셨죠? 다시 가보시겠어요?"
"아니에요."
일출봉이 가을 오후의 햇살을 머금고 황금빛으로 빛난다. 나는 성산을 지나쳐서 계속 해안도로를 달린다. 갑자기 해가 구름 사이로 숨어버렸다. 억새들이 줄지어 서 있는 흰 언덕들과 키 작은 나무들이 가을 햇살에 빛나다가 색이 죽는다.
"억새가 좋죠?"
낮은 산둔덕에 허연 억새들이 흔들리고 있다.
"글쎄요. 해가 비치니까 좋더니 날이 흐려서 좀 음울해 보이네요. 억새는 사위는 가을 햇살 아래서 아름답거든요. 쓸쓸하고 시적이죠. 한라산인가요?"
"네. 지금 산허리를 관통하고 있어요."
민 선생은 머리를 의자에 기대고 눈을 아슴푸레 뜨고 있다. 나는 약간의 피로를 느꼈다. 그걸 느꼈을까. 민 선생이 불쑥 물었다.
"괜찮으세요?"
"괜찮아요."

멀리 우도가 가로놓여 있었다.

나는 우도의 비췻빛 바다를 설명해 주었다. 산호초들이 부서져 모래처럼 하얗게 누워있다는 것을.

"많이 들어보긴 했는데 가보진 못했어요."

"오늘 우도는 안 갈 겁니다. 시간이 부족해요."

민 선생은 고개를 끄덕인다. 하얀 백사장이 나타났다. 바다는 옥빛이고 모래가 기슭을 이루는 곳에 기다란 풀들이 억새에 섞여 바람에 흔들리고 있다. 마치 수채화 한 폭을 펼쳐놓은 듯 시월 바다가 거기 조용하게 놓여 있었다.

"아, 아름답네요."

"네. 바로 이곳에 민 선생님을 모시고 오려고 했습니다. 괜찮죠?"

"근사해요. 고마워요. 이 작은 해변도 이름이 있겠죠?"

차를 도로변에 멈추고 흩날리는 풀들 사이를 지나 백사장으로 내려가면서 나는 행복감에 젖었다. 그녀 또한 가을의 작고 아름다운 해변에 마음을 빼앗긴 듯하다.

"하도리라고 해요."

"아, 하도. 작고 예쁜…… 정말 예쁘다. 이 옥색의 물과 흰 파도, 그리고 하얀 모래."

민 선생과 나란히 하얀 모래 위를 걸었다. 시월의 오후 바람이 바닷가라서 그런지 약간 쌀쌀했다. 검은 긴 롱스커트의 투피스를 입은 민 선생의 모습이 인적 없는 바닷가에 그림처럼 찍혔다. 나는 그 모습을 내 영혼에 담는다.

"춥지 않으세요?"

"괜찮아요. 조금만 앉아있다 가요. 관광코스로만 다니면 이런 곳은 알 수 없어요. 나중에 식구들하고 오면 차를 렌트해서 이런 곳을 다녀보고 싶어요. 하도라고 했죠?"

"네. 별로 알려지지 않은 곳이지만 아름다운 장소 중의 하나예요. 숨어 있는 좋은 곳이 많죠."

시간이 많다면. 나는 나도 모르게 속으로 중얼거렸다. 시간이 많다면 다음 기회에 그녀와 해안도로를 타고 한 바퀴 돌아보고 싶다고. 그러나 내겐 시간이 없다. 지금, 지금 나는 내 마지막 시간을 그녀와 보내고 있는 중이었다. 그녀를 만난 것에 대해 신에게 감사하면서.

그녀가 허락한다면……. 오늘 밤 그녀와 사랑을 나누고 싶다! 나는 그렇게 열망한다. 그러나…… 그것은 내 머릿속에 있는 생각일 뿐이다. 내게 생의 마지막 소망이 있다면 그녀와 사랑을 나누는 것이라고.

그러나 나는 그녀에게 말하지 못할 것이다. 나는 그녀를 똑바로 바라보지도 못한다. 행여 민 선생이 눈치를 채고 도망가 버릴까 겁이 났다.

해가 지려는 순간이었다. 옥색 바다와 흰 모래와 작게 밀려오는 파도가 타는 듯한 노을을 받아들인다. 바다는 저녁을 맞으려 하고 있었다.

"갈까요? 숙소에 전화예약만 해 놔서 초저녁에 들려야 하지 않을까 싶은데. 잠깐 들렸다가 체크인 하고 나와서 저녁을 먹죠."

"그러세요. 호텔이 근처에 있어요?"

"네. 바다가 내려다보이는 곳인데 오픈한 지 얼마 안 되서 깨끗할 겁니다."

"고마워요."

바다가 약한 먹물 빛을 머금기 시작한다. 나는 호텔을 향해서 달렸다. 노을이 온 하늘에 퍼지고 있었다. 그 노을 속에 근사한 찻집이 나타났다.

"아, 저기 가서 차 한 잔 하고 가요."

민 선생이 온통 유리로 된 찻집을 가리키면서 말했다.

"그럴까요? 그럼 전화 한 번 더 해야겠군."

'파도소리'란 작은 찻집이었다. 찻집 유리문을 열고 들어가니 파도 소리가 들렸다.

"창 아래 바다가 있네요."

민 선생이 감탄했다. 나야 늘 바다와 바닷바람 속에서 사는 사람이라서 창문 너머 바다가 접해있는 게 신기하지 않았지만 민 선생은 연신 감탄을 했다. 바닷물이 이제 검은 물감처럼 변한다. 저녁이 바짝 다가와 있었다. 나는 호텔로 전화를 넣었다. 걱정 말고 오시라는 대답이었다.

호텔은 깨끗했다. 방을 잡아놓고 호텔을 다시 나와 바닷가로 가서 식사를 했다. 나는 약간의 피로를 느꼈다. 민 선생은 칵테일을 마시면서 가끔씩 "괜찮으세요?" 라고 묻곤 했다.

"전 좀 피곤하네요. 사실 별로 강한 체력이 못 되거든요. 하루 종일 밖에 있으면 힘들어요. 오늘은 비행기가 연착하는 바람에 의자에 오래 앉아 있었고……."

그녀는 약간 피곤해 보였다.

전화로 불쑥 말했었다.

"언제 여기 한번 오세요. 시간 나실 때. 제가 아직은 건강하니까. 구경시켜 드릴게요."

민 선생은 예의 그 싹싹한 말씨로 거침없이 그럴까요? 했다. 나는 정말 기뻤다. 그저 내 소망을 말해 본 것인데 그녀가 흔쾌히 예스, 한 것이다. 사실 가정을 가진 그녀가 오리라곤 기대하지 않았었다.

"남편이 일주일 간 일본 출장이에요. 어차피 친정어머니가 와 계시니까 그때 봐서 이틀쯤 시간을 낼 수 있을 것 같군요."

비행기 표가 문제였다. 역시 민 선생은 항공권을 구입하지 못했다고 전화를 했다. 제주는 온 계절이 시즌이라 몇 달 전에 예약을 해야 하는 것이다. 나는 갖은 수단을 다 동원해서 그녀의 표를 구했다. 오는 시간은 괜찮았지만 제주를 떠나는 티켓은 아침이어서 그녀가 머물 수 있는 시간은 고작 열두 시간 정도였다. 아쉬웠지만 그나마 그 표라도 있어서 다행이었다.

그녀는 자고 나면 아침 먹기가 바쁘게 떠나야 한다. 나는 갈등을 느꼈다. 시간이 자꾸 지나가고 있었다. 무슨 말인가 하고 싶었다. 그녀에게. 그녀가 허락한다면 그녀와 밤을 보내고 싶은 소망에 대해서.

그녀는 무대에서 기타를 치며 노래를 부르는 무명가수에게

눈길을 쏟고 있다. 안타깝다. 시간이 안타까웠다.

"저기…… 저……."

내가 말을 더듬거리며 입을 열려는 순간, 노래가 끝났고 그녀는 박수를 치며 일어섰다.

"가죠. 호텔에 가서 쉬는 게 낫겠어요. 선생님도 돌아가셔야 되고. 저 대접하느라 피곤하시잖아요."

"저는 괜찮습니다만……."

나는 자꾸 기회가 지나가버리는 걸 느낀다. 내 몸에서 점점 힘이 빠져나가 마침내 재처럼 푹 사그라지고 말 것만 같다.

호텔로 돌아가는 차 속에서 핸들을 잡고 나는 속으로 묻는다. 그녀가 왜 왔을까. 내가 한번 오세요, 했기 때문이다. "그럴까요?" 하고. 나는 욕망을 잠재우려 애쓴다. 가당찮은……. 그녀는 조용하다. 피곤해 보인다.

숙소는 바로 도로 건너에 바다가 내려다보이는 예쁜 호텔이었다. 창문을 열면 파도 소리가 철벅철벅 들려왔다. 민 선생은 소녀처럼 좋아했다. 나는 얼마나 호텔 잡는데 신경을 썼는가를 생각했다. 생긴지 얼마 안 된 아담하고 깨끗한, 바다가 내려다보이는 그런 곳을 찾는데 신경을 썼다. 새로 생긴 호텔이라선지 숙박객이 많지 않아 보였다.

내가 방까지 따라 들어간 것이 약간 쑥스러운 듯, 민 선생은 어깨를 움찔 해보였다. 그러나 곧 겉옷을 벗고 불편하다면서 가져온 듯한 티셔츠와 반바지로 갈아입고 간단하게 씻고 나왔다.

나는 또다시 갈등을 느꼈다.

"민 선생님."

민 선생이 침대에 기대앉아 서성거리는 나를 바라보았다.

"저……."

"왜요? 뭐 냉장고에 마실 거라도 드시고 가실래요? 좀 앉으세요."

나는 침대 끝에 엉거주춤 앉아서 그녀가 따 주는 포카리스웨트를 마셨다. 약간 불편한 침묵이 흘렀다. 그러나 여전히 민 선생은 거리낌이 없었다.

"내일 아침 가야 하다니 아쉽군요. 바다를 버리고 그냥 가는 게 정말 아쉬워요."

"그러시죠?"

나는 그렇게 고개를 끄덕인다. 오늘밤 추억을 하나 만들고 싶다고. 그 말이 입에서 뱅뱅 맴돌았지만 나는 토해내지 못한다.

"혹시 집에 가기 싫으세요?"

불쑥 민 선생이 묻는다. 나는 얼굴을 붉혔다.

"네."

"그러신 거 같아요. 하지만 가셔야죠."

민 선생이 벌떡 일어나더니 다가와 내 어깨를 토닥거렸다.

"꼭 건강해지실 거예요. 의지, 그것이 제일 중요한 거예요. 아시죠? 일어서 보세요."

나는 가슴의 통증을 느끼며 일어섰다. 키가 작은 민 선생이 발뒤꿈치를 들면서 살짝 웃었다. 민 선생은 창가로 나를 끌고 가더니 커텐을 제쳤다. 거기 보이지 않는 밤바다가 있을 것이다. 나는 들리지 않는 바다의 포효를 들으면서 민 선생의 어깨를 살짝 껴안았다.

"아이쿠, 왜요. 안고 싶으세요?"

나는 말없이 고개를 끄덕였다. 나는 그녀의 머리에 얼굴을 묻고 향기를 맡았다.

"십 초 동안만."

민 선생이 그렇게 말했다. 그랬다. 딱 십 초 동안이나 되었을까. 검은 바다를 내려다보며 말없이 그녀의 어깨에 머리를 묻고. 이윽고 나는 손을 떼었고, 그녀의 보석 같은 음성을 들었다.

"보세요. 보이지 않지만 저 앞에 검은 바다가 있다는 걸 알죠."

나는 그녀의 얘기 사이에 끼어드는 나의 갈망을 물리치느라 안간힘 한다. 그녀와 사랑하고 싶은 욕망.

"저 밀려오는 바다의 힘을 느끼시죠? 그렇게 자신의 몸을 의지로 밀고 나가셔야 해요. 제가 드릴 말씀은 그것밖에 없어요."

나는 고개를 끄덕였지만 내 의지는 그 말을 받아들이지 못한다. 나는 그녀를 원했다. 그녀의 말이 점점 귀에 들려오지 않았다. 나의 인내심과 그녀에 대한 예의가 나의 욕구를 물리치지 못하는 순간이 오고 말았다. 나는 그녀를 와락 껴안아 버렸다. 그리고 순식간에 그녀의 입술을 훔쳤다. 민 선생은 몸을 움찔 했으나 얼굴을 돌리거나 내 빰을 내려치는 일은 없었다.

'죄송해요. 민 선생님. 용서하세요.'

그러나 나는 얼굴만 붉혔을 뿐 그 말을 뱉지 못했다. 오히려 민 선생은 싱긋 웃었다. 삽시간에 피곤이 찾아와서 내 몸을 무력하게 만들었다.

"정말 피곤해 보이세요. 이젠 가셔야죠. 괜찮으시겠어요?"

"네. 괜찮습니다."

간신히 마음을 진정시키고, 침대에 다시 기대앉은 민 선생에게 아침 이야기를 막 하려던 참이었다. 휴대폰이 울렸다. 나는 본능적으로 시계를 본다. 자정이 지나 있었다. 생각대로 아내의 전화였다. 아내는 다짜고짜 아픈 사람이 도대체 한밤중에 어디에 있느냐고 짜증을 냈다.

"빨리 들어가세요."

나는 아쉬운 마음을 구겨 넣으며 일어선다. 아침엔 가게 일 때문에 배웅을 못하는 것도 마음에 걸렸다.

"내일 아침 식사는 혼자 하셔야겠는데…… 어떡하죠? 미안해서. 공항에도 못 모셔다 드리고. 아침엔 못 나올 것 같은데."

"아, 괜찮아요. 택시 부를 수 있죠?"

"네. 식사하시면서 콜택시 부탁하면 불러줄 겁니다. 저, 민 선생님만 괜찮으시다면 자고가려고 했습니다."

나는 얼굴을 붉히며 간신히 말했다.

"아이쿠, 무슨 말씀이세요. 농담이시죠?"

민 선생이 손을 내저으며 빨리 가라고 현관으로 밀어냈다.

'아닙니다. 사실입니다.'

나는 속으로 그렇게 대답한다. '민 선생님을 제 마지막 사랑으로 만들고 싶었습니다.'

나는 그러나 적당한 인사말도 찾지 못한 채, 호텔을 나오고 말았다. 그녀는 제주에 온 것을 후회할지도 모른다. 단지 몇 시간을 위해, 와서 홀로 밤을 새우고 홀로 아침을 먹고 홀로 떠나야 한다는 것에 화가 날지도 모른다. 나는 미안함을 느끼고 또한 짧은 행복감, 뼈에 저리는 아쉬움을 동시에 느꼈다. 그녀는 순전히 나를 위해서 온 것이다. 나는 나의 마지막 사랑을 여기 놓고 간다.

나는 점점 피로에 무거워지는 눈꺼풀을 치뜨며 시내를 향해 달려갔다. 마치 죽음을 향해 가는 것처럼. 밤의 어둠 속으로. 그녀를 놓고 가야 하는 아쉬움을 바다처럼 느끼며.

그녀가 창 앞에 서서 얘기한 의지 같은 것은 그 아쉬움의 파도에 물거품처럼 스러져 버리는 것이었다. 마치 사랑을 잃은 사람처럼 나는 나약하고 무기력하고 절망스럽게 나의 병 속으로 다시 들어가고 있었다.